劇場公共領域

The Theatrical Public Sphere

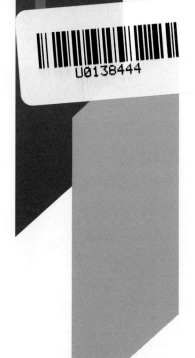

公共領域 劇場

The Theatrical Public Sphere

克里斯多夫・巴爾梅 Christopher B. Balme 著

白斐嵐 譯

國家圖書館出版品預行編目資料

劇場公共領域／克里斯多夫·巴爾梅（Christopher B. Balme）著；
白斐嵐譯.
－－－一版－－台北市：書林，2019. 11
　　　　面；公分 －－（文化湯；20）
　　　　譯自：The Theatrical Public Sphere
　　　ISBN 978-957-445-863-9（平裝）

　　1. 劇場 2. 公共領域 3. 藝術社會學

981　　　　　　　　　　　　　　　　　　　　108014666

文化湯 **20**

劇場公共領域
The Theatrical Public Sphere

作　　　　者　克里斯多夫·巴爾梅 Christopher B. Balme
譯　　　　者　白斐嵐
編　　　　輯　劉純瑀
出　　版　　者　書林出版有限公司
　　　　　　　　100台北市羅斯福路四段 60 號 3 樓
　　　　　　　　Tel (02) 2368-4938·2365-8617　Fax (02) 2368-8929·2363-6630
台北書林書店　106台北市新生南路三段 88 號 2 樓之 5　Tel (02) 2365-8617
學校業務部　Tel (02) 2368-7226·(04) 2376-3799·(07) 229-0300
經銷業務部　Tel (02) 2368-4938
發　行　人　蘇正隆
郵　　　撥　15743873·書林出版有限公司
網　　　址　http://www.bookman.com.tw
經 銷 代 理　紅螞蟻圖書有限公司
　　　　　　　　台北市內湖區舊宗路二段 121 巷 19 號
　　　　　　　　電話 02-27953656 (代表號)　傳真 02-27954100
登　記　證　局版臺業字第一八三一號
出 版 日 期　2019 年 11 月一版初刷
定　　　價　350元
I　S　B　N　978-957-445-863-9

桃園市政府藝文設施管理中心合作出版

目錄

推薦序

　　桃園，是國門之都，無論在自然、產業、人文面向，桃園都有著得天獨厚的優勢。因應台地地形，先民挖掘埤塘供應農田灌溉，造就「千塘之鄉」的美稱，從天空俯瞰，點點的波光粼粼，迎接無數旅客；桃園境內居住閩南、客家、原住民族、新住民等多元族群，孕育了豐富多元的文化。

　　城市中的公共空間不僅承載著人，也傳遞著資訊與意見的交流。劇場作為一公共領域，集合著「理性批判、痛苦激情與嬉鬧三種互動模式的特殊組合」，不僅是單向發表的舞台、創作者自我意念的抒發，劇場本身也是被討論的反饋對象之一。

　　桃園展演中心是桃園規模最大、最具專業性的劇場，致力於推廣、引進各式表演藝術，也提供在地藝文團隊演出空間，「鐵玫瑰」之名，即是依其流線型、盤旋而上的建築外觀，從空中俯瞰，如一朵金屬玫瑰，在陽光照射下光澤閃耀。

　　「2019鐵玫瑰藝術節」由曾任台北藝術節藝術總監、時任衛武營國家藝術文化中心戲劇顧問的耿一偉先生擔任策展人，以「生活在他方」（La vie est d'ailleurs）為策展主題，是前一年（2018）「移動的鄉愁」主題的延伸推展，本屆有多場探討公共領域與公眾參與的藝術創作，包含以沉浸劇場為主題的導覽演出、工作坊，號召在地劇團及社

區居民的共同合作，呈現劇場的多元開放，以及觀眾、藝文團體與大眾的主動參與。

　　本書作者巴爾梅（Christopher B. Balme）以今日劇場與公共領域之關係，以及劇場轉變為藝術形式後，是否逐步喪失與當代社會之聯繫為此書作結。我認為國家政策有義務維持劇場的公共性，確保公眾參與且能暢所欲言；桃園展演中心，就是一個全民的劇場與公共領域的實踐者，由此孕育出桃園藝文環境的芬芳。

　　相信透過襄助這本書的出版，更能讓大家了解，劇場成為公共領域的重要性。

桃園市長

鄭文燦

推薦序
當代劇場革新與戲劇出版

　　台灣小劇場從1980年代中葉到1990年代末，會頻頻受到社會注目的主要原因，當然不是它所擁有的觀眾數量，而是小劇場進入了公共領域。當時還沒有網路，這些實驗創作卻經常獲得媒體關注，引發各種討論。但千禧年之後，小劇場逐漸失去對公共事務的主導權，並轉向純粹美學導向的創作。背後原因很多，電子媒體的興盛、網路的出現、補助機制的影響、社會更多元開放等，都讓原來依靠撞擊社會體制與規範的小劇場，不再是社會反叛力量的重要出口——拳揮了出去，卻打在空氣當中。

　　不過大約到了2015年後，情況又有了轉變，公部門支持的劇院與藝術節越來越多，這些藝文機構在一臂之遙的自主原則下，嘗試取得獨立性及擺脫政治干預，開始更重視藝術對社會的影響力。在某種程度上，公共領域的重要性又逐漸回到檯面上。畢竟公部門贊助演出有公共性的考量，不像私人投資的商業演出，沒有義務踏足公共領域。

　　會造成這樣的現象，除了機構本身具有反思與批判的態度外，另一個原因是，要求觀眾參與的新型態演出開始受到歡迎，比如紀錄劇場、互動劇場、沉浸式劇場、劇場或講座展演。這些表演不但經常在

非傳統劇院的公共空間進行，觀眾往往也不再是被動的觀察者，而是演出構成的一部分。2017年，我邀請了德國里米尼紀錄劇場到台北藝術節演出《遙感城市》（關於這個劇團的介紹出現在本書第六章）。《遙感城市》沒有演員，只有戴著耳機的觀眾們被引導進行城市漫遊、互動與觀察。

　　這些以觀眾為主體的新形態演出，通常偏好觸及公共領域的議題，我也開始在想，是否有類似的著作，能協助大家對劇場與公共領域的關係有更進一步的理解。後來發現，我在2010年翻譯的《劍橋劇場研究入門》（*The Cambridge Introduction to Theatre Studies*）的作者，也在2014年發表了《劇場公共領域》這本書，於是，希望有一天能催生此書出版的想法，逐漸在心中成形。

　　2018年，桃園展演中心聘請我擔任桃園鐵玫瑰藝術節的策展人，考慮到這個藝術中心在空間上的特色，我自己翻譯了《劇場與城市》（*Theatre & the City*）作為藝術節的搭配活動。2018年的節目規劃包括：在戶外廣場的高空表演《綻舞鐵玫瑰》、觀眾要戴耳機的戶外演出《在棉花田的孤寂》，以及在機場捷運進行的沉浸式劇場《過站不下的心理時間》，這三個演出都在劇院外的公共空間進行。

　　很自然地，到了2019年的策展目標，必須更進一步踏入公共領域的範疇。公共領域牽涉到社會（觀眾）的群體轉化，不見得一定要在戶外進行，但要能引發公共討論，背後總會帶有一定的政治性。像今年委任狂想劇團的《非常上訴》，是以白色恐怖政治犯為題材的紀錄劇場。另外，《月娘的承諾》並非只是大型的戶外演出，這個2018年首爾街頭藝術節的開幕節目，涉及南北韓的政治議題，到桃園時不但要進行在地脈絡化的改編，還需動員社區民眾參與演出。

　　本書第二章關注的戲劇出版與評論，一樣是構成劇場公共領域非

常重要的一個部分。演出是當下的、會消逝的,但鐵玫瑰藝術節的搭配出版品,會持續留下來,甚至連不住在桃園的讀者,也能透過閱讀這些著作,意識到策展人在使用公部門資源時,目標並非只是成就自己的美學品味,還須考慮到公共性,甚至如本書作者說的:「成為當代劇場革新之參照。」

台北藝術大學戲劇系兼任助理教授

耿一偉

作者序

　　本書以公共領域為題。近年隨著東歐、非洲與中東人民接連推翻
獨裁政權，建立民主社會，「公共領域」之概念再顯迫切。運作良好
的公共領域是任何民主體制之基石，通常代表著公民以私人身分，不
分性別、種族、信仰或種姓階級，得以參與公眾利益事務討論之情
形。也因此，公共領域正取決於各式各樣的言論自由權利與言論延伸
之藝術表達。所謂「劇場公共領域」，應當在理論上關切劇場於民主
進程所扮演的角色，以及如何在各場合發揮其潛力，卻不代表兩者間
互為因果。恰如近代史告訴我們的，劇場即便在高度緊縮政治公共領
域、甚至根本不存在此種領域的壓迫政權下，也能享有蓬勃藝術表
現：德意志民主共和國（GDR）下的柏林人劇團（Berliner Ensemble）
或1960年代波蘭的葛羅托斯基（Jerzy Grotowski）劇場正為二例。自
古至今，劇場同樣在高度緊縮的政治環境中參與公共領域，並貢獻心
力。藉由暗示、隱喻，甚至有時是明目張膽的偽裝，劇場一再為政治
與社會關懷提供了集體性的迴聲室（echo chamber）。[1]這正是為什麼

---

[1] 譯註：echo chamber即為中文「同溫層」之意，然因本書不斷來回闡述「公共
　領域」如何於實體空間與非實體空間中實踐，於是在本書中不採用慣用中文翻
　譯，而改用同樣具有實體／非實體雙重意涵的「迴聲室」。

劇場一直以來都被嚴密控管，甚至在今日許多國家依舊如此。諷刺的是，當劇場不再被審查，其在廣大公共領域之作用卻也跟著減弱。劇場公共領域越發形成封閉、自給自足之迴圈，串聯於劇場觀眾、專業評論人與劇場工會之間。

　　本書之目的在梳理「劇場公共領域」概念於理論與歷史層面的啟發作用，且以相對狹義處理此概念，避免混用（淆）難以避免的同源概念如「公眾」（the public）與「公共空間」（public space）等詞。公共領域幾乎不會是一個真正的空間，而是讓討論得以發生的一套規則。於是，我們要從歷史探究的問題正在於：這套規則在什麼情況下會與劇場相關？又會有什麼樣的結果？劇場在公共領域扮演著三重角色：藉由劇作、製作作為對話者；作為可能成為討論對象的機制；作為運用多種媒體管道自我傳播或傳播自身訊息之傳播者。這三種角色，以經常環環相扣的功能組合形成了劇場公共領域。學術探究可聚焦於任一角色，也可關注三者間的各種組合，可以討論是開放式抑或是封閉式的劇場公共領域。後者屬於前述「美學至上式」的封閉式劇場接收迴圈，因而不在本書討論範疇。前者則指向那些打破封閉迴圈、得以參與其他公共領域的情形。

　　本書以歐洲為主要關注對象，這是因為本書所謂「劇場公共領域」之論述，是以此概念如何運用於特定西方傳統作為研究背景。這類西方傳統出口到全世界，順應當地情況而調整變化——這正是二十世紀與二十一世紀劇場一大特徵。儘管現在已開始有越來越多研究投入藝術美學的調整過程，然針對劇場領域的機制潛蘊相關討論卻始終闕如。只盼望書中提出的觀點能在未來成為關注。

　　最後容我在此致謝。此研究歷經多年構思，也曾將筆者此說置放於諸多脈絡中檢閱。我想特別感謝阿姆斯特丹大學的凱蒂・洛特

葛（Kati Röttger），維也納大學的史戴凡・荷費德（Stefan Hulfeld），
柏林行為／表演文化交織中心（Centre for Interweaving Performance
Cultures in Berlin）的艾利卡・費雪—里琪特（Erika Fischer-Lichte），
都柏林三一學院（Trinity College Dublin）的布萊恩・辛格頓（Brian
Singleton）、莫瑞・麥高文（Moray McGowan）等同事；但澤自由市
（Danzig）的喬茲・里蒙（Jerzy Liumon）；感謝托比亞・德林（Tobias
Döring）與馬克・史坦（Mark Stein）邀請我至柏林萬湖薩依德研討
會（Edward Said Conference）發表演說；感謝佛瑞迪・洛肯（Freddie
Rokem）與艾朗・紐曼（Eran Neumann）邀請我至台拉維夫參加難
忘的「專精：媒介特性與跨領域性」（Expertise: Media Specificity and
Interdisciplinarity）研討會；感謝南非普利托利亞斐京科技大學的派
翠克・艾必沃（Patrick Ebewo）於「藝術與永續發展」研討會之協
助；卡利・艾敏（Khalid Amine）於丹吉爾「演・變」（Performing
Transformation）研討會；韓國劇場研究協會理事長Meewon Lee；
肯特大學的彼得・鮑依尼奇（Peter Boenisch）、伊恩・麥肯錫（Iain
Machenzie），以及其歐洲劇場研究網絡（European Theatre Research
Network）與政治社會思想群體（Political and Social Thought Group）
的博士生。特別要提到的是為此研究最後階段提供寶貴洞見的艾咪・
巴塞羅姆（Amy Bartholomew，渥太華）。

本書部分文字曾見於前期發表版本：
'Distributed Aesthetics: Performance, Media, and the Public Sphere', in
　　Jerzy Limon and Agnieszka Zukowska (eds.), *Theatrical Blends: Art in
　　the Theatre/Theatre in the Arts* (Danzig: slowo/obraz terytoria, 2010),
　　138–48.

'Playbills and the Theatrical Public Sphere', in Charlotte M. Canning and Thomas Postlewait (eds.), *Representing the Past: Essays in Performance Historiography* (Iowa, IA: University of Iowa Press, 2010), 37–62.

'Orientalism, Opera, and the Public Sphere', in Tobias Döring and Mark Stein (eds.), *Edward Said's Translocations: Essays in Secular Criticism* (New York and London: Routledge, 2012), 171–86.

'Thresholds of Tolerance: Censorship, Artistic Freedom, and the Theatrical Public Sphere', in Erika Fischer-Lichte and Benjamin Wihstutz (eds.), *Performance and the Politics of Space: Theatre and Topology* (Abingdon, UK: Routledge, 2013), 100–13.

特別感謝我在慕尼黑大學劇場學系的同事與學生，他們皆用各自方式參與此研究，並提供珍貴的意見回饋：麥伊可・華格納（Meike Wagner）、貝倫尼卡・席曼斯基—迪爾（Berenika Szymanski-Düll）、尼克・萊昂哈特（Nic Leonhardt），以及沃爾夫—迪爾特・恩尼斯特（Wolf-Dieter Ernst，拜羅伊特）與茱莉亞・史丹佐（Julia Stenzel，美茵茲）。

導論

　　2012年10月14日，在這溫暖秋日的週日上午，好幾百人聚集在馬克西米連（Maximilianstraße）大街上。這裡是慕尼黑最高級的購物街區，就位於慕尼黑室內劇院（Munich Kammerspiele）正前方。為慶祝劇院百年歷史，劇院外街道擺設了百張桌子，邀請這些人來參加一場市民集會。每張桌子都分配到一個主題，參與者可事先在網路上報名主題。每張桌子同時也配有一名主持人，其任務是要蒐集意見並讓討論聚焦。劇院前一組銅管樂團演奏應景音樂相伴，劇院演員則在桌子間穿梭來去，還穿著戲服，化身過去一世紀以來各種抗議運動角色，如婦女投票權、反核示威者等。演員記下討論內容，一小時過後，每張桌子都透過擴音機傳出一兩句話，向聚集的諸眾念誦。桌上供有咖啡、水與蝴蝶圈小餅（pretzel），但放眼望去，野餐籃一一出現，派對氣氛迅速蔓延。我分配到要主持的桌次題目是「慢城」（slow city），指的是慕尼黑城市快速發展、房地產價格與租金攀升幾近失控的現象。它同時也涵蓋了如流動性、公共運輸、碳排放與地方建設等問題。同桌的參與者來自各行各業，還包括一位前任市議員。他們屬中壯年世代，對這些議題皆有深入認知，在各自生態世界觀上沒有太大差異。其中有些人是劇場常客，有些人則不是。

　　主辦如此特別活動的劇院，號稱自己是「城市的劇院」（Theatre

of the City）。就機制面來說的確如此，因為這間劇院是由慕尼黑市政府所資助的（大約每年2000萬歐元）；但在機制定義外，它更自詡成為一間「迎向城市」的劇院。邀請卡上寫著：

> 慕尼黑室內劇院是「城市的劇院」，這裡想要、也該要成為藝術與論辯之所，成為一個公共領域。但只有一部分的市民得以享用。票價、語言或文化符碼都可能是來劇場看戲的阻礙……這天，街道與劇院將化為一場大型市政集會、公共論辯中心，而我們要問的問題包括：在慕尼黑，是窮是富各自意味著什麼？我們怎麼將金錢與資源分配予教育、政治與文化各層面，又付出了什麼代價？公共參與還存在著什麼可能性，將如何影響一個更公義的未來？

劇院宣告上述目標，為的是涵蓋來自不同地區、年齡層、宗教與社會背景的廣大族群。每組桌位設定要參與者彼此就自身個人觀點說出城市現況。每張桌子還額外分配一位來自教育、政治、文化、媒體或運動等不同領域的專家。參與者能以個人身分加入，也可以作為家族成員或機構社團代表。在名副其實的即興「街道劇場」兩小時交流後，實在很難確認到底是每桌參與者、還是那一大群旁觀群眾比較有智慧，不過我們倒是可以肯定大家都很樂在其中。劇場演員穿著沒幾件正常的古怪戲服在桌次間走來走去，人們隨時可以叫住他們並說上幾句話。這裡一點表演的氣氛都沒有，是真正屬於社會公眾的時刻。

　　「給眾人的劇場」（theatre for all）是其中一項討論主題。這也不是什麼新議題了。早在十九世紀末，這個問題就以各種化名、化身一路伴隨現代劇場：舉凡大眾劇場、民眾劇場、庶民劇場、人民劇場等

稱號皆是其中之一。[1]然而,此次慕尼黑室內劇院外的百桌活動,和上述種種模式概念最關鍵的差別,就在於空間。一直以來,上述模式即便在內容與美學需求上有所差異,但都建立於「劇場是在觀者面前呈現的表演」的預期心理。馬克西米連大街上的劇場(若這真算是個劇場),是在台下演出,在劇場建築之外;這裡沒有觀者與表演者之間的表演反饋迴圈,沒有暗燈的觀眾席轉化狀態、幫助專注投入:直白地說,這裡沒有藝術。相反的,在這裡有組織、有結構地討論大眾切身相關議題,每位參與討論者不因階級、性別、宗教與學歷而受限。現場只有來自劇院戲劇顧問(dramaturg)在策展層面的「把關」。

「有組織有結構地討論大眾切身相關議題,每位參與討論者不因階級、性別、宗教與學歷而受限」正是當今學者、評論與行動人士對「公共領域」之運用與理解的教科書定義。近期主要書寫題材包含重新政治化劇場與社群(儂曦〔Jean-Luc Nancy〕)、藝術與歧異(洪席耶〔Jacques Rancière〕),或如反思一個新的「觀念劇場」(巴迪歐〔Alain Badiou〕)。然而,這些概念都預設劇場事件是在舞台上發生(不管是否為演出而建的舞台),在一群聚集來看戲的觀眾面前上演。馬克西米連大街上的一百張桌子,暗示著我們或許需要更激進的方式,才能好好來談「劇場公共領域」。由劇場策劃的市政集會,此概念一方面既已挑戰了劇場可以/應該是什麼的核心前提,另方面而言,也追溯著劇場與市政廳曾經是同棟建築的年代。

---

[1] 譯註:此處作者舉了 popular theatre、theatre for the people、voilstheater 與 théâtre populaire 為例,在中文翻譯上不出文中所提到的這些,然無論原文或譯文在使用上多有混用,既是舉例,此處也無須一一對照。

　　六週後的2012年11月25日辦了另一場公眾討論，這次是在室內，慕尼黑室內劇院一派舒適的表演廳，其新藝術（art nouveau）建築風格正是相關劇場運動藉此打造良好環境以專注於美學體驗的最佳證明。這次把討論搬到台上，以熟悉的脫口秀形式進行。台上討論者是來自里米尼紀錄劇團（Rimini Protokoll）的劇場創作者史蒂芬・凱吉（Stefan Kaegi）與社會學家哈特穆特・羅沙（Hartmut Rosa），由政治與新媒體顧問格拉爾蒂娜・德・巴斯蒂昂（Geraldine de Bastion）擔任主持，討論主題訂為「繪製民主地圖」（Mapping Democracy）。除了慕尼黑現場參與者外，還透過影像直播，加入了來自馬德里與開羅的討論者——那時埃及新上任的總統穆希（Mursi）才剛賦予自己近乎獨裁等級的憲政權力，迫使抗議者走上四處瀰漫催淚瓦斯的街頭。現場觀眾見證了一個不尋常的劇場情境，讓公共領域的正規條件來到黑盒子劇場運作執行，同時還有最新科技的輔助，加上政治局勢的快速演變，讓此商議主題以一種詭秘（uncanny）的方式在場。經歷台上兩小時交流後，人們離開劇院時，心中納悶著剛剛究竟看了什麼、經歷了什麼：是演出？討論？還是劇場化的公共領域？（見圖一）

　　這些非典型、甚至全新的形式聚焦的核心問題是：若「百桌」或「繪製民主地圖」明顯將自身界定為某一「公共領域」，那麼主創者就暗示著過去他們呈現的一般演出並不是「公共領域」。本書核心論述認為，慕尼黑室內劇院戲劇顧問的說法或許是對的。在今日，一般演出活動就算再新、再敢、再挑釁禁忌，都不太涉及公共領域。過去一個世紀以來所達成的美學成就，成功將劇場從嘈雜、隨時可能擦槍走火的群聚，轉變成專注美學體驗之處，但犧牲的卻是劇場本身的公共性。在此，昏暗的觀眾席成為實質的「私密空間」。

圖一　《繪製民主地圖》，慕尼黑室內劇院，2012年11月。台上人士由左至右
分別為：史蒂芬・凱吉、格拉爾蒂娜・德・巴斯蒂昂與哈特穆特・羅沙；螢幕
左為在開羅的哈拉・加拉（Hala Galal），螢幕右為在馬德里的阿瑪多・費南德
茲─薩瓦特（Amador Fernández-Savater）。

何（處）為公共領域？[2]

接受充裕補助的公立劇院試圖和「公共領域」重新建立連結，顯示著自社會科學至人文學科領域對此主題再度出現更廣泛的關注。[3] 之所以會有學術與藝術探知，通常正意味著狀況不明、概念邊界變得模糊、過去確信的確實不可信了的狀態。我們同樣也正面臨幾大挑戰：舉凡資訊革命、全球化與移民、氣候變遷、公共財政與服務的腐化（暫列幾項），皆以某種方式和公共領域產生關係——議題在公共領域進行討論，（理想上）市民也在此自由參與對話。正如上述未完待續的列表所指出的，任何關於公共領域在劇場／表演脈絡的討論，瞬間將我們放置於傳統定義的政治領域中。既然公共領域主要是存在於個人／私人與國家政商之間的論述場域，它在所謂自由開放社會的運作中自然佔有關鍵位置。本書試圖探究劇場與表演在此間所扮演的角色，所謂「劇場公共空間」可以怎麼被定義，表演與劇場理論又能以何種途徑參與辯論。

但我們說的公共領域到底是什麼？相關討論一定得先從尤爾根・哈伯瑪斯（Jürgen Habermas）的重要著作《公共領域的結構轉型》（*The Structural Transformation of the Public Sphere*）開始（但絕不止於此）。此書1962年先以德文出版，英譯版則要到1989年才問世。哈伯瑪斯在書中將公共領域分為兩種歷史闡述：其一是典型封建與專制政

---

2 譯註：本書主要以哈伯瑪斯公共領域其後續學說來解釋劇場議題，並使用不少雙關語，因此在翻譯上試圖貼合劇場脈絡，並不完全與台灣慣用社會學、政治學詞彙吻合。

3 可參考http://publicsphere.ssrc.org；the Public Sphere Project (www.publicsphereproject.org)；關注歷史主題的Making Publics (www.makingpublics.org)。

權（政治行動大都受統治王權秘密支配）的**再現**（representative）形式；另一則是公開展演、儀式典禮仔細搬演的形式。後者被哈伯瑪斯稱作**布爾喬亞**（bourgeois）式的公共領域，對再現形式提出挑戰，更一舉取而代之。布爾喬亞式公共領域出現於陳朽的封建社會其劇場、文學與藝術等「非政治」場域，在此養成相關論述模式與實踐，以運用於政治場域本身。布爾喬亞式公共領域的核心在於私人／個人就公共相關議題提出理性論述，目標是要達成理性共識，特點包括幾乎來者不拒的普及性、自主性（參與者不受脅迫）、地位平等（社會階級也應服膺於論點品質），以及透過理性—批判進行的論點交流。哈伯瑪斯的歷史論點取決於兩項轉變：十八世紀時，從封建時代「再現式」公共領域轉變為布爾喬亞式的理性—批判公共領域；接著到了十九世紀末與二十世紀，在大眾媒體、文化商品化與政治操控輿論等影響下，布爾喬亞式公共領域又再度衰退，成了「為了作秀而製造的公共領域」。[4]政治組織改變（特別是壓力團體與說客出現），再加上媒體的商業化與商品化，幾已從市民私人／個人手中全面接管意見生成之過程，將其重新安置並使其專業化。

自其原初定義開始，公共領域一詞的語意範圍已大幅擴張，特別在哈伯瑪斯研究的英譯版問世後更是如此。[5]也常有人提到以英文 public sphere 表示德文 Öffentlichkeit 或多或少有點問題，因為此英譯並不足以涵蓋原文在語意上的穩定與彈性。從脈絡看來，Öffentlichkeit 原先指涉的並不是「地方」，而是「人」，儘管是集體、抽象概念的「人」。在這樣的解釋中，此詞涵義其實更貼近於英文的

---

[4] Habermas (1989), 221.

[5] public sphere 一詞應是在1974年首次在英語世界出現，見於哈伯瑪斯一篇1964年文章的英譯版，並由譯者 Peter Hohendahl 加上註解說明（Habermas 1974）。

public（眾）概念。[6]它同時可以表示in public view（被公開看見），也因此隱含空間概念。[7]哈伯瑪斯對此概念的定義（特別是其歷史脈絡），不該被理解為集體（collectivity）或空間，而是人們體現的**機制**（institution）。[8]哈伯瑪斯的公共領域理論，主要指的是論述空間而非物理空間。其組成元素——參與自由、言論自由、自主性與參與者的平等地位——自然而然形成了民主的核心前提。

　　哈伯瑪斯理論受到各方熱烈評論，此現象在1989年英譯版問世後更為明顯，而此時恰好也正是冷戰結束、資訊革命初始之際。[9]其中最主要的批評是針對公共領域如何以一套特定詮釋來建立其「典範」或理想版本，也就是十八世紀出現的所謂自由派布爾喬亞公共領域。然除了對哈伯瑪斯著作的批評幾乎已成某種儀式之外，今日公共領域一詞較1989年更具份量。這與前文提到的資訊革命有關，網路民主充斥大量個人意見的發展潛能尤其重要。另一明顯關聯，是始於東歐至近日中東民主運動浪潮所造成的政治局勢變動。此外，藝術領域中對於觀者身分（spectatorship）與大眾（public）看法的轉變，在長期批判現代主義黑／白盒子式的傳播與接收時多將兩者結合，也成了一大重點，且與本書主題更為密切。無論是典範式、理想式或激進

---

[6]譯註：因分析主要聚焦於英文翻譯德文的微妙差異，於是保留原文。

[7]在德文原版中，哈伯瑪斯不斷提到Öffentlichkeit作為一種Sphäre，英譯將此詞表為public sphere，較德文更強調空間性，某方面來說也因此更貼近於哈伯瑪斯的理論闡釋。

[8]Peter Hohendahl在他翻譯哈伯瑪斯（1974）的註腳中特別強調此點。「哈伯瑪斯的公共領域概念不該等同於多人集結的『the public』，他的概念主要指向機制，而機制無可否認地是透過人們參與才得以形成具體形式。」（ibid., 44, n.1）

[9]哈伯瑪斯著作在1989年出版英譯本，而要到1990年代才在英語世界真正引發迴響。首度相關梳理見於Calhoun (1992)，特別是〈前言〉（'Introduction'）。1992年後研究，以及此概念評論相關歷史研究，則可參考Gestrich (2006)。

式的公共領域，始終都是民主機制與藝術機制的重要元素。我們的任務便是要指出公共領域如何作用、如何轉變，而它現在又是以何種形式與劇場產生關係。

依據「公共領域原則」（Public Sphere Guide）這套彙整相關文獻的線上資源所示，我們可以提出三種「層面」（dimension）之別：（1）大眾傳播的生產結構；（2）各種大眾傳播形式固有的社會區隔；然後才是（3）被排除在主要公共領域之外的諸多對抗公眾（counterpublic）。[10] 上述類別是對哈伯瑪斯概念的重要修正。生產結構會去研究大眾傳播運作的具體場所地點，這些地方屬某種主要媒體（通常是大眾媒體），但如市政集會、抗議示威等「面對面溝通」也涵蓋於此分類中。網際傳播的猛爆發展，特別是阿拉伯之春（Arab Spring）時如何運用社交媒體，重新燃起了人們對生產結構的關注。[11] 誰是其擁有者？網際傳播能被支配甚至操控嗎？從歷史看來，劇場一直是屬於公共傳播的場地，但它的效用與重要性已然萎縮，分裂為娛樂媒體或藝術形式兩種路線。前者雖具潛在群眾感染力，卻抵銷於與商品資本主義經濟結構的共謀關係，[12] 而後者講究專注投入的美學養成，則讓劇場棄守了作為公共傳播場所的能力。

哈伯瑪斯理論提到自封建到布爾喬亞形式的歷史轉變，已隱藏著公共領域的社會區隔。政治理論學家查爾斯·泰勒（Charles Taylor）將公共領域定義為西方現代性三項關鍵「社會想像」（social imaginary）之一，另兩者則分別為公民國家（citizen-state）與市場

---

10 見 http://publicsphere.ssrc.org。網站已移除文中引用之分類。資料最後查考日
　　期：2012/12/4。
11 見 Benhabib (2011) 與 Lynch (2012)。
12 見 Rebellato (2009)。

（market）。公共意見之公共領域代表著一個各種交流形式（無論是面對面或是透過媒介溝通）皆可在此往來互通的普遍「地方」：「我們現在在電視上進行的討論，說的是今天早上報紙提到的消息，這消息報導的又是昨日廣播話題，如此不斷下去。這也是為何我們通常都用單數來表示公共領域。」[13] 公共領域這種內在互通性也凸顯了自身既合一又分裂的雙重性。前者的先決條件在於機制，通常是以言論自由相關的憲制保障形式表示。合一的公共領域，確保了如劇場、藝術或音樂等個別公共領域能夠存在，而每個獨立公共領域皆有著自身特別的參與規則，規範著如空間、參與，以及其他公共領域疊合度等問題。

雖然我們通常（如前所說）是以單數來表示公共領域，近期卻已有研究聚焦於公共領域概念的複數型，甚至是此概念的分裂，其中又以所謂「對抗公眾」（Gegenöffentlichkeit）為關注重點。相關討論始見於1970年代，針對以布爾喬亞公共領域為主流的概念提出批評，認為其排除了早在法國大革命就已出現的無產階級模式。[14] 雖然哈伯瑪斯論述是建立於歷時層面上（公共領域理想—典型形式的結構轉變與最終衰退），其社會與功能差異卻在原始模式中較不顯著。儘管如此，討論差異化是近期公共領域研究一大貢獻，就連哈伯瑪斯本人也投入其中。[15] 近期研究意識到公共領域模式順階級、種族與性別而生的界線，而這還是其中幾種可能類別而已。也因此，在今日我們提到公共領域時，更常以複數型而非單數型來表示。

---

[13] Taylor (2002), 112。

[14] 見 Negt and Kluge (1972; Eng. 1993)。

[15] 可參考哈伯瑪斯在論文 "Further Reflections on the Public Sphere" (1992) 中如何調整其理論，特別是文中關於公民社會的評論，453-5。

在麥可・華納（Michael Warner）2002年研究著作《公眾與對抗公眾》（*Publics and Counterpublics*）中，這位美國文化理論學者與同志運動人士為相關討論帶來深具影響的觀點擴充。華納提出以「詩意的世界生成」（poetic world making）作為公共論述（特別是議題取向或身分政治類別）的構成元素。藉凸顯此詩意元素，華納指出一群公眾（public）並非單靠理性批判式的意見交換而形成──還有其他公眾，特別是具藝術與反對性質的對抗公眾，利用的是詩意─抒發形式，而不只是言語倡議層面而已：

> 公共論述不只是說：「讓一群公眾存在」，而是說：「讓它有這樣的性格、照這個方式說話、用這個方式看世界。」接著，它會向外尋找此群公眾存在的確據，不管成敗如何──所謂成功，就是更進一步試著引用、傳播並理解它所表述的對於世界的認識。立起旗幟，看看有誰敬禮。演一場戲，看看有誰出席。[16]

掛上公共論辯的旗幟，讓我們能以此為出發點，在劇場脈絡思索公共領域。在今日，所謂「詩意模式」的參與，想當然爾是發生於網際網路各式各樣的論壇與形式中。即便華納最初是將「詩意的世界生成」理解為一種具想像力的方式來處理次文化語言特質，我則認為我們從語源的根本 poíēsis[17] 來理解並運用此詞。我說的不是 poetry 的詩，而是原意中透過身體與語言途徑進行的生成／生產過程，其結果能散播於所有媒體中。

---

[16] Warner (2002). 82
[17] 譯註：拉丁文原意為 to make，即創造未曾存有之物。

近期針對哈伯瑪斯「典範式」公共領域理論最具影響力的批判，來自政治理論所謂的「爭勝」（agonal）或「爭競」（agonistic）學派。此派說法以香陶・穆芙（Chantal Mouffe）研究為主要代表，但也多少與後工人主義學派的基進後馬克思思想有關。爭競派理論學家自根本上質疑公共領域概念講究理性主義、尋求共識的整套策略，而建議——如約翰・布拉迪（John Brady）所說——「把那支持『以政治爭論、排除的真實，以及尋找異己的解放潛能為核心的民主政治模式』之公共領域理論全都丟掉。」[18]穆芙提出「爭競式多元主義」（agonistic pluralism）概念，作為「集合民主」或「審議民主」等主流理論之外的另種途徑。她認為「集合民主」或「審議民主」往往低估了民主政治的衝突本質；相反的，「爭競式多元主義」則凸顯而非漠視情感（affect）與激情（passion）所扮演的角色，藉此直接認可政治的對抗性。民主政治的目標是一定得將對抗（antagonism）轉變為爭競（agonism）：「對『爭競式多元主義』來說，民主政治首要任務並非將激情自公共的領域消除，以達成理性共識的可能，而是要組織激情為民主設定（democratic design）。」[19]將「激情」整合於民主過程中，而不是消除激情以促進理性論述，這同時意味著為高度爭議的立場提供安全閥，讓事態不致落入更暴烈的表述形式中：「對抗一旦引爆，可撕裂文明行為的一切根基。」[20]

新一派理論學家對此類論述提出反駁，認為哈伯瑪斯理論（特別是後來的修改版）並非如所謂「典範式」或「理性批判式」等過度簡化的標籤所說，而其實對異議（nonconformist）或抗爭式（contestatory）

---

[18] Brady (2004). 332.

[19] Mouffe (2000), 16.

[20] *Ibid.*, 17.

溝通採取更開放的態度。[21]他們強調哈伯瑪斯本人也關注且明確認可
公民不服從與政治抗議至少可以用來表述政治議題的重要性，儘管不
見得真能解決問題。[22]法理學家艾咪‧巴塞羅姆（Amy Bartholomew）
甚至主張絕食之類的抵抗行動可與修正後的哈伯瑪斯公共領域概念達
成一致：

> 雖然我們較易正當化**象徵式**的對抗身體政治，將其視為被**體
> 現**（embodied）的論述，例如以增進論辯與曝光度為訴求的
> 公民不服從運動，然在哈伯瑪斯理論中依然有空間去處理那
> 些用嚴重傷害身體、更可能致死的行動作為犧牲式、**美學抒
> 發**式的表達方式，例如長期絕食最終演變為致死禁食，作為
> 對國家暴力與法律脅迫等壓迫統治方式在根本上的不公義所
> 採取的合法抵抗行為。[23]

在上述對於這套爭勝理論的回應中，還可同時看見其對公共領域理論
須納入美學抒發、感性之表達與行動模式（包含身體行動）的強烈主
張。如此立場最終導致在理性批判與爭競式思想學派之間產生某種辯
證綜合（dialectic synthesis）。

相較於其他學科領域，劇場與藝術研究針對公共領域的討論並不

---

[21] 評論學者包括Brady (2004)、Dahlberg (2005)、White and Farr (2011) 與Bartholomew (2014).
[22] 見White and Farr (2011), 44-5。文中提到哈伯瑪斯針對美國1960年代反戰抗議的評論，特別是波尼根兄弟（Berrigan Brothers）如何運用具高度劇場性的抗議形式，例如在徵兵文件上潑血、用自製汽油彈公開燒毀文件等。見Habermas (1985)。
[23] Bartholomew (2014), 2-3,粗黑為本書作者另加。

太多。[24]今天要就藝術脈絡來討論公共領域，遇到的其中一項難處便在於人們易傾向將其與機制外（特別是在公共空間）的創作實驗混為一談。近期朝「關係藝術」（relational art）與「公共藝術」（public art）的發展當然是一重要現象，的確可對公共領域造成直接影響，但兩者絕不完全等同。像這樣的混用，也出現於澳洲社運人士暨公共領域理論學家西門・謝赫（Simon Sheikh）一篇其實深具觀點的論文中。他從「在根本上『零碎化』的公共領域概念」開始發展，以探究「在特定公共領域或空間建構（無論是真實還是想像）背後，存在著什麼樣的可能、問題意識與政治」。[25]引句中「領域或空間」的「或」這個連結詞，意指公共領域與公共空間是可互換的同義詞。他認為現今在公共空間做藝術的趨勢，正意味著走出了現代藝術預設存在一群「最佳一般觀眾」的「白盒子」模式。[26]然而，謝赫真正凸顯的是今日公共領域——特別是在當代藝術實踐脈絡下——的多元特質。

　　亞內勒・賴內爾特（Janelle Reinelt）是劇場與表演研究領域少數直接切入公共領域概念的學者。她並未落入空間與領域混用的陷阱中，而是先仔細梳理了過去常見的接納／排斥相關理論，並特別著重於印刷文字與理性共識，才進一步帶入藝術層面的運用。面對越來越跨國、全球的藝術市場，她也如大多數人般，對劇場公共領域之場地持悲觀態度：

---

[24] 如安德拉斯・寇勒（Andreas Koller）在近期一篇公共領域相關研究的評述指出：「以長期歷史觀點關注藝術領域（文字公共領域、詩、建築、表演藝術、視覺藝術）與公共領域之間關係的綜合性研究幾乎不存在。」（Koller [2010], 273）。

[25] Sheikh (2004), 1.

[26] *Ibid.* 香陶・穆芙也在其論文 'Artistic Activism and Agonistic Spaces' (2007) 提到類似論述。文中她將「公共空間」（public space）與公共領域做同義詞使用。她提到的「反霸權批判藝術」案例全都是取自如「收復街道運動」（Reclaim the Streets）與「沒問題俠客」（The Yes Men）等非機制化的行動團體。

若我們意識到大部分的藝術機構，包括劇場與其他表演藝術領域，皆屬於公民社會階層，那麼我們會更加了解到，我們這領域越來越認為無論是國立或由國家所補助的劇院，或者是國際藝術活動、藝術節、跨國贊助者私人出資的跨文化計畫，都不具有達到直接政治效能的可能。[27]

她舉例指出像這樣的效能——若這確實是公共領域的唯一目標——更常見於印度婦女的民俗表演或坦尚尼亞的發展劇場（theatre for development）。至於她舉的本國（美國）案例，大都來自電視而非劇場，則更深化了這種悲觀態度。

賴內爾特的評論凸顯了我們需要更全面地理解公共領域，既涵蓋哈伯瑪斯理論的論述可能，更要藉爭競與嬉鬧（ludic）層面有所擴充。公共領域的劇場理論需要建立在「爭競主義」（agonism）概念延伸上，強調的是情緒（emotion）與情感（affect），但也未屏除更理性的論辯形式。我們需要理解理性批判與爭競形式實為互補，而非互相排除的表述形式。更好的方式是，要將劇場公共領域概念視為兩種明顯相反觀點之間的辯證決斷，而這也正是本書所採立場。如我在下一章將提到爭競式公共領域實源自希臘劇場與城邦模式，在此我們也會看見劇場公共領域第三種要素：舞台嬉鬧的力量。亞里斯多芬尼斯式（Aristophanic）希臘舊喜劇（Old Comedy）毫不留情的嘲諷，為劇場如何涉入公眾議題確立了獨特原型，且持續至今。若我們能恢復這三種參與模式（理性批判、爭競式與嬉鬧式）的有效性與適切性，那麼我們便能開始發展一套更細緻的藝術／劇場公共領域概念。

[27] Reinelt (2011), 21.

觀者、觀眾與公共領域

　　對公共領域再生關注，是對劇場、表演及廣義藝術生態轉變的直接回應。社會藝術、關係藝術研究大幅增量（Bishop 2012），其中不乏劇場相關研究，如夏儂・傑克森（Shannon Jackson）《社會作品》（*Social Works*, 2011）聚焦於當代行為藝術參與，或如大衛・懷爾斯（David Wiles）《劇場與公民》（*Theatre and Citizenship*, 2011）從歷史檢視公民參與如何作為某種表演實踐。上述兩例皆明顯訴諸於公共領域，但並不以公共領域為各自研究重心。與上一世代的劇場與表演學術研究多聚焦於我們所謂的表演「詩學」（poetics）相比，此現象反應了學科研究的重大轉變。上個十年間兩本極具影響力的著作：漢斯—蒂斯・雷曼（Hans–Thies Lehmann）《後戲劇劇場》（*Postdramatic Theatre*）與艾利卡・費舍爾—李希特（Erika Fischer-Lichte）《表演的轉化力量：一種新美學》（*The Transformative Power of Performance: A New Aesthetics*），[28] 重點皆在闡述演出者與觀者直接相遇的「自生反饋迴圈」（autopoietic feedback loop，引自費舍爾—李希特）中，其美學溝通的內在性質與結構。[29] 但這種封閉式的表演美學經驗，無論對公共領域作為論辯／論述場域，或就機制的觀點（將是本研究一大重點）來說，都沒有多少發展空間。大抵來說，兩位學者分析的策略與實踐，皆以近年現代主義黑盒子模式作為劇場溝通表現。黑盒子劇場講究高度關注，通常藉黑暗空間達到主要美學體驗，卻少有機會導向

---

[28] Lehmann (1999, 英文版 2006)、Fischer-Lichte (2004, 英文版 2008)，兩書皆譯為十多種語言發行。

[29]「演出產生並取決於自我指涉且不斷變動的反饋迴圈」（Fischer-Lichte 2008, 38）。

社會與政治論辯。

在進一步討論之前，我們有必要先建立關於劇場的觀者參與及公眾參與兩者之別。雖然觀者（spectator）與其集合體相似詞──觀眾（audience）──總被召喚為「劇場事件」的「中心」、「核心」，要不然也相差無幾，然現有的重要學術研究數量與這些慣例化的修辭學表述實在不成比例。丹尼斯・肯尼迪（Dennis Kennedy）大致解釋了這種擺盪在某種經驗式的心理／社會實體（大多數人文領域學者多不具此訓練也無意向探究），以及某種理論建構、某種「評論者想像的蒼白假定」之間的學術矛盾。[30]肯尼迪提供的重要觀點是凸顯了觀者身分的歷史偶然性；我們認為理所當然的觀者模式（在黑暗觀眾席中保持身體不動，相當專注投入）其實是近期的現代主義發明，大約才出現一世紀之久。他且提醒我們在前現代時期的觀者「常常去劇場但沒在看戲」。[31]

觀者如何參與劇場事件、如何對劇場事件產生貢獻等相關討論，過去一直和製作（production）與接收（reception）這個幾乎無解的二元論脫離不了關係。雖然多認為兩者具相互依存關係，然劇場學者用了超乎比例的詳盡分析工具（與意念），來探討兩者如何結合以對劇場事件產生貢獻。這些學術研究運用到讀者反應理論（reader response theory）、[32]民族誌研究方法（ethnographic methodology）[33]或精神分析，[34]來建立詮釋群體（觀眾）與個人回應（觀者）之重要

[30] Kennedy (2009), 11.
[31] *Ibid.*, 12.
[32] Bennett (1997), Pavis (1998).
[33] Schechner (1985).
[34] Blau (1990).

性，儘管這兩者常常在最終分析時合而為一。這些方法的共通點，是要以理論分析涵蓋身體／情感／認知行動的廣義美學等式之失落環節。觀者在表演過程中在「做」什麼、他們的行為反應、他們如何理解或不理解他們所領會的──這些顯然都是劇場與表演研究的核心議題，但並非本書著墨重點。對公共領域的關注包括觀點的轉變，不再像現代、後現代那般聚焦於劇場事件／作品當下的美學層面，並且讓關注回歸到政治、社會互相交疊的議題，與之重新結合，這些都超越了任何單一表演事件。

我們當然不會否認有各種企圖是要透過表演觸及更廣大的公共領域，然本書的主要論點在於今日的劇場公共領域並不等同於觀眾去看戲而已。觀眾與公共領域彼此有別，而其意義需要學者去探究劇場在**當下**表演以外的動能。當劇場分裂為大眾娛樂包商與獨立自主的藝術領域兩條路線時（在歐美兩地大致都是平行發展），劇場公共領域就其政治與社會功能而言也被邊緣化了。從公共領域的角度看來，無論商業或藝術，這兩種形式都是──借用彼得‧布魯克（Peter Brook）的話來說──「僵化劇場」。[35] 只有慢慢藉由與新媒體重新連結，並且逐步走出劇院建築外，才能再度啟動其政治與社會作用（見第六章）。

表演與公共領域

今日劇場表演廳無論規模大小，都深受現代主義傳統所影響，勢必將成為「資訊高速公路（Infobahn）外的死路」。[36] 這樣的封閉狀

---

[35] 商業與藝術並非互斥的類別，也不是只有這兩種形式而已。在過去四十年間，在劇場「運用」上已發展出從社區建造到劇場治療等各式各樣的功能。

[36] Kennedy (2009), 155.

態，既存在於強調美學專注的黑盒子劇場，對一晚消磨的娛樂演出來說也是如此，而讓劇場變得毫無政治分量。本書主張，是現代劇場的產生導致觀眾與公共領域彼此分裂。史特林堡（Strindberg）以「親密劇場」（intimate theatre）名稱帶出的訴求、黑暗的觀眾席、深具創作企圖的藝術劇場，都顯示著此運動如何藉由達到高度「專注」狀態（引自強納森・克雷里〔Jonathan Crary〕），加上舞台與觀眾席間充滿能量的交流，來促進並強化美學體驗。[37]我們這門劇場研究學科的出現既與此運動有著密切關聯，就難怪我們的劇場學術工作向來多聚焦於此劇場面向。換句話說，專注於黑盒子劇場裡的表演，不太能幫助我們了解劇場公共領域的能量；而只聚焦於表演的美學層面，也不能幫助我們理解劇場公共領域，因為這樣無法忠實處理這兩種觀點。如約翰・麥吉根（John McGuigan）所說，若只單純將哈伯瑪斯理論提到的溝通行動、理性共識與審議民主套用在藝術或娛樂上，這樣就太簡化了：「將美學傳播簡化為達成共識的標準步驟是完全不對的。藝術，不管怎麼說，理應是為求新意而扭曲語言與再現時，才會是最有趣的。」[38]

那麼，演出事件究竟又能對劇場公共領域起多少作用？先不論劇場試圖達到布萊希特疏離效果，或近年來努力強調後劇場的認知失調，劇場的表演模式始終是一個屬於情感張力的領域，產生的不只是認知反應，還有各式各樣的慾望與情感反應。當這些張力溢出觀眾席，干預並參與了敏感的社會論述時，就是演出事件對劇場公共領域起了作用。像這樣的「溢出」（spillage），能以抗議與紛爭事件的形式

---

[37]關於親密劇場運動，請參考Streisand (2002)；關於專注與現代主義，請參考Crary (1999).
[38]McGuigan (1996), 178.

表現，並產生關注焦點，藉此研究劇場公共領域與廣大公共領域之間的互動關係。然而這並不代表劇場公共領域非得透過紛爭事件才能啟動。不管現代、後戲劇劇場是如何封閉，劇場依舊屬於公共空間，即便是一個受到高度控制、甚至深受制衡的空間。

　　除了刺激的抗議行動外，劇場還能如何和公共領域產生聯繫呢？它是否可以成為一個論述與辯論的空間？雖少有劇場改變世界，卻有相當多的例子說明了劇作與演出如何與廣大公共領域發生關係，只不過這些貢獻較少被詳細論述。以《玩偶之家》（*A Doll's House*）為例，諾拉在結尾時離家，用力甩上門的那一聲響，表示了什麼主張？這既非理性論點，也非明顯提出政治主張（至少易卜生本人並不這樣認為），但依然以赫赫之聲「響遍全世界」。[39] 易卜生拒絕將諾拉視作女性主義運動代表，但其作品產生的迴響卻與劇作家本人意願背道而馳。幫易卜生寫傳記的麥可・梅爾（Michael Meyer），即便曾表示「說《玩偶之家》和女權有關，就跟說莎士比亞的《理查二世》（*Richard II*）是在講君權神授、《群鬼》（*Ghosts*）是關於梅毒一樣不合理」，卻也主張「從來沒有一齣戲造成這種程度的社會辯論，在那些向來對戲劇、藝術感到興味索然的人們之間，引發如此廣泛且激烈的討論」。[40] 同一位作者竟然出現如此詮釋分歧，也讓我們因此看見這齣戲的藝術價值，拒絕臣服於純粹的意識形態目的。儘管如此，此作從那時起即不斷與公共領域產生關係。[41]

---

[39] Huneker (1905), 65.

[40] Meyer (1971), 478, 476. 我們也別忘了《玩偶之家》（至少在一開始）更常以劇本閱讀方式流通，而非舞台劇演出。

[41]《玩偶之家》被認為是有史以來最常演出的現代劇。關於此作如何持續產生社會迴響，特別是對非西方文化的影響，請見 Fischer-Lichte et al. (2011)。

我們或許同意易卜生更感興趣的是分析關於「人」的普世議題，而非成為政治或社會運動出擊的武器，不過其他形式的劇場卻沒這麼曖昧。在德國威瑪共和國時期誕生了一波全面性的時事劇（Zeittheater）劇場運動，演出如墮胎、死刑、歧視、反同、排猶等觸及當時政治社會議題的戲劇。1920年代其他較「小」規模劇種如宣令劇（agitprop）或活報劇（Living Newspaper）也同樣介入政治議題，且不再追求更高的藝術理念。今日如引錄劇場（verbatim theatre）類型的劇場，採類似策略，運用檔案文件、真實故事證詞、法案與議會討論來關注正在公共領域傳播的議題。

劇場演出作為廣大公共領域中的一部分，如今在社會與政治上卻愈顯邊緣——取消審查制度就是最好的證明。審查制度暗示的是內心深信劇場群聚具有某種政治力量。在審查制度支配下，國家把劇場觀眾當作廣大公共領域的一份子。十九世紀劇場審查制度的特點在於其一致性：「幾乎所有歐洲國家的審查制度機制原則都很相似」，羅伯特‧苟德斯坦（Robert Goldstein）這麼說；[42]但此現象在二十世紀出現劇烈改變——除了極權國家外，審查制度相繼遭到廢止，自1906年的法國起，到1968年的英國為止，這一過程顯示人們逐漸意識到劇場作為公共領域之社會角色（agent）越來越被邊緣化了。事實上，我們可以主張審查制度的消失，加上劇場受到憲法的言論自由保障，翻轉了向來把劇場當作公共空間的認知。歐洲劇場「許可」如此公然在舞台上呈現性暗示或瀆神情節，正意味著劇場（至少就其在藝術劇院或藝術節等發展形式而言）幾乎已成一私密空間，是成人之間進行合意行為的私領域（見第五章）。我們必須接受，在西方劇場私

---

[42] Goldstein (2009), 266.

密性中發生的幾乎全是私事而已——在合意拍檔（即演出者與觀者）之間進行的藝術行為，因此難以成為廣大公共領域之關注。即便在舞台上出現裸露、猥褻或語言侮辱等情節，西化的劇場觀眾（程度從劇院會員到藝術節觀眾不一）通常都已做好心理準備要來接受折磨。有時不免有人甩門離場、寄信投書，但這些都是在普遍寬容態度之外的少數例外：大家也知道小男生就是那樣，正如藝術家就是這樣，他們大多享有憲法保障，因此理所當然擁有挑戰所謂禁忌的自由。

要是演出內容幾乎未曾在廣大公共領域得到任何關注，又該在何處產生迴響？離開劇場是必然的結果，這暗示了就黑盒子劇場模式而言，對公共領域產生貢獻的往往並非演出本身，而更常在於劇場的機制作用——在劇場不同的社會、法律、經濟與藝術角色之中。若觀者與演出之間透過黑盒子劇場空間的表演性反饋迴圈（performative feedback loop）進行交流，是自處於公共領域之外，那也難怪藝術家紛紛開始改變策略——至少對那些依然深信劇場具有某種政治與社會功能的藝術家來說是如此。其中有種反應，是要離開黑盒子劇場尋找替代表演空間。然佔領廢棄工廠並將其中產階級化，充其量只是在現有機制外創造了新的黑盒子劇場而已。更激烈的手段如（重新）佔領劇院建築，是要更直接與政治公共領域發生關係。在歐債危機與政府補助嚴重縮水的背景下，義大利、西班牙與希臘的藝術家／行動人士並肩作戰，不只是要阻止出售公立劇院，還將此空間轉作公共論辯及各種藝術、政治活動平台使用。[43] 或許有人會說，把焦點從演出移轉

---

[43] 近年案例包括羅馬「佔領瓦萊劇院」（Teatro Valle Occupato）、帕勒摩「打開加利巴迪劇院」（Teatro Garibaldi Aperto）與雅典的安普羅斯劇院（Embros Theatre），其中以「佔領瓦萊劇院」最為成功，藉由新組織結構Fondazione Teatro Valle Bene Comune建立合法地位與長期運作。

至機制，暗示著空間化（spatialization）與時間化（temporalization）
的重新定義。公共領域已融入我們對未來[44]的看法中，因其為形塑將
至事物提供了論述前提。無論是什麼樣的空間（空間很重要），公共
領域最終是要決定未來，而這個未來同時也界定了劇場公共領域是：
機制層面的論辯、劇場紛爭事件、新的媒介化形式，最終則是劇場在
社會上的位置與作用。

　　此論點將會進一步發展於一系列獨立章節中，章節雖以關鍵詞
互有連貫，並大致照年代排序，但並不因此構成劇場公共領域之
「史」。討論範圍涵蓋此主題多項層面，但也因筆者本人專業領域以
及「提綱挈領」之需（或說全盤通論太過消耗）而有所侷限。第一章
為劇場公共領域一詞進行理論梳理並提出幾種歷史先例，其中最根本
的應是要界定公／私之別，因其同時規範了我們對劇院建築的理解，
以及治理公共領域的規則。文中將重新檢視在希臘文化中廣泛使用的
agōn[45]一詞，藉此擴充哈伯瑪斯理論傳統傾向理性典範式的公共領域
概念。借用香陶・穆芙強調政治論述情感層次的「爭競式」政治，我
將在文中主張：要對公共領域之爭競與嬉鬧層面提出更細緻的理解，
才是讓公共領域成為劇場研究重要概念之關鍵。古希臘的 isêgoría 和
parrhêsia 兩個概念規範了公民表達**個人**意見的權利，並連結到當代關
於審查制度與劇場再現之合法範圍等論辯。我也將進一步討論這些古
典典範如何總是懸於劇場作為爭競、嬉鬧式抗議之場所，以及劇場作
為機制之功能（往往在經濟上受政治權力結構的資助，但資助者卻也

---

[44] 譯註：作者用 future 與 futurity 兩字表示。
[45] 譯註：因原文直接使用希臘文，且本文論述是由希臘文字根、語意開始發展
　　（詳細論述請見第一章），因此不另做中文翻譯。

是劇場試圖批判的對象）之間。

　　任何公共領域，就算是劇場公共領域，都建立在各式各樣的媒介溝通之上。劇場與媒體關係密切，儘管其交集往往並未在劇場學術圈得到應有關注。就算我們光看文字印刷這類媒體，一樣能找到兩者關聯。第二章就是在探討劇場與媒體之間的幾種關聯，如戲單（playbill，宣傳演出的印刷告示）首見於印刷機發明不久後，馬上被當時興起的商業劇場拿來做推銷用。這章的核心概念圍繞於掌控內／外關係的媒介（mediating）操作。我們需要用articulation此字之雙重意涵（「語／與」）來理解「如何試圖吸引觀眾、創造一群公眾」應是由一連串articulation所組成的過程：既是口語表述，也是接點，讓內（建築內可能會有的演出）與外（位於建築外，但依然聚焦特定機制的溝通交流）在此雙向（雖時有對衝）關係與文化實踐中相遇。

　　公共領域是建立在能夠自由交換意見的機制條件上。英國1642年由國會法令（Act of Parliament）開啟的著名劇場關閉事件，可被視為公共領域起了一些作用的早期勝利。以劇場為焦點的爭勝筆戰，一路從伊莉莎白時代（Elizabeth Period）打到卡洛琳時代（Caroline Period），最終成為政治行動，由強勢論述方加上議院多數方而贏得此役。曾蔚為主流、或至少不被排斥的劇場圈，如今被排除在外，形成一對抗公共領域（counter public sphere），並開始煽動爭取恢復劇場行業。第三章將重返這場著名論戰，以此為例，說明一個公共領域如何藉機制（新的公立劇院）、媒體（印刷發展）與宗教政治因素（聖公會與清教徒、保皇派與議會派之間教義爭端）三者之相互作用而成形。

　　第四章將焦點延伸至一國國界之外，檢視劇場公共領域如何也能產生跨國作用。雖然我們常以近期關於全球化、「後西伐利亞」（post-Westphalian）政治模式等討論來聯想跨國公共領域概念，但十九世紀

末在巴黎與倫敦兩齣計畫演出的劇作，以穆斯林先知穆罕默德為題材
而引發喧然大波，也暗示著這時的公共領域已然邁入全球化。來自土
耳其、印度與中東的穆斯林社群紛紛施加公眾壓力，最終這兩齣戲被
禁止演出。此外在另一案例，我們也看見了類似議題在2006年著名
的《伊多曼尼歐》（*Idomeneo*）事件重演；德國國內政治人物、藝術
家與知識分子攜手確保一齣可能具有瀆神性質的莫札特歌劇製作能夠
上演。

　　第五章關注的是劇場有什麼不能說／做的核心問題。審查制度在
傳統上多藉由決定大眾能接受什麼來控管限制。審查制度不只削弱公
共領域，卻也滋養著公共領域，因其在定義某些「寬容許可度」為何
時，也因而醞釀爭端。當審查制度一夕之間被廢除（如在一戰結束
後的德國），可導致極為激烈的後果。威瑪共和國史無前例地經歷了
一連串由不同人士／團體策畫的紛爭事件。劇場時不時成為激烈抗
爭的場所，越來越少理性辯論，而成了充滿對立與臭彈攻擊的爭競
式場域。文中將以兩種爭議案例來討論當代寬容許可度：宗教褻瀆與
選角政策之種族歧視。由羅密歐・卡士鐵路奇（Romeo Castellucci）
與其劇團拉斐爾藝術合作社（Societas Raffaello Sanzio）創作的《論
臉的概念，關於神子》（*On the Concept of the Face, Regarding the Son of
God*, 2011），在法國與義大利引發激烈抗議。主要策動者為天主教團
體，但也不時出現右翼或伊斯蘭極端團體響應，把表演當作佔據（實
際）公共空間與搏版面成為公眾關注焦點的途徑。德國劇場畫黑臉妝
（blackface）的設計，無論各種單純無意或自我參照之舉，皆成為柏
林當地公眾強力施壓的對象。壓力團體採取行動，運用社交媒體讓潛
在的歧視文化浮上檯面，連向來具政治敏感度的劇場藝術家也感到難
以參與論戰。

　　運用網際網路和想像的公眾交流，已成為學術與媒體領域之關注焦點。我將在第六章討論此間發展，章名中的「分散式美學」正代表著在劇場與劇場公共領域的新發展——前者開始適應於網際網路虛擬世界，而後者則見這兩個領域開始互相連結、甚至合併。分散式美學可以許多形式表現，從嬉鬧式政治干預如克里斯多福・史林根西夫（Christoph Schlingensief）的「貨櫃屋行為演出」《請愛奧地利吧！》（*Please Love Austria!*, 2011），到瑪莉娜・阿布拉莫維奇（Marina Abramović）大受讚賞的《藝術家在場》（*The Artist Is Present*），透過即時轉播產生「第二生命」，並創造另一層次的互動關係。在這兩者之間，還有里米尼紀錄劇團的《加爾客答》（*Call Cutta*），反在全球通訊的狀態下營造親密關係。最後一個例子則回到黑盒子劇場。DV8肢體劇場（DV8 Physical Theatre）在作品《Can We Talk about This?》中藉舞蹈與語言質問多元文化主義的論述侷限，也意味著劇場公共領域可以同時存在於劇場內外。

　　儘管此研究理論依據看似悲觀，前景卻非一片黯淡。假設劇場藝術家的確想要觸及更廣大的公共領域，而不是停留在自我指涉的封閉迴圈中，那麼最末章可被視為某種可行之路。眼前挑戰正在於如何找到策略，將現有機制運作與公共領域在新媒體形式中所展現的快速變動能量相連結。

第一章
劇場公共領域在哪裡

> 啊！別讓譴責決定我們的命運我們的選擇
>
> 戲台只不過是公眾的回音
>
> 戲劇遵循的是衣食父母給的規定
>
> 畢竟我們活著是為了討好，也得為了活著而討好。
>
> ——塞繆爾・詹森（Samuel Johnson, 1820）[1]

在這段大衛・加里克（David Garrick）1747年為一間倫敦大劇院開幕夜所宣告的序言中，塞繆爾・詹森將舞台與公眾想像為某種回音室，而來自公眾的聲音與劇場在此以交互仿擬狀態存在。當時人們對傑利米・克里爾（Jeremy Collier）大力抨擊劇場合法性一事記憶猶新，甚至不免想起就在一個世紀前，所有劇場機構還被迫全面關閉。這或許正是提醒觀眾的好時機：眼前為他們提供的，直接取決於觀眾的品味與愚昧。十八世紀中葉的劇場雖依舊不乏「譴責」聲浪，法律根基倒是穩固許多。大眾的聲音是我們不能置之不理的力量，其吶喊不只是針對單一劇作，更是針對舞台本身。此時期所謂劇場公共領域（或許也適用於全歐洲的劇院），同時代表著觀眾席內與觀眾席外的空間。劇場大概是除了報紙以外最重要的真公共領域。無論是人性共通的缺陷抑或時事議題，都能在舞台上暢所欲言。

---

[1] Johnson (1820), 162.

　　這章要探討的問題，將著重於公共領域概念既已被廣泛討論，又如何能提出一套更貼合劇場的理解？章節標題暗示著劇場公共領域可在某處尋見：若如我於序言所論，不在劇院裡面，那麼或許就存在於公共空間。此外，我們不應以實體空間來定義劇場公共領域之空間性，而須將其視為一系列不斷變動的論證、社會與機制因素。其中最重要的公／私分界，正是在人類學、政治與經濟層面規範西方文化的關鍵二元論。劇場當然是相當重要的公共空間，但少有理論說明其與私人領域的關係。本書其中一項重要論點便是：今日這些佔有文化優勢的劇場形式已有效達到某種程度的「私有化」，翻轉傳統熟知的公／私分野。

　　公共領域源自遠古，與劇場和城邦關係緊密。根據近期之於公共領域相關性的討論，即假定理性批判之排他性有礙於更傾向於爭競形式的參與，我們不妨重新回到希臘文 agōn 的原始意義，將其作為更貼近劇場來理解公共領域的起點。任何公共領域的先決條件，在於說話與批評的權利，分別以 isêgoría 和 parrhêsia 這兩個同樣是由希臘人首先提出的概念表示。雖然已歷經兩千五百多年的發展，這兩種權利直到今日依舊深受考驗，卻為劇場公共領域各種概念奠定基礎。章節末段將會探討劇場與抗議之間的關係。在阿拉伯之春（Arab Spring）等大型抗議運動的背景下，我們應重新探討劇場功能如何作為抗議與介入之論壇場所。正如歷史上的抗議事件不僅只是針對特定劇作的演出，更不斷被導向劇場機構本身；也因此，末段將論及劇場公共領域之於其「機制矩陣」（institutional matrices）的概念。

從公共到私人

　　哈伯瑪斯在一篇自傳筆記中，特別提到兩種形式的公共性
（Öffentlichkeit）。第一種指的是媒介化社會（mediatized society）對
於名人擺拍的公共曝光需求，連帶而來的自然是公私領域界線之消
弭。第二種則是較狹義的公共領域之理論定義，指的是參與政治、科
學或藝文討論，藉議題溝通與理解取代自我陶鑄（self-fashioning）。
以後者來說，哈伯瑪斯特別提到：「觀眾構成的並非是一個有觀者與
聽者的空間，而是講者與受眾參與討論的空間。」[2] 前者在於奇觀，後
者則在於論述溝通。

　　名人娛樂其極端、偷窺式的公共性，可被視為劣化的公共領域，
因為在哈伯瑪斯學說中，後者不只和一目了然的公開能見度有關，也
關乎私領域與親密性等概念。而這親密領域，如哈伯瑪斯一再強調，
與某種「觀眾取向（publikumsbezogen）的主體性」密切相關——在
這裡他指的是探討了此類心理議題、可公開取得的「文化產品」：「在
讀書室與劇場，在博物館與音樂會。」[3] 布爾喬亞私領域已先與十八世
紀興起的公領域建立了有效關係，當私／親密領域日漸臣服於資本主
義與勞動重整的雙重壓力而產生變化時，自然也牽連了公共領域之
轉變（或瓦解）。於是，私領域同時也與公共領域分離，並如理查‧
桑內特（Richard Sennett）《再會吧！公共人》（*The Fall of Public Man*,
1977）書中著名論點所言，逐漸佔據並支配了布爾喬亞生活，而讓公
共生活成為犧牲。桑內特並指出公私領域之分界並非固定不變，而是

---

[2] Habermas (2005), 15.
[3] Habermas (1989), 29.

與一連串「複合演進鍊」（complex evolutionary chain）連結。[4]顯然，所謂私密性與私領域是依歷史與文化而定，公共性概念也是如此，而後者還另取決於媒體條件。在古希臘時期，廣場（agora）與戲劇慶典為當時提供了最大程度的公共性，於是劇場公眾（theatre public）幾乎可以等同於公共領域。然在大眾媒體、民族國家與跨國機構日增的時代，即便是再大的劇場觀眾廳，都只不過近似一封閉的黑盒子，而非公共曝光之保證。

在政治理論中，公眾與政治領域相關。一方面是源自羅馬時代共和（res publica）的概念，另方面則是透過集體自決（self-determination）持續過程中的公民自我治理（self-government）實踐，而讓羅馬法律發展出「公共」（public）之概念，並以「公益／公共財」為其歸類。如阿曼多・薩爾瓦多雷（Amando Salvatore）所說：「將『公眾的』（common）定義為『公共財』（public good），為所有公共性概念之後續發展都帶來關鍵影響。」[5]再者，將公眾延伸定義為特定形式的（公）益或（公共）財，既對屬私領域的資產與資助（patronage）也對父權家庭（pater familias）帶來限制。在大衛・海爾德（David Held）對民主「型態」（model）的討論中，進一步質問了在公眾／共與他所謂「親密領域」（海爾德理解為「人們過著個人生活，而不在制度上對身邊人造成傷害」的領域與情況）之間，究竟有什麼界線與分

---

[4] Sennett (1977), 91. 雖有不少針對公／私的類二元論之評論，近年性別相關研究開始重新評估其效用。姬蓮・羅素（Gillian Russel）於其喬治王朝時期倫敦女性與劇場研究中指出，就歷史社會觀點而言，我們需要為十八世紀公／私領域之分界重新提出歷史詮釋，因其在諸多方面實異於當代理解。所謂家（私領域女人）與非家（公領域男人）之間的分別並不完全吻合如公／私在語意學上的定義，正如人們（無論男人與女人）在家，並不代表他們處於私領域中（2007, 8）。
[5] Salvatore (2007), 252.

別。[6]在海爾德的解讀中，關於公／私分野的爭論，是所有民主討論的基礎，因其為私領域在法律上確立了可論議之界。雖然私領域之概念如公領域一樣一語多義且難以定義，然我們的確必須花時間處理公／私二元不斷變動的相互關係，因劇場正是交涉於兩者之間。對戲劇演出而言，無論建築本身或是在舞台上所呈現的一切，總會涉及公／私論題。如傑夫・溫楚伯（Jeff Weintraub）指出：「公／私之間的分別……是千變萬化而非一成不變。它不只是由一組對立概念組成，而是複合親族，既不可相互化簡但也非完全互不關聯。」[7]

事實上，1960年代反文化（counterculture，意即「個人即政治」）論述，與後續變化發展的各種認同政治討論（特別在北美英語圈脈絡與各種新世界論述套用與轉譯下），其中一關鍵便在於重新界定公／私疆界分野。麥可・華納（Michael Warner）特別聚焦於哈伯瑪斯理論延伸與其所面對的反文化挑戰。[8]華納特別以同志與酷兒介入為例，說明「反文化」一再重新界定公／私範度之規範。像這樣的複雜關係，需要我們以多元角度切入，並結合公／私的建築觀點與不斷變動的社會觀點。這兩種觀點於是在我們逐漸脫離的劇場現代主義路線中互相纏繞交疊。

在前現代歐洲背景下，劇場是社交往來與溝通的空間。無論是觀眾席與包廂的建築結構、演員化妝室、大廳與氣派階梯，都明白指出舞台只是這複合空間中的一部分，或許還不是最重要的那部分。像這樣的形式首見於十七世紀的威尼斯，為因應當時針對階級社會而興

---

[6] Held (2006), 283.

[7] Weintraub (1997), 2.

[8] 華納藉由提出十五組對比，加上三種並無公共意義作對照的私領域概念，以分析公／私間實存在極度複雜的語意關係。

起的新型商業歌劇，接著在十八世紀廣泛出現於全歐洲，樣式各有差異，然直到二十世紀初期都一直是劇場主流。這時的劇場是亮的（此時尚無法在一片漆黑中演出），是屬於社交溝通與展示的。包廂裡的視線不只關注舞台，還投向其他包廂與一般觀眾席。舞台當然依舊是關注焦點，但觀眾席各區空間皆具同等重要性──若我們將劇場視為一配有報紙、咖啡館、會員俱樂部與政治集會的（潛在）公共領域。

　　十九世紀的劇場是人們聚集之處──人數通常為一千至兩千不等。就可容納的集會規模來說，只有教會與教堂可比擬。在運動場還未出現的年代，劇場或許是唯一設計作為公共空間用的建築。我們發現在這時期的新世界，開始出現市政廳作為新的公共空間，往往也兼具表演用途。劇場本身內建的公共性，自然使其成為政治掌控的目標，此掌控通常藉由發照與審查執行，首先針對的便是舞台上的演出。然而，觀眾始終是當局的潛在心頭患，具高度動亂風險，畢竟這麼大規模的群眾號召與煽動，實在是太難以抵擋的誘惑。戲劇展演得以繞過傳統理性辯論（知識份子以書寫進行理性意見交換，即古典哈伯瑪斯式公共領域），也因此使其成為公共生活中難以掌握的因子。

　　隨著現代主義思潮興起，並呼籲劇場朝美學靠攏，劇場的不可預知性，以及劇場因此具有的社會與政治份量，也自十九世紀下半葉開始消退。在這段期間劇場出現重大轉變，開始趨向小規模觀眾發展，讓表演者與觀者之間的關係變得更親密。觀眾席與舞台隨後為電影院提供參照，後者不但依此發展自身空間特性，往往也直接進駐那些收益下滑、門可羅雀的劇場空間。最重要的現代劇場變革，是追隨華格納為拜魯特（Bayreuth）舞台提出的著名要求，開始營造沉浸在黑暗中的親密小型空間。華格納將觀眾視線強制轉移到舞台上，移除多餘感官刺激，成為大多數藝術劇場原型，且持續至今。無論是裝飾藝術

風路線、偽希臘古劇場、鏡框式舞台商業劇場或領補助金的黑盒子實驗劇場，現代主義的藝術劇場模式講究的是美學，而非社交／社會體驗。其理想觀眾是要能以高度專注力解讀符碼，並以自身經驗進行反身觀察。內在本質與高度專注正是現代劇場觀戲的兩大重點。[9]

　　此形式自十九世紀末開始上路——我們或許可將安德列・安端（Andre Antoine）相對親密的自由劇場（Théâtre Libre）視為開端——一方面依附著殖民擴張，一方面則是透過地方菁英以歐學為用的跨國現代化過程，逐漸傳往全世界。在二十世紀上半葉的廣義現代化過程中，電影舞台成了劇場的借代。這也意味著將劇場媒介簡化為小小間的暗室，實際消除了劇場本身潛在的多重公共功能。一旦關門暗燈，劇場變成了親密的私人空間，儘管依舊能感受群體反應的產生與存在，卻被台上主導的藝術生產所吞沒。劇場作為公共領域，其實際作用已完全喪失，僅存偶發的爭議事件，而在藝術舞台上運作的符號學能量，正將一切事物都轉化為符號的符號。那些拒絕重新編碼，抑或就現象學來說頑固維持自身性（en soi）的（如小孩或動物），便因此被揚棄或／並驅逐在外。[10]

　　因此，我們並不能將劇場公共性視為必然現象，而應當更深入地研究其與公／私領域之間的關係。如我將在第五章闡述的，二十世紀間逐漸廢除的審查制度，正說明了從公領域到私領域的轉變。正如那些自然主義劇場倡議者，他們認為演出應是只對私人會員開放的俱樂部，今日劇場同樣聲稱自己應受藝術創作自由保障，得享準私領域地位。若我們將舞台與觀眾席的關係比擬為成人間的合意行為，那麼劇

---

[9] Crary (1999).

[10] 見 States (1985)。後戲劇劇場讓動物與小孩重返舞台之勢，正明確抗拒了現代劇場模式由現象學與符號學先行之現象。見 Ridout (2006)。

場作為公共領域之定義，的確需要更仔細地處理與再視。

　　在今日，公／私間的關係不只是建物功能或美學態度而已，它還觸及了更廣泛的議題，即劇場在社會的定位。公／私二元論在經濟與社會層面皆同樣充滿衝突。將劇場定義為現代藝術形式，實與下列兩種彼此相關的發展並行：劇場逐步邁向公共資助的不可逆趨勢，以及因此喪失其商業（私人）性質——即便兩者間的關係依國家與文化各異。本書重要論點在於，我們正處於劇場功能就公／私分界而言面臨軸心轉變的微妙邊緣。這個轉變指的不單是自空間概念去理解劇場演出本身的公共性，還包括政治、經濟層面的考量，如關於公部門補助與私人參與（透過贊助與購票）等討論。

趨向爭競式公共領域

　　既然公共領域在根本上是一種政治概念，很合理的，我們勢必得將討論回溯至古希臘模式，無論是如廣場作為開放辯論的空間，抑或如酒神劇場明白將公民與觀眾畫上等號的理想狀態。哈伯瑪斯論述同樣根源於希臘城邦：

> 在發展完全的希臘城邦國家（city-state）中，所謂自由公民「共有」（koine）的polis（城邦）領域，完全獨立於oikos，即個體各自擁有的「自我空間」（idia）。公眾生活（bios politikos）主要於廣場（agora）發生，但並不以此為限。公共領域透過討論（lexis）而形成，相關形式如諮商、法庭會議，甚至是戰事或運動競賽等公共「行動」（praxis），也涵蓋其中。[11]

根據哈伯瑪斯說法，古希臘公共領域文藝復興模式的典範力量是「透過一套希臘式自我詮釋的風格模式（stylised form）傳承給我們」。[12] 哈伯瑪斯除了在書中簡單以馬克思式觀點帶過「世襲奴隸經濟」如何作為發展閒暇式政治秩序的根據，只另外略提到幾例古典模式說明而已。畢竟他真正關心的，其實是公共領域的新興形式，如他所說那首見於十八世紀、不再仰賴面對面溝通，而透過印刷媒體運作的理性批判之布爾喬亞模式。值得注意的是，雖有其他展演現象如審判與競賽被認可為公共領域範疇，上述引言中並未提及劇場。這套古希臘遺產的重要性，正在於其為polis（無論是在什麼情況下實踐）與oikos（家領域）劃分的界線。

在劇場發展雛型中，希臘劇場能在多大程度上成為公共領域的一部分？Theatron[13]與agora的空間關係為何？此處岔題進入古典時期是有原因的，因為古典脈絡為後文藝復興公共領域理論發展提供了原型特性與「典範力量」（normative power）──儘管在實際運用上稍顯薄弱。近期已有大批研究（無論直接或間接指涉）投入希臘劇場脈絡下的公共領域概念。

自尼采在《悲劇的誕生》（*The Birth of Tragedy*）書中深刻描繪酒神劇場觀眾如何受到鼓動，至1960年代群起仿效的後繼者，我們開始想像希臘公民如何在高度群體性的集體狀態中（就算不是酒神式的狂喜）去感受彼此。從法國大革命前後時期，到1960年代後期的學

[11] Habermas (1989), 3。譯註：此段文字中希臘文標示依照原文──原文若以括號標註，譯文同樣以括號標註；原文若在本文標示，譯文同樣在本文標示。
[12] Habermas (1989), 4. 在這段描述中，哈伯瑪斯依循漢娜・鄂蘭（Hannah Arendt）《人的條件》（*The Human Condition*）為立論根據。
[13] 譯註：希臘文，指「觀眾看戲的場所」。

生運動與其相關劇場路線，我們發現希臘劇場的理想性成為某種理想典型式的公共領域。不分階級與教育程度，四方公民得以在此聚集的劇場形象，不但始終是理解當時希臘劇場之通用模式，也成為當代劇場革新之參照。

　　若我們檢視這一大批資料，仔細審閱近期研究，將有足夠證據顯示：希臘劇場節慶的確在某種程度上創造了一公共領域（依照本書採用論點）。首先是透過agōn與parrhêsia這兩個重要關鍵，我們不只能理解希臘劇場，還能更精準地勾勒出所謂**劇場**公共領域的概念。這兩者功能互相扣合，正如同這兩詞暗示著希臘劇場所提供的遠遠超越了單純的美學經驗（對大多數讀者來說應不覺驚訝），更深刻嵌入「城邦」廣義的複合概念中。其他資料同時也指出，再現式、理性批判式與爭競式的公共領域正運作於這些表演與其機制架構的複合動能間。然而，若要理解這些動能為何，並找到公共領域之於希臘劇場的位置，我們則需要擴張視野，不被戲劇的實際演出侷限，而轉而關注讓戲劇演出在此進行的文化與機制架構。

　　再現式的公共領域，以在觀眾面前展現力量為根據，其首要功能為索引，假定在符號（sign）與所指（signified）間存有直接的視覺連結，藉此獲得政治效能。其象徵符號服從於眼前所見的當下力量。人類學家維多・透納（Victor Turner）曾提出相當實用的兩種儀式分別：「ceremony（典禮）是一種表明，而ritual（儀式）是一種轉變。」[14]在這個分類基礎上，我們必須將劇場節慶——特別是「城市

---

[14] Turner (1982), 80。譯註：ceremony與ritual兩詞在中文能以「儀式」混用，並無明顯分別，此處依論述脈絡將ceremony以「典禮」表示，然依舊保留原文以作區隔，並以此提醒這分類或無法與中文知識體系脈絡完全對應。

酒神節」（City Dionysia）──視為以索引式、典禮式（ceremonial）
為主，而非屬儀式的（ritualistic），即便後者依然提供了殘留的傳統
架構。在人們常提起的四段架構中（分別為遊行與獻祭、演前活動、
表演本身、後續相關活動），[15]第二與第四部分特別值得留意，在此
可見初期劇場公共領域的框架脈絡。表演開始前，會先在圓形舞台
（orchestra）[16]上進行充滿政治與指示目的的遊行與宣告。來自雅
典帝國各屬地的盟軍獻上年度貢禮。Ephebes（由城市撫養的戰爭孤
兒）穿戴盔甲遊行，坐上專屬座位準備觀看演出。有時，官員會在此
場合唱名，公布獲釋奴隸，記錄他們的身分轉換。以上種種活動都
在眾人面前呈現，藉此獲得某種官方確認，正如法庭開庭前的公開宣
示。

　　慶典結束於另一場典禮：宣布agōn戲劇競賽之勝者，頒獎，並
為慶典本身作評。最後的活動是雅典公民集會。公民集會是城市的政
治中樞，平常大多在另一地點（Pnyx，普尼克斯山）聚集。所有這些
演出後的集會、商議，正凸顯了節慶本身最重要的論辯功能，然而這
些論辯、批判層面卻是直接來自其爭競架構。演出為競賽性質，且如
羅斯·蘭姆（Ruth Rehm）所論，其競賽架構決定了觀眾反應：「節慶
競賽為觀眾反應加入**批判**意味，強化他們作為民主公民**能夠決定城市
未來**的角色身分。」[17]結尾的會議不但是此爭競形式的直接結果，也
讓我們得以更接近強調理性批判的公共領域概念──儘管並非全然獨
立，而是嵌於一組綜合的文化實踐中（今日則視其為各自獨立）。

---

[15] 見Rehm (2007), 185.
[16] 譯註：又譯作「舞蹈場」。
[17] 同註**15**，粗黑為本書作者另加。

　　若我們仔細思考agōn一詞，會發現它提供的認知結構其實更接近於批判論述之審議，而非淨化作用（catharsis）於（悲劇）演出中所宣洩的高度情感張力。喜劇那充滿嘲諷的致辭（parabasis）段落，[18] 同樣也用另一種模式運作。在希臘文化，特別是劇場相關的討論中，agōn與其字根agōnia之概念無所不在。此詞充滿表演意涵：除了競賽之意，它同時還有著聚集、行動、辯論、法律訴訟與議論等意思。利德爾—史考特（Liddell-Scott）《希英字典》（*Greek-English Dictionary*）[19] 列出了七種以上的不同解釋，彼此僅在語意上或有關聯。我們發現這詞可以用來代表個別演員（角色被稱作protagonist）；也可運用於機制面，如透過pro-agōn這個典禮式步驟來選定演出劇碼。這些形式正說明了在爭競原則中普遍存在的劇場性。這或許也是為什麼十九世紀有學者同樣用此詞來描述希臘舊喜劇的結構元素。亞里斯多芬尼斯式舊喜劇特有的平衡辯論也稱作agōn，在其中交流論點並呈現戲劇主題。

　　即便我們限制自己用本位角度來使用此詞（意即希臘人就是如此使用此詞的），我們依然找到了一個連結劇場演出與公共生活的首要原則。若如前段所述，劇場節慶可被視為城邦之變體，那麼agōn就是兩者間的連結。Agōn既具表演性，也具思考力，如同看似迥異的行動間依舊存有的共通原則。從這個意思上來說，agōn產生並重塑了公共性。每一次的公共互動都被視為一項政治行為，並因此與私人行為（idiai）相對。在劇場節慶中進行政治集會（狹義），也支持了西

---

[18] 譯註：喜劇演出中所有演員退場，留下歌隊直接對觀眾說話（各種天花亂墜的離題）。

[19] 譯註：由亨利・喬治・利德爾（Henry George Liddell）與羅伯特・史考特（Robert Scott）等人合編。

蒙・歌希爾（Simon Goldhill）等學者提出的論點，認為機制如同法
庭、集會與劇場演出，都具有某種程度的政治性。上述種種典禮流程
推動且闡述了城邦國家公民參與的形式：「成為觀眾，最重要的就是
要**扮演民主公民的角色。**」[20]

　　Agōn一詞自古典時代已歷經大幅語意變動。先不提這字最主要
代表的極端肉體疼痛（agony），同字根的agonistic依舊保有爭競之
意，並可延伸表示竭力／努力與好鬥／好辯。在政治理論圈，後馬
克思學者香陶・穆芙提出的爭競式多元主義（agonistic pluralism）理
論，如〈導論〉所述，不但隱隱指向希臘文的原初概念，也因其特別
著重於訴諸情感與「激情」的表達形式，而有助建立得以在劇場實踐
的公共領域概念。藉由將情感與「激情」納入公共領域，穆芙為公
共領域延伸概念鋪路，使其無論就理論與歷史層面皆能與劇場媒介產
生相應。儘管穆芙對哈伯瑪斯多有批評，不過她倡議的爭競原則實際
上並不像她想的那樣，與哈伯瑪斯理論全然對立，最重要的差異是，
穆芙理論納入了較不理性的論述交流形式。她雖較少提及劇場（除了
以劇場做為比喻外），然而她也認可將表演性抗議視為爭競式公共領
域範例相當重要。在〈藝術行動與爭競空間〉（'Artistic Activism and
Agonistic Space', 2007）一文中，穆芙將「批判藝術」（critical art）──
如英國「收復街道運動」（Reclaim the Streets）與美國「沒問題俠客」
（The Yes Men）等運動──定義為「催化歧異之藝術，讓我們看見易
被主流共識遮掩或消去的事物，由多重藝術實踐組成，為要將聲音還
給現存霸權體制下被消音的那些人。」[21]穆芙或許只認同一小部分的

---

[20] Goldhill (1977), 54.
[21] Mouffe (2007), 4-5。延伸修改版文章見Mouffe (2013).

戲劇活動是她定義的「爭競式（行為）」，然我願從歷史角度提出不同意見：若我們對公共領域的理解，有著對理性／共識（只有某幾種語言行為能產生作用）與「感性表述同樣有效」的認知差距，那麼所謂爭競，無論是此字原意或延伸廣義，正可找到這兩者間失落的連結。

Parrhêsia：真實之展演／實踐[22]

　　享有言論自由與自我表述的權利，免於遭受責難之恐懼，是任何批判式公共領域現代觀的前提，而其基礎同樣源自希臘政治文化的特有機制。此處重點是isêgoría與parrhêsia這兩個概念。前者指的是政治集會中同享平等發言權利，而後者意指批判的權利，即廣義的表述自由。Isêgoría保障的是發言的權利，屬形式原則，而parrhêsia管理發言的內容。兩者——條件平等與表述自由——顯然皆為公共領域現代概念的根據，也是幫助理解雅典式民主的關鍵。全體公民（排除奴隸、女人、外國人與小孩）透過isêgoría獲得發言權，並讓自己的聲音被聽見。如此說來，這看來像是公平享有的權利。比較值得討論的是parrhêsia，因其或可指涉：「（1）眾人可自由表達心中想法的政治（或其他社交）場合（即『言論自由』），或（2）個人之行為、態度或特質（即『想什麼說什麼』、『坦率』）。」[23]而真正產生爭議的（甚至在古典時期就已如此），正是如瑪蓮・凡・拉特（Marlein van Raalte）所定義的第二種版本。究竟「坦率」的界線在哪裡？什麼時候不再是parrhêsia單純的意見表述，而開始成為毀謗與惡意中傷？

---

[22] 譯註：此處原文acting為雙關語，因此以兩個中文詞表示。

[23] Raalte (2004), 279。Isêgoría與parrhêsia間錯綜複雜的完整論述，可參考Sluiter and Rosen (2004)。

1983年，米歇爾・傅柯（Michel Foucault）在柏克萊大學一場知名講座中，曾重新以當代觀點回頭探討parrhêsia的概念，藉此為近年如仇恨言論、表述自由、多元文化社會之公共領域疆界等討論提出參照。在傅柯所謂「治理術」（governmentality），以及現代主權國家的獨立性、獨立個體的現代主體性等脈絡下，parrhêsia並非只是抽象原則而已，更是充滿危機（因其總是假定「說話者說的是真話」）：「於是，parrhêsia在此處關係著面對危險的勇氣，正如說真話需要不顧危險的勇氣。在某些極端情況下，說真話甚至存在於生死之『局』。」[24]

再回到劇場，傅柯透過對尤瑞匹底斯（Euripides）的解讀，提到了parrhêsia本身在實踐上也出現問題，且反映在雅典式民主的危機中。尤瑞匹底斯劇作一再反覆以parrhêsia為題——最著名的例子是《伊翁》（Ion）——在全雅典民眾面前上演的一切，反映了民主制度核心實踐的弔詭關係：「即parrhêsia是關乎『真實』的問題：當機制中的每個人都被賦予發表意見的平等權利時，誰能在機制的限制中說出真話？」[25]

傅柯針對parrhêsia的分析研究強烈暗示：有些我們以為是和後期機制發展相關的劇場公共領域元素，其中有部分早在希臘劇場時期就已出現。這裡指的不只是進行多種文化實踐（如集會的理論與機制等）的節慶脈絡，還涵蓋了民主機制更根本的議題，如isêgoría與parrhêsia概念，而這兩個概念又反映在節慶脈絡中演出的戲劇上。在這裡，我們看見內與外、觀眾作為公眾而公眾作為公共領域的扣合關係。

---

[24] Foucault (1999a), n.p.
[25] Foucault (1999a), n.p.

　　然傅柯並未明言的，是讓parrhêsia在舞台上清楚表現的機制架構。尤瑞匹底斯雖在悲劇中反映此概念，但並未明確把劇場當作運用parrhêsia權力之處。本節標題「真實之展演／實踐」暗示劇場作為說出真相的地方而產生的矛盾狀態。對當代人來說（古代人或有不同解讀），「真實之展演／實踐」本身就有種矛盾。但在希臘劇場，舞台是為parrhêsia所用。這項工作落在希臘舊喜劇劇作家身上，特別是傅柯顯然忽略的亞里斯多芬尼斯——他們在舞台上極力挑戰parrhêsia之邊界。無論是亞里斯多芬尼斯本人或他的作品，皆展現了在雅典舞台上什麼能說而什麼不該說。以喜劇《阿卡尼亞人》（*Archarnians*）為例，劇中一再以parrhêsia與isêgoría為題，例如劇中主角狄凱奧波利斯（Dicaeopolis）轉向歌隊與群聚觀眾，公開主張他發言與批判的權力：

> 不要怨恨我，觀眾們，若，**一名乞丐**，
> 我**膽敢**在雅典人民面前開口
> 在一齣喜劇裡講述一座城市。
> 畢竟**什麼是真的**，連喜劇都知道。
> 我該說的聽來可怕，但**都是真的**。[26]

他的呼籲濃縮了幾項parrhêsia關鍵特點：底層公民在全體公民前說話的權利、發言的勇氣、「說了什麼」的認識論定義及其根本的真實性。

　　在早期一篇關於雅典言論自由的論文中，作者馬克斯・拉丁（Max Radin）為parrhêsia的動能與其伴隨危機（特別對亞里斯多芬

---

[26] Aristophanes (1984), 34. 粗黑為本書作者另加。

尼斯等劇作家來說）提供仔細且深入的研究。當時，攻擊舞台上的公
眾人物是普遍現象，毀謗的定義也模糊不清：

> 在雅典，有一名叫克利奧尼穆斯（Cleonymus）的肥胖政治
> 人物。亞里斯多芬尼斯〔在多齣劇作中〕形容他為偽證者、
> 變童、馬屁精、抓扒仔、騙子，還至少有五次用「棄盾者」
> 之類的詞語稱呼他。**27**

在上述各式各樣的歹名聲中，「棄盾者」這項指控最狠，因其暗示了
在戰場的懦弱行為。且如拉丁所論，parrhêsia並非為所欲為，而是
得服膺法律規範的。依據毀謗相關法條，某些特定字詞會被判定為
apórrēta，即「不可以說」字面上之義，包括前段提到的「棄盾」行
為，以及兇殺、施暴父母等。亞里斯多芬尼斯間接或直接使用禁語，
藉以挑戰毀謗的極限。由此可見，舞台與法律早在此時就已逐漸開始
某種貓鼠遊戲，且持續至今。嘲諷、諧擬等喜劇手法，凸顯了公共領
域的嬉鬧面。所謂說真話的行為，顯然具有既極度誠懇又滑稽好笑的
雙重面向。

　　古希臘對真實的著迷，以及它在何種情況下被表述、與城邦民主
化過程之關聯、它的損害，還有舞台上的重複運用，皆指向劇場、
公共領域、述真（truth-telling）的基本公民議題三者間更深入的內
在關係。此議題向來不好解。劇場、述真與公共領域之內在關係，
可以南非1995年設立的真相暨和解委員會（Truth and Reconciliation
Commission）詳細說明。為處理種族隔離政策時期創傷，南非設立

---

27 Radin (1927), 223-4.

真相暨和解委員會，並在兩年多的運作間，讓國民公開接收並深刻經歷了機制化、媒體化的述真。[28]委員會的工作展示了parrhêsia之作用，以及其充滿表演性與倡議性之面向。因1974年後諸多公開調查／記錄人權違反狀況而開始運作的真相委員會中，南非是激起最多媒介響應的，舉凡書籍、劇本與電影（紀錄片或劇情片）皆在審辯過程中現身並提出回應。劇場演出如《烏布王與真相委員會》（*Ubu and the Truth Commission*）[29]、《我要說的故事》（*The Story I'm about to Tell*）、《被翻譯的真相》（*Truth in Translation*）、《倒帶：為聲音所寫的一齣清唱劇》（*Rewind: A Cantata for Voice*）、《錄音帶與證詞》（*Tape and Testimony*），皆以截然不同的美學操作處理同樣一個基本場景——在公開場合提出證詞，也就是威廉・肯特里奇（William Kentridge）所謂的某種「起源劇場」（ur-theatre）。[30]無論如《我要說的故事》劇中演出者就是作證者，或如肯特里奇的《烏布王與真相委員會》以戲偶呈現，每個製作拋出的諸多倫理與美學議題，皆是過去幾年來一再激辯的重點。《被翻譯的真相》創作計畫曾巡演北愛爾蘭、盧安達與波士尼亞，而《我要說的故事》表明是以「巡迴於大小社區間，以傳遞真相委員會意識，並促進相關議題討論之公民參與」為製作規劃依據。[31]上述節目介紹正是公共領域的教科書定義。

　　實際證言一向具公共性，也因此讓說出口的話成為獲得核可的parrhêsia。如開辦《人權觀察報告》（*Human Rights Watch*）美洲部門

---

[28] 見Cole (2010)。

[29] 譯註：此作2014年曾受邀至台北藝術節演出，當時作品翻譯為《烏布王》。為避免與法國作家賈里（Alfred Jarry）原作《烏布王》混淆，此處另依照英文名稱翻譯為《烏布王與真相委員會》。

[30] Kentridge (1998), viii.

[31] http://en-wikipedia.org/wiki/The_Story_I_Am_About_to_Tell

的瑗‧門德斯（Juan Méndez）所言：「知識一旦得到正式核准，並就此成為『公共認知事件的一部分』……便獲得某種當它只是『真相』時並不存在的神祕特質。」[32] 知識一旦在公眾間傳播，人們或可為它加上某種（劇場）框架，好比真相委員會重新定義、重新衡量真相，讓它自「只是真相而已」提升到可受公評的說出口的真相。在此，被搬演的真相成為被見證的真相，並進一步成為被核可的 parrhêsia。

抗議與介入

動亂時期（如自獨裁至民主的過渡時期）特別有助於 parrhêsia 的實踐（為揭發前政權暴行），以及運用劇場成為公開這類行為的論壇。法國大革命期間順勢鬆綁的各式劇場、革命劇作與節慶、慷慨激昂的政治論辯、公開處刑與街頭抗議，為爭競式劇場公共領域提供了太多參考案例。蘇珊‧馬斯蘭（Susan Maslan）讓我們看見處於革命脈絡中的真正劇場的矛盾狀態。一方面來說，前政權的限制已鬆綁，發照手續撤銷，新劇院接連成立；另一方面而言，有好幾位革命領導者，尤其是羅伯斯庇爾（Robespierre）本人，皆深受盧梭（Rousseau）反劇場的主張《致達朗貝爾的信》（*Lettre à d'Alembert*, 1758）影響。盧梭在信中質疑劇場自身機制，尤指其搬演虛構故事之功效與實踐。如馬斯蘭所描述，一場關於劇場功能與正當性的激烈辯論，在互不相讓的兩方人馬間火爆上演。我們在此不只看見特定劇作激起對立、甚至引發暴動，還有聚焦於機制本身的論辯。這些論辯正凸顯了劇院事實上被當作一個潛在的公共領域，是形塑公共意見之關

---

[32] Hayner (1994), 607.

鍵。就此觀點看來，劇場的力量或威脅，正來自於劇場能夠創造一群群體，並以自身令人懼怕的集體煽動力點燃並喚醒群眾的情感。劇場能做到文字印刷做不到的：「它可以打造煽情群體。」[33]

　　儘管法國大革命可謂各式各樣（能想像得到的）「抗議劇場」（protest theatre）的表現，儘管此概念更趨近政治而非美學，劇場公共領域依舊無法等同於「抗爭表演」（contentious performance）[34]或激烈抗議。異議與公共領域間，始終存有一種幾乎是原生固有的長期關係。古典拉丁文中prōtestari一詞意指在公開場合宣告或作證。此詞雖與異議（dissent）無語源關聯，然其語意早在十七世紀前就已開始轉變為：正式表述反對。[35]今日把英文protest解釋為：公開示威以表示反對，事實上是在十九世紀後才出現的。[36]然而，當權者早已認知到劇場可以成為抗爭場地──他們偏好使用詞彙如「騷動」、「失序」或「暴動」，表示觀眾變得無法控制。有時，大眾的憤怒也會轉到劇場身上，如柯芬園1809年著名的「票價暴動事件」（Old Price Riots），觀眾強烈反對新票價規定，劇場也因此在機制上成為公共領域的取材對象。至於喬治・克魯克香克（George Cruikshank）知名諷刺漫畫〈殺人非謀殺，國家大劇院演出中〉（'Killing No Murder; as Performing at the Grand National Theatre'），也可看見紛爭並非透過話語傳達，而是直接以身體介入表現。藉由思辨達到理性共識的哈伯瑪斯理念，此時還在萌芽階段而已（圖二）。[37]

---

[33] Maslan (2005), 31. 盧梭與公共領域討論見 Primavesi (2013)。

[34] Tilly (2008).

[35] 這也是羅馬天主教公開反對者被稱為 Protestant 之字源。

[36] 根據牛津英語辭典（OED）所列，此詞於1852年首出現現代用法：protest meeting（牛津英語辭典線上版）。

[37] 見 Baer (1992)。

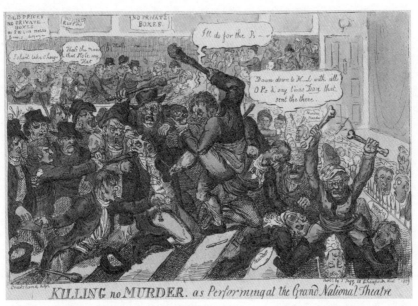

圖二　在倫敦柯芬園劇場「票價暴動事件」（1809）中尋求理性共識。

審查制度政權暗自認可劇場有潛力能挑起動亂，於是總試著抑制劇場，使其不成為為眾議題發聲的平台，但劇場也不斷試圖繞過這些限制。象徵隱喻也好，即興旁白也罷，台上總會設法利用劇場的公開群聚作用。但今日所面臨的問題，特別對那些幾無審查制度的社會來說，似乎更在於劇場到底有沒有作用。抗議行為固有的直接溝通特性，是否真能相容於美學體驗的「謎」樣微妙（引自阿多諾），[38]依舊是難解之題，政治劇場領域尤然如此。這也是皮斯卡托—布萊希特模式[39]那過度簡化、充滿意識形態的表現在今日已落伍的原因之一。1960年代的紀錄劇場的確能激發公眾討論，如羅爾夫・霍赫胡特（Rolf Hochhuth）1963年作品《見證人》（The Deputy）引發的爭議，或在冷戰時期分裂對立的歐洲一再向彼得・魏斯（Peter Weiss）等馬克思作家致意的那些抗議行動。魏斯認為因大眾媒體已被資本掌控，劇場反成為更有效的公共論壇。然而，1960年代的紀錄劇場似乎並不足以促成真正的雙向溝通。更當代的政治戲劇，如引錄／口述劇場（verbatim/testimonial theatre），也可見相同缺失。

是否能重新把劇場塑造為某種公共論壇呢？由巴西導演與政治運動人士奧古斯都・波瓦（Augusto Boal）所發展的論壇劇場（forum theatre）概念，正反映了名稱中「論壇」二字的批判潛力。在論壇劇場中，聚焦特定政治社會議題的「模組場景」（model scene），會在觀眾面前演出至少兩種版本。第一版本演完後，觀者不只有機會提出替代方案，還能夠取代台上的專業演員，以表演者的身分真正介入演

---

[38]「所有藝術品——連同藝術——都是謎。」（Adorno[1997], 160）。
[39] 譯註：皮斯卡托（Erwin Piscator, 1893-1966）與布萊希特（Bertolt Brecht）兩人為史詩劇場（epic theatre）發起者。

出。這樣做的目的，不只是提高意識而已，更是要激發在真實人生作出改變的慾望。論壇劇場創造了一個虛擬的公共領域，讓參與者（實務上通常來自特定在地背景）得以在此開始討論切身議題。其他更貼近公共領域的，還有波瓦團隊以「劇場作為論述」（theatre as discourse）一詞指稱的劇場形式，如「隱形」劇場（invisible theatre）。搬演日常生活場景，而路人成了演出過程中不知情的見證者與（理想的）介入者，目的是要藉由推動議題討論，將日常空間轉化為「公共論壇」。[40]在兩種形式中，皆透過消解表演者／觀者間常見的分別，讓公共領域的關鍵核心成為虛擬（virtualized），也就是波瓦所說的「預演」（rehearsed）。

　　彼得・謝勒（Peter Sellers）創作計畫《海格力斯的孩子們》（*The Children of Heracles*, 2002-2007）以更複雜的虛擬手法來結合公共領域與劇場演出。此計畫設定為一場針對西方國家難民（特別是孩童）處置的抗議行動，不同版本的主結構略有不同。我看的是2004年阿姆斯特丹荷蘭藝術節（Holland Festival）的版本。此版本包含演出一場尤瑞匹底斯劇作，以及演出前的一場圓桌論壇，由當地學者與一位當地難民社群成員共同參與。演出過程中，來自鄰近難民營的年輕人組成歌隊，大部分時間都安靜坐在台上注視觀眾。演出結束後，謝勒也參與了公眾座談。其他版本另有結尾是一起在當地餐館用餐。謝勒在好幾次關於這個作品的訪談中，總特別強調古希臘時期劇場與民主間連結的原型。他認為劇場實際上是民主過程的延伸、甚至加強。雖然大部分關於這齣戲的評論，都偏向舞台上由尋求庇護者「真人演出」的種族意涵，然更適切的問題其實是謝勒發展出的新形式。有鑑於

[40] Boal (1985), 139-47.

「景觀劇場」（spectacle-theatre，引自波瓦）本身的無解（aporia），
《海格力斯的孩子們》反結合不同形式的論辯參與，來處理大眾媒
體中不存在的難民議題。約書亞・亞伯蘭（Joshua Abrams）評論，
此劇藉「邏輯與感性的交互作用」，幾乎可以重新想像、重新界定
「二十一世紀的倫理公共領域（ethical public sphere）」。[41]

然而這任務可不簡單。在接受荷蘭電視台訪問時，謝勒被問到：
「你究竟是藝術家還是社運人士？」[42]言下之意是，對藝術家來說，
向外參與更廣大的公共領域是一種選擇而非結合。所謂「不得選擇」
的獨佔性，正呼應了本書其中一個論點，即當代我們所認知的劇場，
早已成功確立自身成為某種藝術形式，也因此不再是以訴諸行動或達
到其他功用為設計目標。謝勒的製作，在理論上讓觀者得以切換三重
角色：接收資訊的聽眾（圓桌論壇）、美學觀眾（演出本身）、主動參
與的討論者（演後座談）。儘管這三者皆不陌生，然在同一個作品中
相結合，讓我們看見如何在劇場內部創造公共領域的可能策略。

大多數抗議劇場／演出都發生在非劇場空間，並與行動演出結
合，且通常試圖模糊社會藝術與政治行動間的界線。在美國尤其如
此，興起了太多太多的團體與行動，運用各式各樣爭論策略與政治、
企業對手交涉。這類案例包括反對愛國者法案（Patriot Act）的「愛國
者運動」（Patriots）、「億萬富翁挺布希聯盟」（Billionaires for Bush）、
「沒問題俠客」、「停止血拼教會」（The Church of Stop Shopping）、
「祕密造反小丑軍團」（The Clandestine Insurgent Rebel Clown Army，

---

[41] Abrams (2012), 40.
[42] https://www.vpro.nl/programma/ram/afleveringen/17018915/items/17716422/. 訪談
日期為2004年5月30日，資料最後查考日期：2013年1月24日。

簡稱CIRCA）等。大部分的團體出現於911事件後，目的是回應當時
美國媒體政治的壓抑氛圍，如彼得・魏斯在論述中明確指出，後911
時期，主流媒體有效壓制了諸多異議聲音。總而言之，這些團體運用
各種顛覆的仿擬形式，既認可也同時否定了抗議的對象，如政治、
企業剝削或消費主義社會等。[43]這類行動團體並非本書關注重點，因
本書（如先前所述）最關切的是劇場機制本身，而不是非正式抗議
行為。這類團體行動無論是在街頭或透過媒體，皆間接確認了：劇場
往往被認為不具政治作用。他們運用戲劇作為某種進入公共領域的手
段，但並非真正以劇場為用。

　　在911事件與2003年「願者聯盟」（Coalition of the Willing）的國
家入侵伊拉克後，動盪不安的政治氛圍的確讓英美劇場短暫重啟公
共領域動能。如大衛・羅曼（David Román）所說：「去劇場看戲，
意味著投入當下稍縱即逝之集體心力，目的是要創造一個訴諸情感
與感性的對抗公眾空間，以別於911事件後越發激烈的民族主義言
論。」[44]馬爾文・卡爾森（Marvin Carlson）也曾在文中提到另一種
願者聯盟，即由社運組織「別以我們為名」（Not in Our Names）成立
的反戰劇場（Theaters Against War，簡稱THAW），透過組織劇場活
動抗議小布希的反恐戰爭。[45]活動在2003年3月3日達到高峰，在全
球五十六個國家同時發起共一千場《利西翠妲》（Lysistrata）朗讀行
動。[46]在近期一份針對抗議劇場的調查研究中，珍妮・史班瑟（Jenny
Spencer）提到，先是在紐約，接著在英國倫敦七七爆炸事件後，劇

---

[43] 相關例證請參考Beyerler and Kriesl (2005)與Wiegmink (2011)。
[44] Román (2005), 246.
[45] Carlson (2004).
[46] Elam (2003), vii.

場藝術家確實皆曾經歷「自我審查之沉默」階段，此後劇場才開始真正組織為抗議論壇行動。[47]這些行動事件，即便是運用新科技達到全球規模的《利西翠姐》，恰以自身證明了劇場與公共領域之間的難解關係。若真需要911或一場美國發動的戰爭這種規模的災難事件，才能發動這股能量，那麼我們不免要問：在日常機制中發動能量的條件（condition）究竟又是什麼？

機制矩陣

> 公共領域的機制核心是由溝通網絡所組成，並藉由文化複合體、報紙及較近期出現的大眾媒體增強，讓一群由個別（private）藝術愛好者所組成的公眾，得以參與文化再製活動，並且也讓一群由我們「國家公民」所組成的公眾，得以藉由輿論作為媒介，參與社會整合。[48]

公共領域理論的古典模式，將公共領域與機制視為具對立傾向的實體。哈伯瑪斯雖將公共領域置於自由市場經濟與國家之間，上述引言實點明了公共領域本身是由公、私機制所組成，透過兩者互動促成溝通，也正是公共領域的核心。大部分學者都不難將劇場設想為一種機制──儘管他們都對劇場媒介的機制層面不特別感興趣──實際上，卻少有研究真正試著定義機制之於劇場此一概念為何。[49]之所

---

[47] Spencer (2012), 3.

[48] Habermas (1987), 319.

[49] 知名案例如國立劇院概念相關研究，補足了觀念史與特定機構史之間的空缺。前者可參考Kruger (1992)；至於兩者統合可參考Wilmer (2004)。

以如此，部分原因或許是理論傳統向來注重於定義、尋找任何最小公分母，也就是各種形式、各種樣貌的劇場——從古希臘劇場到當代劇場，從傳統能劇到越南水偶劇——都通用的原則。關於這現象學泛論最著名的說法，自然就是艾瑞克・班特利（Eric Bently）一再被引述的公式：C看A扮演B。[50]然而，先別提此基本公式早已無法和今日後戲劇、高度媒介化的表演形式取得共識，它也始終無法為劇場提出在純粹認知領域外更有用的思維。

若我們欲檢視公共領域與劇場機制層面之間的關係，那麼就得先重新省思「機制」一詞，並試著定義它的涵蓋面向。光是快速粗估各種可能定義，就讓我們看見其範圍之廣。《牛津英語辭典》（*Oxford English Dictionary*）至少列出了八個互不關聯的領域，顯示並無一套可同時套用於社會人類學、社會學、政治經濟與藝術領域的通用定義。例如，社會人類學或將握手等社交行為視作特定文化脈絡中的某種機制，大部分學科則認為機制須具備更複雜的社會互動為前提。

機制的廣義共識，在根本上來說就是「規則」。經濟史學家道格拉斯・諾斯（Douglass North）曾有一句名言，認為機制「代表一個社會中的遊戲規則，更正式的說法是，形塑人類互動的人為限制。」[51]規則與限制是大多數定義中一再出現的字眼，並以某種集體行為作為假設，因個人在一般情況下並不會就自身意願為自己設定規則。機制因此在個人行動與集體實踐間形成一中介空間，為前者帶來限制，也為後者帶來一致性與可預知性。從我們的目的來看，便出現了三項

---

[50] 譯註：此處原文 A watching B while C looks on 應是作者筆誤，可參考作者前作《劍橋劇場研究入門》（*The Cambridge Introduction to Theatre Studies*, 2008），即同樣引用班特利的概念：A impersonates B while C looks on。

[51] North (1990), 3.

彼此相關的重點：持續性、法律地位與超越個人的功能性。持續性是機制的標誌——無論我們說的是機制的口語用法（某事或某人被視為某種「機制」），或其本身作為長時間存在的狹義用法。所謂持續性，很大程度是由超越法理契據的法律地位所決定的。這樣說來，私人營運的劇院雖有例外，但大多數都不是機制。另一方面來說，法律條款可藉由提供穩固的法律框架，讓劇場在其中運作，而促成機制的形成。從後一方面來看，我們或可主張伊莉莎白時代的公共劇院共同形成了一種機制，由1572年頒布的《遊民懲治法》（1572 Act for the Punishment of Vagabonds）等一連串法案規範並實踐。同樣的，我們也可說雅典酒神慶典提供了某種機制架構，儘管我們尚不清楚究竟是由哪些特定法律所促成。這裡存在的，是某種具準法律地位的文化實踐體。更重要的是，以上所舉案例在實踐上都獨立於特定藝術家或組織團體之外。相較於以藝術家為中心的運作，機制（劇場機制亦同）是要以能持續獨立運作為常態，不受任何機制領導者支配。

最複雜的機制相關研究出現於社會與政治經濟領域，一點都不讓人意外。馬克斯・韋伯（Max Weber）的典範強調機制為現代性的先決條件，為上述兩個領域之相關研究奠定基調，且確實加強了大眾一方面將機制與行政官僚連結，另一方面又與可靠的法律制度連結之雙重觀點。這幾十年來，機制研究最重要的發展則是開始質疑韋伯理論定律，這項發展則涵蓋在「新機制主義」（new institutionalism）此泛稱中。若說舊式機制理論關注的是價值、規範，以及人類意識行動和機制基本設計的廣泛認知，那麼新機制主義強調的，更是無意識體現的語法（script）與架構（schema）——這兩者決定了機制如何實際運作，且得以解釋機制為何總被視為停滯。借狄馬喬（Paul Dimaggio）與波瓦爾（Walter Powell）兩位相關學術領域大師所言：

「讓機制得以成形之事物，不是規範或價值，而是被視為理所當然的語法、規則與分類……機制是巨觀層次的抽象表現……由語法與架構引導決策者抵抗新形勢的認知模組。」[52] 此新機制定義強調的是在結構上傾向複製與停滯，而非創新，是強化現狀而非追尋新事物的震撼。在此定義之下，機制一詞實與我們偏好劇場作為醞釀抵抗、顛覆與持續創造的認知有所牴觸。

　　「機制是巨觀層次的抽象表現」這句話，同時也點出了另一種分別機制與組織（organization）的方式。關於這點，有太多研究機制的理論學家同意區別兩者之必要，儘管這兩個詞實具有共生關係。經濟學家如諾斯認為法律架構是理解機制的根本，因其建構且限制了個別組織團體（如商號、職業工會、教會、學校或大學等）的行動：「它們〔組織〕是個人為要達成共同目的而組合而成的團體……機制是最根本的遊戲規則，而機制對組織（與其負責人）的關注重點，則在於組織如何扮演推動機制變革的角色。」[53] 依據這項分類，劇場更傾向被歸類於組織團體。這對私人劇場來說當然如此，但即便是如倫敦國家劇院那樣的「機制」，依舊可以是「個人為要達成共同目的而組合而成的團體」。然而，從另一層次來說，倫敦國家劇院同時也屬於由國會法令決定，且由藝術委員會等預算所資助的機制架構與環境。在這樣的機制環境下，它還與其他機制產生相互關係，如表演藝術之於自由市場經濟的相關政府政策。[54]

---

[52]Dimagio and Powell (1991), 15.

[53] North (1990), 5. 諾斯對機制與組織的嚴謹分界，與其分析機制架構如何影響同社會、不同時代之經濟成長表現的專題研究相關。

[54] 針對英國劇場在機制變革與經濟狀態兩者之間關聯，可參考 Kershaw (1999)。

若我們現在將討論轉向劇場，或廣義地說，轉向藝術（這不代表兩者為同義詞），我們可以有效地維持機制與特定組織團體的區別。前衛藝術理論學家如培德・布爾格（Peter Bürger）與克莉絲塔・布爾格（Christa Bürger），相當強調「**藝術** [55] 機制與運作於個人事業與公眾之間的社會組織，如出版社、書店、劇院或美術館」之間的分別。[56] 在此區分法中，藝術機制被視為更高層次的抽象表現，與思想、信念等藝術之於社會的功能直接相關：即「那些在社會（或在個別社會階級）間具普遍正當性的藝術相關概念（其功能要素）」。[57] 而對藝術的機制正當性來說，其核心要素是在布爾喬亞社會中逐步取得的自治身分。這是自十八世紀以來歷史演變的結果，也因此決定了現代社會如何看待藝術與其功用。雖然此機制模式明顯源自十八世紀歐洲（或許還更早一點），然如今已見於全球，且其中不乏因地制宜的案例。此定義也改變了我們對機制的認知，不再把它對應為機械僵化的官僚制度（雖然後者同樣存在於藝術相關組織），而是將之重新定位於屬信念、思想與規範的領域。就這方面來看，布爾格的抽象定義更貼近於新機制理論，因其著重於認知模式，甚至是思想之於機制建造與維持的重要性。

機制既被區分為社會中「具時代性的功能要素」或「特定組織形式」兩種認知，我們現在可以更精準地來看劇場機制層面。洛倫・克魯格（Loren Kruger）研究英、法、美三國之國家劇院運動，她指出，劇場的機制必須被理解為政治、經濟、美學三領域的交會：

---

[55] 譯註：原文為大寫字體，譯文改以粗體標示。
[56] Bürger and Bürger (1992), 5.
[57] *Ibid.*

「劇場機制的綜合理論研究不該忽略在『政治與經濟因素限制』與『劇場實踐之美學規範』間不斷進行的辯證，以及將兩者互相比擬的論述。」[58]本書並不打算提出此類「綜合理論研究」，然我同樣主張，劇場公共領域相關研究必得特別認知到劇場在社會上的機制定位。劇場機制從結構鬆散至羽翼豐滿（獲公部門補助的劇場尤為如此），既是公共領域的發動者，也在公共領域中成為對話者，所以更該在功能上有所轉變。劇場作為一種機制，維持著公共領域的論辯空間，超越了特定製作與演出。今日，無論是藝術總監任命、劇場管理與補助等相關問題，都吸引了一波波強勁聲浪回應，這些聲音甚至來自那些不去劇場看戲的人，然他們向來卻積極參與各式討論。劇場本身的機制化身分，的確可產生一強大的公共領域，畢竟劇場也是屬於社群中文化政治體的一份子。[59]

那麼，我們又該如何整合至目前為止提出的不同劇場公共領域概念？激情抗議的演出與延續性的機制結構，爭競作用與理性辯論，它們是否真得被視為互不相容的對立方？我曾提到爭競式激情與嬉鬧式批判可整合至劇場領域，且不損害劇場作為論壇的角色定位。同樣的，我們可以說（先前也提過）劇場能被視為某種「虛擬」公共領域。在洛倫‧克魯格針對十九與二十世紀國家劇場的研究中，她發展了一套關於公共領域的概念，斡旋於台上呈現的虛構議題，以及透過國家劇院之類機制所發動、呈現的廣泛政治社會論辯之間：

---

[58] Kruger (1992), 13.

[59] 針對機制之相關論辯，可參考1980年代末美國所謂「文化戰爭」（Culture Wars）引發的爭議事件，如大衛‧羅曼（David Román）所言，是「劇場與演出最後一次成為國家論辯的話題焦點」（2005, 237）。

　　藝術之相對自治性——尤其是表演藉自身象徵性與一般
產品有效隔離——存在於一縫隙（liminal）中。因其並未
全然在事物秩序掌控下，此中介空間至少能呈現出某種
虛擬公共領域之所在，在此，再現之象徵性得以讓**餘興**
（entertainment）創造出與臣服霸權截然不同的另種社會、
政治與文化體驗。[60]

表演的符號學的確將舞台上所有言行舉止都特別框出。表演創造的縫
隙意味著，任何在此產生的公共領域，都需服膺於特定規則與認知。
究竟這該稱作「縫隙」或是「虛擬」，都不是重點。然而我們不難同
意克魯格之論點，即劇場內藉由表演創造的公共領域，與所謂「一般
產品」和「事物秩序掌控下」的外在世界，實有著不一樣的條理。依
雷蒙‧威廉斯（Raymond Williams）所言，此公共領域「既是虛擬行
動之論述也是其所在」。[61]然諸如虛擬性或「虛擬行動」等概念，意
味著我們須將在其間發生的事物獨立出來。也因此，界定歷史或理論
上的劇場公共領域概念時，舞台上發生的情節本身不再那麼重要。如
同以下章節將提到的，舞台上發生的場景當然可以與劇場公共領域研
究直接相關，但兩者絕非等同：於是我們得要擴大關注的焦點。研究
劇場公共領域時，我們更必須好好處理公與私、內與外、審查與創作
自由、（觀賞演出之）觀眾與（非劇場圈之）公眾間不斷變動的界線。

60 Kruger (1992), 17.
61 *Ibid.*, 56.

第二章
從戲單到部落格的
相「與」互「語」

「公共領域」首先可以被描述為關於溝通、資訊與
觀點的網絡……公共領域是藉由充分掌握自然語言
的溝通行動而得以再造。

——尤爾根‧哈伯瑪斯[1]

　　劇場的組成，不只是一系列將身體與空間轉換為符號讓觀眾接收
的表演活動而已。在屬於當下建築空間與舞台表演的座標之外，劇
場還擁有一個外在世界。事實上，決定每個劇場所處時空的往往是結
構，而非事件。劇場和諸眾的溝通，不只發生在演出過程中，也發生
在演出前後：藉發布訊息、慈惠觀眾、提供相關資訊及美學刺激，最
終目的就是要吸引個別觀者，進而形成集體觀眾。上述複雜過程，可
以是為要吸引人們來觀賞特定演出的短期操作，更可以就此長期來看
一座劇場的歷史與組成觀眾。本章主要概念在於探討處理內／外關係
之媒介操作。劇場創造公眾與吸引個別觀眾之心血，應被視為由一連
串「交流」（articulation）行為所組成的過程，且可從articulation此字
之雙重意涵來探討：既是表述（語），同時也是結點間的連接（與），
讓內（可能在建築內部進行的演出）與外（在建築外發生，但依然聚

---

[1] Habermas (1996), 360.

焦於特定機制的溝通交流）得以在雙向但偶有對衝的交流關係與文化
實踐中相遇。[2]此外，本章重點將著重溝通行為本身，而非特定議題
爭論，因是前者才讓公共領域得以實現。

在當代脈絡中，我們很容易透過廣泛用於劇場、廣告企劃、電視
播映演出等林林總總交流活動的公共關係部門，來進行相關研究，在
早期年代卻困難許多。從印刷術發明到十九世紀末，戲單（playbill）[3]
在劇場與其諸眾間扮演了重要的交流角色。從定義上來看，戲單是單
向獨白而非對話，於是我們也只能旁敲側擊來推斷它如何參與公共領
域，又與公共領域產生何種關係。不過，正如劇本總在對話中穿插了
大量的空間與身體指示，戲單同時也包含了諸多資訊，指向那未被指
明的實體——公眾。

隨著二十世紀初戲劇產業快速開枝散葉，戲單也逐漸式微。在資
訊充斥的都市景觀中，圖像海報取代了以語言資訊為主的戲單需求。
整個二十世紀，劇場同時也面臨了來自新媒體的挑戰，且持續至今。
本章後半部分將自布萊希特呼籲電台開辦聽眾回饋頻道（feedback
channel）起頭，探討近年如部落格與社群媒體等運用，以及這些媒
體如何（至少在原則上）強化了劇場與其諸眾間的溝通交流。本章最
後將探討戲劇評論作為劇場演出最外顯的正式回應，及其如何在新式
網路評論時代面臨挑戰。

我的用意不是要為戲單、劇場節目單或部落格寫史，而是要提出
如何去理解它們在媒介化（mediatization）過程中扮演的角色。一旦

---

[2] 譯註：後文因中文限制與文章順暢需求，將以「交流」翻譯articulation一字，
期能保留做為溝通表述與來往連結之意，也因此不使用常見的「接合」作為翻
譯。

[3] 譯註：Playbill在此譯為「戲單」，與後文提及的節目單（programme）作區別。

我們將劇場公共領域定義為表演事件座標之外的互動場域，勢必就
會認知到劇場取決於超越表演者與觀者間慾望（libidinal）能量交流
的溝通形式。這並不是說公共領域並不存在任何慾望的可能性——
畢竟，只要瞄一眼廣告宣傳或十九、二十世紀的戲單，就會明白我的
意思。把重點放在公眾而非觀眾／者，讓我們能更直接地面對**機制**
的歷史書寫層面。如第一章所述，劇場機制受到的關注向來遠不及劇
場演出、劇本或演出者。大致說來，劇場如何作為機制，始終未被理
論化，甚至可以說是未曾深入研究的主題。儘管有大量研究處理劇場
建物、劇場地誌學，然機制絕不等同於建物本身，反之亦然。雖然我
無法在此發展出一套自機制觀看劇場史的詳細討論，然從機制連貫性
（有時是不連貫性）角度來理解媒介（mediation）與劇場公共領域間
的關係，的確有其必要。

戲單與其諸眾

> playbill（名詞）用於演出宣傳，並提供演員角色列表的海
> 報、公告或傳單。（《牛津英語辭典》，1971）

　　《牛津英語辭典》對戲單一詞的解釋，正如這個詞本身一樣簡
短、失準。顧名思義，戲單是要宣傳「戲」，然在相關記載中，卻並
非總會提供演員名單。此外，戲單問世四個世紀以來，在不同階段發
揮的功能遠勝於此。戲單和演出一樣稍縱即逝——只不過是起源不明
的短暫文件，卻也因此清楚指出劇場機制的變動本質。雖然機制連貫
性的問題或許還比發生過的演出更來得短暫且難以掌握，但我們還是
得在這裡提出討論。幾個世紀以來，戲單規範著劇場作為機制與其公

眾間的溝通。在發明劇場海報與節目單以前，戲單同時背負著宣傳演出與資訊提供（卡司、演出內容、票價等）的雙重任務。事實上，戲單是連結機制內／外、社會公眾／劇場社會美學實踐的重要角色。

　　除去本身稍縱即逝的本質不提，戲單倒是藉其成千上萬（甚至百萬）種形式存留，且透過各種方式保存下來：劇場演出剪報本、考驗眼力的顯微膠捲，以及近期供網路查閱的數位版本。我們可以在各式檔案中找到一張張戲單的資料，如特定劇院檔案，或是自不同演出者處蒐集而來的文獻。然而，雖然戲單看似無所不在，它們卻是劇場史料檔案最常被忽略的資料來源，往往在「短期文宣品」的標籤下就此歸檔，也因此，我們格外需要從理論與實務觀點重新理解戲單。雖然近來以系統化方式研究戲單似蔚為風潮，不過大都尚未理論化。潔琪・布萊頓（Jacky Bratton）論戲單為「在使用上缺乏想像力的資料來源」，此形容依然相當貼切。[4]

　　如同任何資料來源，無論是戲單，還是常被拿來相比的劇場圖片，都需要外在解釋。自劇場史成為一門學科以來，學者理所當然地不斷自戲單取得各式資料，然而此處我們真正要探討的，是該如何以批判觀點解讀相關素材，並在理論上產生迴響。目前看來，似乎有兩大原因說明戲單為何並未如同劇場圖片般，成為方法學研究處理的對象。首先，戲單提供的資訊大都是口語的（當然也有例外，如後段所述），因此看來沒有太多詮釋問題。依據作品時代不同，戲單上列有如姓名、日期、票價等各式各樣實證史學家所樂見的實用資訊。

---

[4] Bratton (2003), 39. 以英國為背景迄今之相關歷史沿革可參考 David Robert Gowen, 'Studies in the history and function of the British theatre playbill and prorgramme, 1564-1914,' D. Phil. thesis, Oxford (1998)。

我們可以說，戲單提供的就是真實的事實。戲單被理論與方法學研究忽略的另一原因，確是較難證明，但或許是所有劇場歷史書寫如何重新評價戲單的核心。若我們拿戲單和劇場圖像學（iconography）相比，表面看來，劇場圖像似乎提供了能夠觸及此劇場事件——即舞台演出——的保證（然絕非如此），但戲單只不過是前戲，而非真正的演出。就和大多數的前戲一樣，戲單在設計上是為了引發興趣、提供刺激，但對要尋找真實物（令人著迷的且感到昇華的「演出」本身）的學者而言，戲單則代表了某種檔案庫式的「嬉鬧中斷」（ludus interruptus）。因此，對劇場史學者來說，要回過頭來認真和戲單建立關係，某方面來說勢必得自問劇場事件是否真的必須是他們的研究重點。戲單的確能幫助聚焦於演出本身，並且提供相關索引，然它們始終存在於演出之前。戲單永遠不會是演出的一部分，而劇場史學者也得更加謹慎，避免單從戲單資訊便直接論定演出如何進行。畢竟大家都知道，有時候戲單宣傳的演出最後根本沒有上演。

　　戲單屬於一種很特別的劇場歷史文獻分類，雖然用途廣泛，卻始終未被當作獨立的檔案史料類別來仔細研究。馬爾文・卡爾森曾指出，無論是節目單或戲單，雖都是劇場史學者「珍貴的第一手文獻」，卻少有機會自方法學或歷史學角度深究。這或許也反應了早期劇場史學家並不熱衷於就資料來源進行後設理論研究或提出質疑，導致連最基本的用語定義都模糊不清。卡爾森並指出，十九世紀時，人們根本無法在使用上徹底區分演出節目單與戲單之差異：

　　　　在那些論述劇場的現代歷史書寫中，常可見文中試圖區分戲
　　　　單（指的是細長版的劇場告示，普遍見於十八世紀與十九世
　　　　紀早期的英美劇場）與節目單（可能提供類似資訊，然由一

張或多張雙面印刷的摺頁組成）。從這樣的區分來看，我們
可以假設戲單功能是作公共告示張貼用，而節目單則是為了
在劇院發送或販售。[5]

卡爾森進一步提出，戲單除了作為公共告示張貼外，同時也會在劇院
內發送或販售，因此和節目單功能相同。卡爾森所關注的，是此類文
件在正式演出時以觀眾服務為目的的功能設計，然我們可以從更多面
向來研究戲單，像是它如何作公共告示之用，且如何促進劇場（不斷
變動的）內外、公私領域之間交流。戲單為我們提供了大量詳細資
訊，而這些向來被忽視的資訊，正可作為前述交流／連接之參照。

如卡爾森所說，系統化的戲單研究並不容易做到，在英美劇場領
域尤其如此。學者在傳統上認為英國戲單源自十七世紀末，在十八、
十九世紀左右達到鼎盛，直到十九世紀末，其雙重功能一分為二，各
自被劇場節目單與海報兩種媒介取代而式微。這是根據史料記載的年
表。現存最早的英語劇院戲單可追溯至英國復辟時期，年份則依不同
辭典記載有1670年與1692年兩種版本。[6]德國學者則認為十五、十六
世紀就已有戲單存在，在十七世紀中甚至已廣泛流通，特別是在巡迴
演出的英國演員與德國版演出的演員之間。近期研究證實，戲單早在
現代化初期就已出現——凡有現場演出需要宣傳，印刷設備也到位，
就會看見戲單的存在。蒂凡尼・史特恩（Tiffany Stern）詳閱文字紀

---

[5] Carlson (1993), 102. 更詳細的戲單與劇場節目單討論，可參考Gowen (1998), 3-6 & 11-12。

[6] 這兩個年份可參考以下兩篇文章：Kennedy (2003), vol. II, 1043 與 Hartnoll (1952), 619. Gowen認為最早的法文戲單出現於1629年，德文戲單則是1630年（Gowen〔1998〕vol. II, 39-40）。

錄並提出大量佐證，指出戲單在整個伊莉莎白時代可說是無所不在。
她所提出的最早案例可追溯到1567年，而（或許）值得注意的是，
此資料記錄了有詐欺者利用戲單宣傳一齣古早時期演出，向觀眾收錢
後潛逃，徒留觀眾納悶演出究竟何時才要開始。諸如此類的案例，的
確讓戲單得到負面名聲。從此案例來看，我們所知道的第一份戲單，
其實是一齣從來沒有開演的演出。[7]

　　史特恩的研究清楚指出，倫敦劇院與「告示欄」通常隨時貼有戲
單等各式宣傳文宣。早上九點鐘差派家僕四處蒐集最新的戲單資訊，
供男女主人細細瀏覽——這已成為某種日常。隨處可見的戲單，甚至
讓它們在反劇場勢力眼中成了和劇場本身一樣的邪惡代表（這類譴責
正好提供了不少可靠文獻）。如喬治‧維瑟（George Wither）的諷刺
詩〈剝衣吃鞭子〉（'Abuses Stript and Whipt', 1614），用巧妙手法表現
戲單的力量，他輕蔑嘲諷地寫著戲單具有神奇魔力，能將紳士從去聽
講道的路上拐去看戲：

〔在〕路上他瞄見一張戲單，

寫著哪邊正上演一齣新喜劇；

於是他馬上改變心意，朝那兒去，

別無它物能阻礙他的決心。[8]

此案例中「意志不堅」的紳士，就憑著一張戲單，從往教堂路上改去
劇院，正凸顯了戲單成為劇場的媒介，一同吸引無辜路人墮落深淵。

---

[7] Stern (2006), 60.
[8] 引用自 Stern (2006), 70。

　　我們可將為數不多的戲單研究粗略分作兩類。其一，可稱作「搜集式」手法，講究資料來源之蒐集、整理與評論。此手法回溯至十九世紀開始蒐集第一批資料時，維多利亞與艾伯特博物館（Victoria and Albert Museum）就藏有數十萬件藏品。「搜集式」手法充其量能提供的，是戲單作為一項媒介，自十六世紀起源（尚未定論）至二十世紀初期被取代而式微的歷史。

　　至於第二種手法——試圖為此媒介提出理論，或至少將其運用於更複雜的劇場史解讀——就沒那麼通行了。然而，潔琪・布萊頓在其所謂「劇場互文性」（intertheatricality）架構下，提出了新的戲單研究方式。布萊頓認為，劇場互文閱讀（如同應用於劇場的互文性）關注的並非侷限於特定文本或事件，而是盡可能試圖重新建構「在各式劇場文本之間，或是在文本與使用者之間的接合點」。她特別強調存在於既定劇場傳統中的不同演出的相互依存關係、記憶對觀眾與演出者之重要性，以及傳播（甚至是跨世代傳播）之動力。要能進入這由記憶與意義交織而成的複合網絡，關鍵就在於戲單本身。如布萊頓所言，我們要更細緻地解讀戲單，藉此理解「劇場史最難參透也是最稍縱即逝的部分，正所謂觀眾的期待與傾向」。[9]

　　分析戲單同樣可幫助我們更進一步理解劇場與公共領域之間關係。這指的是透過上述諸多方法之延伸運用，對公眾本身，以及公眾與特定劇場之關聯提出討論，而非藉此揣想演出究竟是什麼面貌。就定義上來說，戲單是任一社群公共空間的一部分。作為媒介，其首要功用是宣傳與溝通，以語言為主，手法多樣，自精確資訊（時間、地點、進行程序）到感性訴求以吸引大眾注意。它們屬於所謂「傳播

---

[9] Bratton (2003), 39.

文化」（自現代化初期運作至今）的一部分，和同屬公眾領域（public domain）的其他文件（如官方公告、法案、傳單，甚至是黑函）一同爭奪公眾注意。如蒂凡尼・史特恩指出，在現代化初期，這類性質各異的文件皆張貼在同樣的視覺範圍內，也因此需要依照彼此關係來加以解讀：「人們『閱讀』的是這個空間本身；戲單不只和求職廣告還有黑函貼在一起，同時也和張貼著法案告示的官方核准空間並置。」[10] 合法性在這裡很重要，因為劇場向來處於許可制度、法律規定、甚至禁令等限制下。

　　到十七世紀中，戲單的形式逐漸固定，各國版本雖有不同，但約由六、七項資訊項目組成。十七世紀末的德文戲單以不同印刷字體表現，結構大致如下：

　　　　官方演出核可（市政或宮廷）
　　　　劇團名稱與在此演出特許字樣
　　　　演出劇目名稱
　　　　主要劇碼內容（通常以花俏文案表現）
　　　　演後喜劇名稱
　　　　票價
　　　　演出地點與時間（有時列在演出核可後）

十八世紀間，戲單自這幾項基本項目開始擴增，納入更多附加資訊，其中最重要的就是加上了角色、演出者與作者的名字。這是因為在歐

<hr>

[10] Stern (2006), 77。　此處的「求職廣告」為siquis，來自拉丁文si quis，即「有沒有人」（if anyone）之意，指推銷貨物或服務的通用宣傳單。

洲的德語劇團直到十八世紀中都還是以巡迴演出為主，並不一定能取得許可，於是制式化的演出核可聲明（「在尊貴的大人核准下⋯⋯」）成為連接劇團與公共領域最必要、最富政治性的表述（articulation）。少了此同意聲明（通常以最大且最花俏的字體圖樣在戲單上強調）的語導（perlocutionary）[11]力量，演出就不可能進行。因此，公眾在此得到了某種貴族式的蓋章核可。接著，視線隨著戲單往下瀏覽，資訊越平凡也越實用，最終結束在如票價、時間、地點等俗事上。

　　十八世紀後，德語戲單最重要的資訊增列是演員與作者的名字。戲單雖不時出現角色名字與角色關係（如某某之子、某某人的僕役等，通常見於劇情大綱），但現有資料顯示，演員要到1750年之後才真正在戲單上讓公眾看見，這也是當時為提升演員社會地位所作的努力之一。[12]演員身分（終於）獲得刻意彰顯，至關重要地重新調整了劇場與公共領域之間關係。劇場開始運用表演者的個人（性）魅力，以在機構與大眾間建立更長遠的交流。能夠和表演者親近絕對是劇場演出最重要的吸引力之一，特別是被仰慕對象的社會、道德地位多少受人議論時更是如此。相較之下，作者名字的標示位置並沒那麼顯著（若有標示的話），這也可歸因於此傳播策略看重的是活生生在眼前的演出者，而非（向來）缺席的作者。

進入公眾

　　劇團安身落腳之後，往往能獲得較長期的劇院租用許可（或至少

---

[11] 譯註：意指透過語言所導致的行為。
[12] 早在數十年前，英格蘭就已明列演出者姓名。根據Gowen研究，最早一份出現完整版演員名單的戲單可回溯至1716年（Gowen〔1998〕vol. I, 17）。

是轉作表演用途的類似空間）。宮廷／市政庇護（patronage）[13]之重
要性在劇院經營上就顯得沒那麼關鍵了。這大概也解釋了為何過往在
戲單第一行的政治核可聲明開始消失，或融入劇院本身組織架構中。
這類暗示往往略為保留於「皇家」（Royal）或其各種歐陸同義詞中。
在倫敦，此詞代表著取得演出核可；在德法兩地通常代表官方較實質
的財務捐助或演出核准。這種身分轉換也反映在戲單的圖像表現上，
相關資訊雖還保留，但已不再具有官方核可字樣那種表演力道。無論
這類政治指涉的實際法律地位為何，它們（雖在程度上有所降低）一
直都是劇場機制需倚賴政治與法律力量的確據，恰好也代表著劇院或
劇團在美學與機制功能間的重要接點。

　　我們也可從莫札特《魔笛》一張再三被複製的戲單，觀察到此
交流模式的轉換。此戲單是為公告《魔笛》1791年9月30日在維也納
威登劇院（Theater auf der Wieden）首演而印製（見圖三）。威登劇院
位於當時的維也納郊區，實際上雖是間商業通俗劇院，依舊需要執
照才能營運，因此劇院華麗旗幟上的「威登劇院由K.K.核可」（'K.K.
priviligiertes Wiedner Theater'），便在小天使鬼靈精怪的環繞下，巧妙
地與雙頭鷹形象的帝國國徽交織（K.K.為 kaiserlich-königlich縮寫，
意指「帝國—皇家」，奧地利王位的正式名稱）。戲單設計上的焦點是
劇名，接下來則是劇作家、經理與第一位飾演帕帕基諾（Papageno）
的伊曼紐爾·席卡內德（Emanuel Schikaneder）。戲單上列出了所有
的角色與演出者，另一獨立區塊則以較小字體提到作曲家為「沃爾夫
岡·阿瑪迪斯·莫札特先生」（Wolfgang Amade Mozart），同時也是

---

[13]譯註：Patronage雖也有贊助之義，但此處強調的應是「得到官方許可」一
　　事，於是翻譯作「庇護」或「保護」。

圖三　《魔笛》首演戲單，1791年於維也納威登劇院。標題為：「今日，1791
年9月30日周五，威登帝國皇家劇院演員將榮幸首度演出《魔笛》，為伊曼紐
爾・席卡內德（Emanuel Schikaneder）所寫的豪華二幕歌劇。」

「指揮與宮廷作曲家」，且「出自對本劇作者之深厚友誼，以及對尊貴仁慈之大眾的十二萬分敬意，將親自指揮樂團演出」。在作曲家欄位下，戲單特別提醒大眾有劇本出售：「此歌劇劇本內含兩幅席卡內德先生飾演帕帕基諾之定裝[14]版畫像，售價三十克朗，可於購票處購買。」戲單最末則提到繪景師薩由先生（Mr. Sayl）與克斯泰勒先生（Mr. Kesslthaler）「很高興已依據劇本指示完成設計，並竭誠付出藝術心血」，並結束在票價參考（「照舊」），及演出時間（晚間七點）。

　　這些文字結合單純資訊（時間、票價等）以及訴諸大眾美學感受的吸引力。特地強調席卡內德先生「飾演帕帕基諾之定裝」（「定裝」指的是在舞台上實際穿著的真正服裝，而非版畫師憑空想像而已）的版畫像，顯然是為要提升劇本銷量。至於提到繪景師之「藝術心血」，則是用以凸顯席卡內德的戲向來著名的豪華布景與舞台效果。把作曲家安排在不起眼的附屬欄位，不只符合十八世紀歌劇院並不重視作曲家的普遍情況，同時也指出劇院與其公眾溝通的標準模式。在舞台上真正吸引人的是戲院經理與首席演員席卡內德，而非宮廷作曲家與指揮家莫札特。此處格外重要的句子是「對尊貴仁慈之大眾」。在半世紀以前，諸如此類的稱號是保留給當地親王或市長的，但現在公眾也進到戲單上。

　　此項訊或許專屬於特定劇院與其經理，然它既已列入戲單，正證明了戲單作為媒介，是機制與公眾雙方交流的主要傳輸者。重點不在於片段資訊之具體意義，而是戲單作為真實媒介的存在。和十六世紀中的發展雛形或十七世紀中的進階版相比，我們可以觀察到，十八世紀末的戲單自身已成為一種媒體，且可能是機制與公眾間最重要的接

---

14 譯註：原文為 true costume，依中文慣例翻譯作「定裝」。

點。所有機制，特別是複雜如劇場的，皆須倚賴輔助媒體才能和公眾
領域保持溝通。

　　來到十九世紀後，此溝通功能出現驚人擴展。此時大多數歐洲劇
院皆是私人經營的商業劇院，為公眾提供演出之外的資訊於是更顯
重要。如圖四這麼一張十九世紀早期戲單，記錄的正是劇院該如何在
賴以為生的所處市鎮（雖然「賴以為生」通常並非意指市鎮直接補
助），尋找自身在城市生活中的定位。這張來自1840年格拉斯哥新皇
家劇院（New Theatre Royal）的戲單，說明了在十九世紀前半，典型
的晚場戲劇演出是由四到五個不同節目／表演類型組成：悲劇、歌曲
表演、幕間表演（短劇）、蘇格蘭高地舞（Highland fling）與滑稽諷
刺劇。這時期的戲單，如此例顯示，通常包含了某種後設評論，即以
評論形式自我表揚：「全場笑聲掌聲不斷。」戲單不單只是提供表演
相關資料而已，還常被劇院經理拿來做各種資訊傳播用，範圍涵蓋自
我宣傳至觀眾規範不等。以此例來說，戲單詳細宣布劇院由經營者約
翰・亨利・亞歷山大（John Henry Alexander）重新揭幕，並附上參與
維修之當地工匠的宣傳廣告。戲單內容還包括替門房宣傳、規範性質
資訊（「懷抱嬰孩不得入場、頂樓座位區全面禁菸」），以及在「包廂
常客特別公告欄」介紹了改善空氣流通的新設備。上面當然還包括前
面提過的票價等固定資訊，我們也從此例得知遲到的觀眾以較低票價
進場已成當時慣例。[15]

　　戲單已成為某種「複合文本」，意思是，我們可能再也不能快速

---

[15] 位於鄧洛普街（Dunlop Street）的新皇家劇院曾捲入一場約翰・亨利・亞歷
山大與敵對經營者法蘭克・西摩爾（Frank Seymour）之間的長期糾紛。參考
www.arthurlloyd.co.uk/Glasgow/TRDunlop.HTM. 資料最後查考日期：2013年2
月12日。

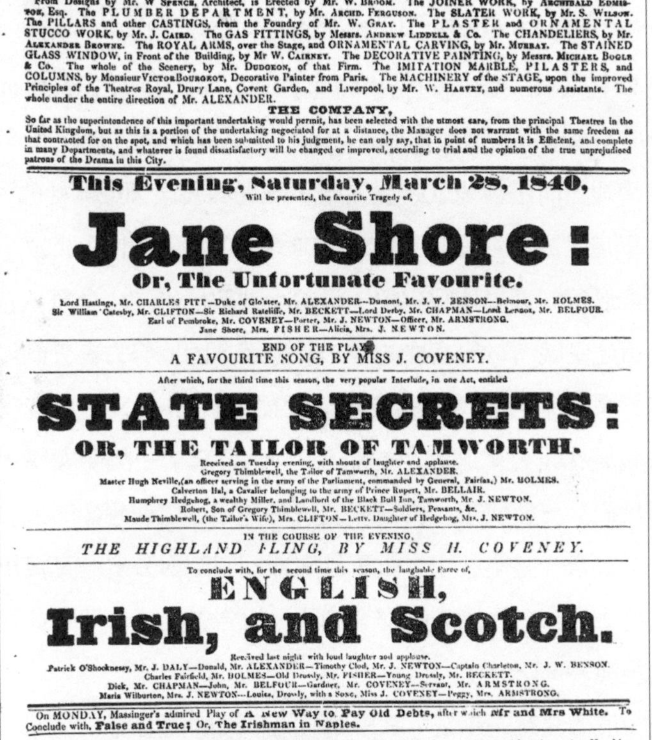

W. 2. N. 12.

New Theatre Royal, Dunlop Street.

Continued Success! Crowded Houses—and roars of laughter and applause!!!

THE PUBLIC is respectfully informed that this THEATRE, being COMPLETED, has now

Opened for the Season.

In announcing the Completion of this important and hazardous undertaking, the Proprietor wishes as much as possible to abstain from the too hacknied custom of "puffing," or lavishing on his exertions that praise which the magnitude of this speculation might warrant, the Public alone will judge of the efforts which have been made for their Accommodation, it may not, however, be too much to say, that this Edifice has been erected with a splendour and magnificence (regardless of cost), and will bear comparison, it is presumed, with any thing of a Theatrical nature in this country. The Manager has, on many occasions, found his exertions responded to by the Citizens of Glasgow, and has not thought it too much, at least, a third time, to peril his capital and "hazard the die," in the service of that Public who have so frequently honoured his exertions with patronage and support.

THE BUILDING,

From Designs by Mr. W SPENCE, Architect, is Erected by Mr. W. BROOM. The JOINER WORK, by ARCHIBALD EDMISTON, Esq. The PLUMBER DEPARTMENT, by Mr. ARCHD. FERGUSON. The SLATER WORK, by Mr. S. WILSON. The PILLARS and other CASTINGS, from the Foundry of Mr. W. GRAY. The PLASTER and ORNAMENTAL STUCCO WORK, by Mr. J. CAIRD. The GAS FITTINGS, by Messrs. ANDREW LIDDELL & Co. The CHANDELIERS, by Mr. ALEXANDER BROWNE. The ROYAL ARMS, over the Stage, and ORNAMENTAL CARVING, by Mr. MURRAY. The STAINED GLASS WINDOW, in Front of the Building, by Mr W. CAIRNEY. The DECORATIVE PAINTING, by Messrs. MICHAEL BOGLE & Co. The whole of the Scenery, by Mr. DUDGEON, of that Firm. The IMITATION MARBLE, PILASTERS, and COLUMNS, by Monsieur VICTOR BOURGEOT, Decorative Painter from Paris. The MACHINERY of the STAGE, upon the improved Principles of the Theatres Royal, Drury Lane, Covent Garden, and Liverpool, by Mr. W. HARVEY, and numerous Assistants. The whole under the entire direction of Mr. ALEXANDER.

THE COMPANY,

So far as the superintendence of this important undertaking would permit, has been selected with the utmost care, from the principal Theatres in the United Kingdom, but as this is a portion of the undertaking negociated for at a distance, the Manager does not warrant with the same freedom as that contracted for on the spot, and which has been submitted to his judgment, he can only say, that in point of numbers it is Efficient, and complete in many Departments, and whatever is found dissatisfactory will be changed or improved, according to trial and the opinion of the true unprejudiced patrons of the Drama in this City.

This Evening, Saturday, March 28, 1840,

Will be presented, the favourite Tragedy of,

Jane Shore:

Or, The Unfortunate Favourite.

Lord Hastings, Mr. CHARLES PITT—Duke of Glo'ster, Mr. ALEXANDER—Dumont, Mr. J. W. BENSON—Belmour, Mr. HOLMES.
Sir William Catesby, Mr. CLIFTON—Sir Richard Ratcliffe, Mr. BECKETT—Lord Derby, Mr. CHAPMAN—Lord Lenox, Mr. BELFOUR.
Earl of Pembroke, Mr. COVENEY—Porter, Mr. J. NEWTON—Officer, Mr. ARMSTRONG.
Jane Shore, Mrs. FISHER—Alicia, Mrs. J. NEWTON.

END OF THE PLAY,
A FAVOURITE SONG, BY MISS J. COVENEY.

After which, for the third time this season, the very popular Interlude, in one Act, entitled

STATE SECRETS:

OR, THE TAILOR OF TAMWORTH.

Received on Tuesday evening, with shouts of laughter and applause.
Gregory Thimblewell, the Tailor of Tamworth, Mr. ALEXANDER.
Master Hugh Neville, (an officer serving in the army of the Parliament, commanded by General, Fairfax,) Mr. HOLMES.
Calverton Hal, a Cavalier belonging to the army of Prince Rupert, Mr. BELLAIR.
Humphrey Hedgehog, a wealthy Miller, and Landlord of the Black Bull Inn, Tamworth, Mr. J. NEWTON.
Robert, Son of Gregory Thimblewell, Mr. BECKETT—Soldiers, Peasants, &c.
Maude Thimblewell, (the Tailor's Wife), Mrs. CLIFTON—Letty, Daughter of Hedgehog, Mrs. J. NEWTON.

IN THE COURSE OF THE EVENING,
THE HIGHLAND FLING, BY MISS H. COVENEY.

To conclude with, for the second time this season, the laughable Farce of,

ENGLISH, Irish, and Scotch.

Received last night with loud laughter and applause.
Patrick O'Shocknessy, Mr. J. DALY—Donald, Mr. ALEXANDER—Timothy Clod, Mr. J. NEWTON—Captain Charleton, Mr. J. W. BENSON.
Charles Fairfield, Mr. HOLMES—Old Drowsly, Mr. FISHER—Young Drowsly, Mr. BECKETT.
Dick, Mr. CHAPMAN—John, Mr. BELFOUR—Gardner, Mr. COVENEY—Servant, Mr. ARMSTRONG.
Maria Wilburton, Mrs. J. NEWTON—Louisa, Drowsly, with a Song, Miss J. COVENEY—Peggy, Mrs. ARMSTRONG.

On MONDAY, Massinger's admired Play of **A New Way to Pay Old Debts,** after which **Mr and Mrs White.** To Conclude with, **False and True;** Or, **The Irishman in Naples.**

☞ In preparation, a New Farce entitled **THE HAPPY MAN,** which will shortly be produced; with various other Novelties.

WANTED,
Two active, steady, respectable Persons, as CHECKERS at the Doors. Apply to the MANAGER.

Tickets and Places for the Boxes may be had of Mr MUIR, at the Box Office of the Theatre, from 11 till 3 o'clock.

Pass-out Checks not Transferable—Children in arms not Admitted to any part of the Theatre—and no Smoking allowed in the Galleries on any account.

PRICES:—
FIRST PRICE.—Lower Boxes, **4s. 0d.**—Upper Do., **3s. 6d.**—Pitt, **2s. 6d.**—First Gallery, **1s. 6d.**—Second Do., **1s. 0d.**
SECOND DO.—Lower Boxes, **2s. 6d.**—Upper Do., **2s. 0d.**—Pitt, **1s. 6d.**—First Gallery, **1s. 0d.**—Second Do., **0s. 6d.**
SECOND PRICE AT A QUARTER BEFORE NINE O'CLOCK.

☞ NOTICE TO THE FREQUENTERS OF THE BOXES.

This part of the Theatre has been constructed on a novel and it is hoped improved principle, the backs have sliding panels, which on a night when the Theatre is crowded the Manager has reserved to himself the power of opening, for the purpose of allowing the heated air to escape, and of giving accommodation to any persons wishing to occupy the lobbies. This intimation is considered necessary in order that no complaint may be made against such privilege, at the same time it is respectfully submitted to public approval and hoped will be found an improvement rather than an inconvenience to any person frequenting that part of the Theatre.

☞ The following Certificate from the Lord DEAN OF GUILD, is respectfully submitted to the Public:—
Having again considered this Petition, with the Report of Mr. Robert Taylor, Mason and Builder, and John Scott, Wright and Builder, Find it established by the said Report, that the NEW THEATRE, in DUNLOP STREET, lately erected by the Petitioner, has been Constructed in a Sufficient Manner; and that it may be Opened for the Reception of the Public, with complete Safety to the Lieges, and particularly to the persons frequenting the same; and declare and decern accordingly.

(Signed) JAS. BROWNE, D. G.

P. MACKENZIE & Co., PRINTERS

圖四　滿溢資訊的格拉斯哥新皇家劇院戲單（1840年）。

掃過資訊，而得要仔細閱讀。如此說來，在大眾獲得各式各樣劇場相關活動訊息的同時，透過仔細閱讀也讓我們得以在某種全神貫注的狀態下與機制發生關係。我們好像感受到有一個充滿權威的聲音對讀者說話，以此例來說，當然就是亞歷山大的聲音，也就是說，新皇家劇院全副武裝的經理正在和他的「公眾」對話。

戲單上特別值得注意的，是明顯且一再重複出現的公眾二字。如哈伯瑪斯在《公共領域的結構轉型》（*The Structural Transformation of the Public Sphere*）一書中提到，「公眾」一詞在十八世紀後半葉曾經歷關鍵轉變，而這轉變就是從文學、劇場與藝術領域開始的。[16] 事實上，戲單這段開場白像是為哈伯瑪斯理論大聲背書：「公眾」是有著各種化身形象的直接稱呼對象。且須「**誠敬地告知**」**公眾**，它們是經營者為重建劇院所付出心血的唯一評斷者，因他努力經營劇院是為了「服務長久以來用各種行動支持以榮耀其志業的公眾」。此處，商業行為被包裝在「公眾服務」的語言下。「公眾」一詞明顯與「格拉斯哥的市民們」交替使用，於是我們清楚得知，這裡想像的公共領域實（可以）包含一整座城市。戲單最底部則回到對公眾的直接提醒，此處引述建築公會會長頒布的安全證明，以告知上述公眾，此建物已符合安全規範。

另一值得注意的點是，戲單倒數第二段欄位出現一手指圖式 ☞：「包廂常客特別公告」。此處是要告知公眾劇院已更新包廂設備，現配有滑門，經理可視情況移除滑門，以將「熱氣」排出。亞歷山大明顯認為這項公告相當必要，因向來私密的包廂空間現在可以被打開，展示在相鄰大廳的公眾注目下。這裡的重點不是文件記載的建築革

---

[16] Habermas (1989), 38-9.

新案例，而是其指出的「溝通的政治」。這項革新同時也「誠敬地請求公眾之同意」。這類聲明表示（至少在經營者的心中）存在著一實體，在讓他們成為付費觀眾前，得先提供訊息使他們做好準備。

　　亞歷山大對他的建物「內部生活」（inner life）與外在世界之間的溝通考量，說明了十九世紀戲單的主要功能。移除包廂後方門板的建築設計，對「常客」來說很可能影響到他們的私密性，然這終究屬於建物的物質層面而已。十九世紀中葉至世紀末的德語戲單又有了突破，定期公告演出者的狀況、身分與所在地，有時甚至會將演出者最私密的身體細節揭露在公眾注目下。慕尼黑宮廷劇院在十九世紀中葉所發行的戲單，每日會向公眾告知演員缺席狀況。舉例來說，一份1874年3月26日發行的戲單在下方提醒讀者：

生病：歌劇演員魏索托佛先生（Mr. Weixlstorfer）
身體不適：演員齊格勒小姐（Miss Ziegler）
休假：演員朗先生（Mr. Lang）[17]

戲單提到魏索托佛先生生病，以及齊格勒小姐「身體不適」，這說明了此時已認為將演出者身體狀況公諸於眾並無不妥。這類告示是此時期德語戲單常見特色，凸顯了演出者的私生活實已存在某種內在公共性，因為他們的健康狀況可能對表演造成影響。此處提到齊格勒小姐「身體不適」（indisposition）還（可以）有另一層意義在，最可能的原因是，這份公告是要，委婉地，表示慕尼黑名伶克拉拉・齊格

---

[17] 此戲單為重印版，出自 Balme (2010)。可參考 Eder (1980), 149-59，有一系列戲單重印版收藏。

勒（Clara Ziegler）可能月事來了，只是不明講而已。德文unpäßlich
（身體不適）和英文indisposition一樣都是委婉用法，但在十九世紀
時，此詞用在女性身上的意思其實沒那麼模糊。[18]即便顧慮到十九世
紀的用字遣詞較為委婉，在公開的戲單上依然得區分「生病」與「身
體不適」兩者差別。這項聲明有幾點值得討論之處。首先，宮廷劇院
演員的健康與出席狀況需受每日掌控與通報。這當然是因為來自公眾
方的期待，要看見「他們的」演員，否則就必須得到一個解釋。

第二點很明顯和性別相關。雖然以委婉詞彙稍作妝飾，但向外公
開私人健康細節一事，擺明了演出者已在功能上成為十九世紀末歐
洲劇場最重要的交流點。自戲單在十八世紀中開始放上演員名字後，
演員的社會地位慢慢提升，大眾甚至以近乎偷窺的角度關注他們過得
好不好。1874年，以悲劇女主角聞名的克拉拉・齊格勒，已是德語
系地區最知名的女演員之一。在與大她三十歲的老師結束一段短暫婚
姻後，她就再也沒有結婚，自然也引起眾人議論（八卦）其性向。的
確，演員私生活八卦早就持續私下流傳於不同媒介之間，然此處最重
要的差別是，這類資訊已部分透過戲單公告而正式浮上檯面。

第三點是關於戲單的形式本身。它的標題寫著：Anzeiger für die
königlichen Theater（皇家劇院公報），且如戲單上一獨立欄位說明
的，這是在皇家劇院體系之各劇院戲單外，新增的一份全新戲單。[19]
這段公告直接置放於主標題底下，如下：

---

[18] 然要注意的是通常也有戲單用unpäßlich一詞說明男演員狀況，特別是歌劇演
員，但較女性少見。

[19] 1874年的皇家劇院如同今日，是由專演歌劇的宮廷與國家劇院（The Court and
National Theatre）、專演戲劇的王宮劇院（Residenztheater），以及演出方言歌
劇、輕歌劇等通俗節目的園丁廣場劇院（Gärtnerplatz）組成。

> 皇家劇院公報將取代過去所發行的戲單（街角張貼告示除
> 外）。除了宮廷與國家劇院、王公劇院與皇家園丁廣場劇院
> 所提供的完整戲單外，皇家劇院公報提供慕尼黑各皇家劇院
> 之正式公告、歌劇與戲劇演出訊息，以及德國各大劇場每周
> 演出劇碼等。

皇家劇院公報是一份由宮廷印刷商——沃爾夫父子印刷商（Wolff &
Son）製作的商業刊物，可零售也可訂閱。隨著德國統一，鐵路運輸
網擴張，劇場很明顯地不再只受地方關注而已。劇團與演員巡迴演出
（克拉拉・齊格勒後期的收入幾乎都來自於巡演），觀者也跟著四處
看戲。不管觀眾是在外地還是本地看戲，他們都對鄰近地區的演出節
目十分感興趣。於此，建構在新國家之想像共同體上的跨地域劇場公
共領域已逐漸成形。

　　大家都知道上述戲單形式最終為何式微。如前所述，它的資訊功
能後來分做兩個不同的媒體所用：圖像海報與劇場節目單。兩者皆出
現於十九世紀，與戲單同期並存。此時期我們還看見了其他印刷媒體
的發展（類型雜誌與期刊、報紙藝文版），並開始深入、佔據劇場公
共領域。作為佔據劇場公共領域的機制途徑，戲單大都為簡單明確的
單聲道，且不太適合意見回饋或雙向交流；戲單為機制之口舌而非部
落格。儘管如此，我們依然可就其隱含的公眾指涉來解讀這類文件。
最早案例是從直接訴諸讀者與潛在劇場觀眾開始。戲單不只提供資
訊，還連哄帶騙，動之以理、訴之以情，甚至苦苦哀求，以達目的。
一旦界定了公共領域作為觀者／觀眾之相對，以及劇場史的研究對
象，我們便能將劇場公眾自演出事件獨立出來研究。劇場因此不再只
是個別演出之總和，而是由多重機制與藝術實務組成的複合體，需要

我們從歷史書寫的角度關注。我們將戲單自文獻資料中萃取出來，便能開始進入這類機制的文化與實踐。

交互迴路

　　二十世紀劇場與公共領域之間交流有一特色——管道與媒體數量顯著增加。後者數量雖增加，但溝通模式大都以單向為主：海報、節目單、廣告，以及二十世紀後期偶見的廣播或電視報導，皆為了讓劇場與其公眾更親近。然而，對劇場的回應大都維持在報章雜誌刊登的專業評論領域。公眾本身並無太多機會表達自己意見，或直接與劇場對話。除了偶爾幾封寫給管理階層或是報紙編輯的書信外，幾乎沒有什麼雙向迴響的可能性。

　　正因為劇場與公眾間大都是單向溝通，知識份子與具政治理念的劇場藝術家如布萊希特（Bertolt Brecht）等人於是視收音機的發明為促成雙向溝通的途徑，儘管當時在科技上還無法成功讓收聽／收看方回應。布萊希特在1932年著名論文〈收音機作為溝通之器〉（'The Radio as an Apparatus of Communication'）中，提出某種在當時像是烏托邦、卻又像是預知的溝通管道網絡：

　　　這裡提出一個有建設性的建議：把這項機器從傳播功能徹底改造成溝通交流功能。收音機會成為公共生活最合適的傳播工具，一個由管線所組成的巨大網絡。前提是我們要讓收音機知道如何接收而不只是如何傳送，如何讓聽者能說話而不只是聆聽，如何把聽者帶到這個關係裡面，而不只是孤立他。在這樣的原則上，收音機便能踏出供應方的角色，組織

其聽眾成為供應者。收音機的正確道路，就是要試圖為公共
場合賦予真正的公共性。[20]

在收音機技術足以支援雙向溝通之前提上，每個聽者都應該既是發
送者也是接收者。布萊希特要求，這項新發明的媒體必須「極力對
付讓我們的公眾機制變得如此可笑的無關緊要心態」，以追求「讓觀
眾不再只是學生、更成為老師這個最高目標」。[21] 作為「溝通之器」，
收音機可促進機制與聽眾之間的論辯。儘管如此，布萊希特也充分意
識到，最根本的問題在於新科技的合理性並不來自於現有需求。科技
的發展通常早於社會本身：「突然間，人們有機會可以告訴對方所有
事情，但仔細想想，其實根本沒有事情好說。」[22] 這篇論文是以布萊
希特廣播劇《林白的飛行》（*The Flight of the Lindberghs*）舞台版為背
景而寫下，清楚表示布萊希特對於收音機的想像也同樣適用於劇場本
身，因為他也同樣要求劇場需具備此雙向溝通架構。然他也承認，出
於相同的機制原因，這樣的要求也只不過是烏托邦般的期待：「當我
說收音機或劇場『應該』怎樣怎樣，我也知道這巨大的機制本身並無
法做所有它『應該』做的事，甚至不能做所有它想做的事。」[23] 布萊
希特為收音機、電影、劇場尋找公共領域迴響的企圖，終其一生都未
得到應有關注，然卻未曾被遺忘。

　　四十年後，一位德國詩人與公共知識份子漢斯・馬格努斯・恩
岑斯貝格爾（Hans Magnus Enzensberger）回頭看布萊希特的媒體理

---

[20] Brecht (1964), 52.
[21] *Ibid.*
[22] *Ibid.*, 53.
[23] *Ibid.*, 52-3.

論，以此為出發點，完成了他充滿遠見的重磅論文〈媒體理論的構成〉（'Constituents of a Theory of the Media'）。恩岑斯貝格爾在文中批判了當時左傾思想認為大眾媒體全都是操縱；此外，他也想像能夠化解發送者與接收者之間的差異，為要在媒介化的公共領域建立更民主的大眾參與：「在現行模式下，電視或電影等設備並不能促進溝通，反而還阻礙了溝通。它阻斷了傳送者與接收者之間任何交互來往的可能。」[24]他認為電子媒體是印刷媒體之相對，因印刷媒體像是獨白式的媒介，將製作方與讀者各自孤立，限制了任何意見回饋與交流來往的可能性。他同時也反對機制化的文學評論，認為這同樣是獨白式的媒介，從一開始就將公眾隔絕在外：「文學評論類的控制迴圈是極度累贅又菁英主義的，在本質上就將公眾隔絕在外。」[25]而所謂「意識產業」——恩岑斯貝格爾對主流媒體結構之稱呼——對這類交互溝通毫不感興趣。於是他提出了去中心化的「溝通網絡」概念作為取代，其中包含「活躍政治團體的影像網絡」。[26]近期理論學家自然也看見了這個想像如何在網際網路時代，特別是更具互動潛力的web 2.0時代實現。

　　網際網路如全球資訊網（World Wide Web）般各式各樣的通訊協定、超文本協定系統，毫無疑問地使公共領域論辯再度復甦。早在1990年代初期，霍華・蘭戈德（Howard Rheingold）便已極力推崇網際網路與其新興草根行動社群因雙向互動交流而生的潛力。他清楚引用了啟蒙時代對於公共領域的概念，並將網際網路定位為「大眾媒體

---

[24] Enzensberger (1970), 15.

[25] *Ibid.*, 33.

[26] *Ibid.*, 23.

主導的公共領域」之對立，而在他眼中，大眾媒體早已「用俗艷虛
假、暴力充斥的影像轟炸，汙染了曾由閱讀、書寫、理性論述等環節
組成的公共領域」。網際網路的政治重要性，在於其能夠「挑戰當前
政治階級獨佔的重要傳播媒體，甚至或許可因此復興民主『以民為
本』的精神。」[27] 蘭戈德的理論開啟一連串討論，認為新媒體具有重
要潛力復興公共領域。在類似的脈絡下，媒體理論學家亞歷山大・
羅斯勒（Alexander Roesler）在1997年寫道：「公共領域承襲自古典
時代廣場模式與啟蒙時代辯論圈的特質……已在網際網路的技術面
得以實現。」[28] 哈伯瑪斯也在《歐洲：搖晃不穩的計劃》（*Europe: The
Faltering Project*）書中以類似感受呼應：「如此，網際網路不只產生了
諸多求知慾旺的瀏覽者，更讓過去沉沒在歷史中的現象再度興起，讓
在書寫與閱讀上享有平權之公眾成為對話者。」[29] 但我們也同時意識
到其問題：網際網路所謂的「平權」性質及容易上手的便利性，卻也
意味著此媒介缺乏篩選、社會控制，也缺乏使用者定位。最後的結果
就是產生過多的「噪音」、數位超載，以及視覺碎屑，遮蔽了真正實
用的資訊，就連不斷強化的搜尋引擎也無能為力。公共領域理論學家
伯恩哈德・彼得斯（Bernhard Peters）逝世前，概述了公共領域建構
在網際網路上的核心矛盾：出版平權與傳播平權有一缺陷，亦即過多
的內容物消耗了本為天然資源的「注意力」。任何想要透過機制守門
員改善品質控管的企圖，像是專業期刊採用的編輯標準，都會讓網際
網路退回到傳統大眾媒體的狀態。關於平權之所以不可行的論述，也

[27] Rheingold (1993). 引自線上版：www.rheingold.com/vc/book/intro.html。
[28] Roesler (1997), 182.
[29] Habermas (2009), 157.

從出版的侷限轉而探討注意力的侷限。某方面來說，初代網際網路行動者與理論學家召喚的準則有如迴力鏢般，反過頭來讓此媒介更無效用。[30]

　　但在這種種現象間，劇場公共領域究竟又在哪裡？看來似乎是在後方，而非前線。今日，劇場無疑已快速將自身融入於傳播網絡。因此我們必須要問的是，劇場如何在機制層面掌握網際網路，特別是Web 2.0的互動潛力。換句話說，在形塑劇場公眾時，部落格、討論區等各式論壇扮演了什麼角色？大致來說，我們可以將網際網路公共領域分做三種類型：劇場自行經營的網站，某些可進行互動交流；劇場部落格，可生產也可接收；線上劇場評論，又可再區分為兩類：專業—機制化與非專業—非正式。

　　劇場網站可視作當代版的戲單，只不過又加了一些新特色。除了傳統單向的資訊傳播，像是放在YouTube上的最新劇場宣傳影片等，某些網站還提供電子郵件聯絡、常見問題區，甚至是電子版的訪客簽到簿。現在若沒有這類溝通管道，很少劇場還能繼續生存下去，儘管各家操作方式大有不同。透過提供討論區，我們可以看見公共領域在機制上不再只是被當作「買票大眾」之用而已。其意見與偏好越來越顯重要，即便矛盾衝突難免。有些劇場的互動討論區已淪為廢文場，充斥各式各樣的酸言牢騷，甚至是和劇場不相干的抱怨，而不得不將其停用。現在則有社交媒體接手這項任務。透過主要社群網站如臉書、推特或RSS新聞訂閱互聯，已成為大眾傳播交流不可或缺的一部分。

　　大部分劇場網站給人的第一印象，是畫面上充斥著各式按鈕、連

---

[30] Peters and Wessler (2008), ch.5.

結與資訊，以過於繁複的陣型彼此搶焦。以倫敦哈默史密斯歌劇院
（Lyric Hammersmith）為例（圖五），這是間典型非營利劇院，承受
經濟壓力，且須倚賴藝術委員會與企業贊助，在公部門與民間支持
下，才能繼續營運。然其在二十一世紀的數位戲單，提供資訊只略多
於格拉斯哥新皇家劇院1840年重新開幕的廣告戲單（圖四）。網站包
含約三十五個超連結，連到不同資訊類型區。除了顯而易見的作品與
節目相關資訊外，我們還可以買票、捐款、查閱過去劇作資訊、瀏覽
預告、成為會員、搜尋徵人啟事與租用空間。社區參與（特別是為孩
童提供的）最為顯眼，而意見互動交流則主要歸到臉書頁面進行。此
處的大眾被理解為在此社群裡進行購買、贊助行為，或者至少是具有
可活用經費的成員。至於那些針對劇院的美學創作提出深度思考與批
判回應的大眾，則幾乎沒有管道可藉超連結和劇院連結。

　　目前看來，臉書與推特示意著劇場與其諸眾之間的關係已來到下
一階段。劇團／場的臉書頁面與推特連結已是當今社會必要之數位外
包，具備粉絲頁、黑特區與公關工具等多重功能。對歌劇、芭蕾這類
粉絲號召力強大的劇種來說，藝術家個人往往已擁有數量驚人的推特
追蹤者。[31]這類媒體顯然具備高度潛力，可與大多數尚待開發的潛在
觀眾或已知觀眾溝通交流。[32]但我們是否真能把限140字的推文當做
批判論辯？特別是推特以追蹤與被追蹤為運作架構，其實也是一種單
向而非對話交流。另一方面，推特利用 # 符號為訊息提供主題標籤，
讓議題／主題得以被辨識、被追蹤。此標籤功能在節慶活動的情況

---

[31] 舊金山芭蕾舞團（San Fransisco Ballet）首席舞者瑪麗亞・柯琴特可娃（Maria Kochetkova）據載有十八萬追蹤者，見Mackrell (2012)。
[32] 已有大量研究深入探討推特與公共領域之於公共意見與政治決策的關係。近期研究可參考Moe (2012)。

圖五　倫敦哈默史密斯歌劇院網站，內含超過三十個超連結與功能（2013年2月）。

下開啟了「當下討論」功能，讓面臨大量選擇的觀者得以迅速流通資訊，彼此告知精彩節目。然而，我們可想見字元數限制將放寬，而且語言的想像力也沒有侷限。格言俳句式的評述介入，往往就在驀然回首處得見。同時，我們也很難去預測在劇場與作為社群媒體使用者的大眾間，會出現什麼樣的創造性交流。推特創辦人傑克・多西（Jack Dorsey）不但是芭蕾舞迷，據說更是自芭蕾的協調與紀律得到靈感，才創造了簡潔精煉的推特風格。[33]

評論的媒體

「有種劇作會使劇評分裂，就像《三個王國》（*Three Kingdoms*）」，瑪迪・寇斯達（Maddy Costa）投稿《衛報》（*The Guardian*）劇場部落格的文章是這樣開頭的。「端看你閱讀了誰寫的東西，這次合作……要嘛有一半人認為<u>太自溺</u>、<u>太誇張</u>、<u>太晦澀難懂</u>，不然就是<u>今年最棒演出之一</u>、<u>完全的享受</u>、<u>動人的夢境</u>。」[34]在好壞迥異的評價間（每個畫底線的詞可超連結至不同評論），寇斯達發現了專業報紙評論人不屑一顧與線上作家／部落客大力讚揚的二方對立。《三個王國》是英國劇作家賽門・史蒂芬（Simon Stephens）的作品，導演是來自德國的賽巴斯汀・努比鄰（Sebastian Nübling），並由愛沙尼亞的艾娜麗絲・珊普（Ene-Liis Semper）擔任美術設計，為慕尼黑室內劇院、塔林的NO99劇團（Theater NO99）與倫敦哈默史密斯歌劇院共同合製，來自上述三個國家的演員各自說著自己語言，並搭配演出字幕輔

---

[33] 見Mackrell (2012)。
[34] Gardner (2012).

助。演出一開始，是在英國發現一名女子的頭，英國警探一路追查至德國，碰上一個在東歐從事性交易與色情業的集團，於是又跟著線索來到塔林——故事情節與舞台場景在此越發呈現出一種如噩夢般的超現實氛圍。事實上，劇本與製作上演了一場深入的黑暗之旅，呈現東歐異國風情之暴力犯罪、性剝削與種種深不可測。同時，場面調度的地理位置設定，也從倫敦的對話場景轉向具視覺與身體風格更為強烈的中歐與東歐。

上述提到的差別，不只是一般情況的「評論人意見兩極」而已，而是報章媒體「專業」評論與「非正式」部落客在機制上被區隔的全新狀態，後者因而產生了活躍的反思討論，在媒介上探討媒介本身。此次論辯自有值得多方探討之處，依序如印刷媒體刊登評論的長度並不適切、要求須給星等評價、老調重彈的導演劇場或劇作家劇場之爭，以及英國與「歐洲」劇場的地理文化之分。雖然我們可能會太過輕易地把此論辯當作世代差異的進階表現而已，即「老一輩」專業劇評人跟不上新一波創新思潮，而「年輕的」非正式部落格「很瞭」，然仔細深究卻並非如此。首先，因某些對話者實涉足雙方陣營；其次，年輕並不是有慧根的天生保證。

此爭論風波的關鍵，在於其如何能讓劇場討論離開黑盒子劇場，以及演出一評論回應一公眾回應這個分界明確的意見迴圈之外。所謂評論的力量與其伴隨而來的機制牽絆、甚至是依賴，在部落格世界的大量「草根」聲音中遭遇抵抗。很明顯的，我們正處在媒體革命重新塑造論述階級的浪頭上。然而，這並不是新鮮事。例如，部落客「瘋科學」（MadScience）在一場類似論辯中再次提到藝術評論圈與藝術部落格圈：

十九世紀晚期，我們看見了如新式印刷術、廉價紙張、交通
形式演進（鐵路！）等發明，促進報章雜誌爆炸性的發展。
在當時，有許多人為出版文字的資料來源與品質感到擔憂。
最終市場回應了此現象，許多期刊因而停止發行。[35]

許多我們今日認為非常重要的前衛書寫與藝術創作，當初都是發表於
非正式的小型期刊上，這些期刊往往只發行幾期而已，就像部落格，
且有半數才撐了三個月就停刊了。[36]

　　這場論辯指出專業劇場評論的另一困境，即其逐漸受制於商業原
則。菲德烈克・馬特爾（Frédéric Martel）在《探查主流，一種取悅所
有人的文化》（*Mainstream: Enquete sur cette culture qui plait tout le monde*）
書中就此點提出有力論述。他引用了《紐約時報》（*New York Times*）
劇評人「百老匯屠夫」法蘭克・瑞奇（Frank "the Butcher of Broadway"
Rich）之言：瑞奇曾和作者抱怨，在他1980年得到夢寐以求的劇評工
作那刻起，他就夢醒了。「寫德布西也寫嘻哈，這就是美國。劇評什
麼都得寫。文化和商業混在一起，早就是美國的老傳統了。現在只是
加上劇評還要同樣關心作品之外的行銷、財務與經營。」[37]消解了高
級與低級之別，意味著今日劇評成為「消費者評論」，替消費者提供
娛樂預算支出的建議。

　　如何抵擋專業劇評淪為消費者所用的趨勢，同樣也是《三個王
國》爭論風波中一再出現的主題。部落格劇評一次又一次指出，400-
500字評論與星等評價制度根本沒辦法處理這齣明顯挑戰觀眾期待與

---

[35] http://madsilence.wordpress.com/2008/02/03/the-future-of-the-art-blog
[36] *Ibid.*
[37] Martel (2010), 172. 此處原文由本書作者從法文譯為英文。

評論準則的文本與演出。引發我們進一步思考的是，凱瑟琳・洛維
（Catherine Love）在部落格評述了自己的400字評論：

> 要是有這麼一齣劇場作品可以成為對抗傳統劇場評論的理
> 由，那麼《三個王國》從各方面來說，都用它混亂、失序又
> 觸動人心的三小時演出做了最佳示範。雖絞盡我還微眩的腦
> 汁擠出無聊的四百字責任字數，有一部分的我好想回去把這
> 些文字搗碎。賽門・史蒂芬的最新作品表現出強烈企圖，
> 拒絕被星等制度與規定字數秤斤評斷，且對工整評論斥之以
> 鼻。[38]

洛維不只重新檢視自己「工整評論」的不足之處，其文章更進一步探
討限定於媒介的論述可能性，且為此逐字引述了兩名討論者在推特上
就此作提出的性別政治爭論：作品在呈現女性剝削的同時，如何能不
複製其欲批判的再現策略？不消說，洛維當然用了超連結提供相關作
品評論與部落格作參考。

　　《三個王國》的爭論戰線甚至延伸至作品之外，指向了存在於機
制化劇場評論更深層的焦慮，我們可在截然不同的德國報紙評論生態
中看到例證：主要的報紙評論並不提供星等評價，字數有時可高達兩
千字，且不需要非得在隔夜早報刊出。德國報紙評論也還不像英美評
論文化般深受商業操作影響。

　　舉例來說，德國在四、五年前就已發現部落格可能會對既定評論
形式帶來真正的衝擊。當激進劇作家雷納德・格茨（Rainald Goetz）

---

[38] Love (2012).

開始在《浮華世界》（*Vanity Fair*）網站發表自己的部落格文章（包含劇場評論）那一刻起，有一條線被跨過去了──而這是值得我們重新評估的。一般公民私下寫部落格是一回事，但已有一定地位的作家也運用此媒體發表文章時，就無法再以業餘隨筆等閒視之了。為重要日報《南德意志報》（*Süddeutsche Zeitung*）寫作的布克哈德·穆勒（Burkhard Müller）論道：「部落格嚴重威脅了傳統上對公共寫作與私人寫作的分別，正因其在公／私之間插入了一種『半公共空間』〔德文為 Halböffentlichkeit〕的新形式。」[39]

　　事實上，早在一年前，機制化劇場評論就面臨了更直接且更嚴重的挑戰。2007年5月，nachtkritik.de網站上線，自稱是全國獨立劇場評論發表平台，為德語系國家重要劇作首演在次日清晨提供網路評論。此網站每周末最多可發表十則評論，且自認是新式網路新聞業的代表。這暗示的不只是文章刊出的速度，還包括與讀者互動、讓讀者回應評論並張貼自己文章的可能性。幾個月不到，此網媒生力軍就承受了來自傳統紙媒的猛烈反擊。在德國重量級劇場月刊《當代劇場》（*Theater Heute*）發表的年鑑中，劇評學者克里斯多福·史密特（Christopher Schmidt）評述如下：

> nachtkritik.de網站的線上服務是不求專業、持續墮落的丟臉表現。這一類型的評論明顯只不過是那些自己的文章無法通過紙媒審核標準，因而心懷不平，利用某種「自己動手做」的姿態趁機報復紙媒的手段。[40]

---

[39] Müller (2010)。穆勒的文章指的是格茨以部落格文章出版的書：*Klage* (2008)。
[40] Schmidt (2007), 141.

這當然不會是守方陣線的共同立場。兩年後，nachtkritik.de網站快速發展，為《明鏡周刊》（Der Spiegel）寫稿的劇評人沃爾夫岡‧赫博爾（Wolfgang Höbel）在此討論區中看到了一個藝術戰場，讓「評論人、觀者與藝術家屢在激烈論辯中直言不諱，擾動且重振了劇場世界。」[41]

專業劇評學者就此互持矛盾看法，說明了這類網站已成為劇場公共領域現有架構之挑戰，威脅著要破開製作方與接收方自成一格的意見交流渠道。史密特的回應清楚表現出紙媒承受的焦慮程度，以及其毫無反思地將大眾之聲（vox populi）排除於劇場作品的批判回應之外。

是否真有辦法解決此對抗局面呢？要為新舊對立提出論述解套，或許可借助傳統報業的網路版操作。最成功的例子或許是《衛報》劇場部落格，為中介於機制化評論與部落格領域之間的新式混種，但以報紙的網路版形式做調整。[42]藉由吸收部落格公共空間透過發表回應、討論串與互動模式而帶來的可能性，傳統報業應稍可緩和對立。速食評論並未消失，然有興趣的觀者可以去劇場部落格尋找更深度的討論，或以《三個王國》為例，在部落格世界與專業劇評間求個是非論定。

就《三個王國》此例而言，是傳統專業評論狹隘的正規類別，讓此劇作、特別是此製作遭受否定。只有透過後續發生於部落格圈的相關論辯，能徹底擴展此論辯，並帶入得以超脫既定品味與美學規範的機制內蘊。此處真正的機制革新，是作為慕尼黑室內劇院歐洲劇院計

[41] Höbel (2009).
[42] www.guardian.co.uk/stage/theatreblog/2012/aug/06/theatre-blog-changing

畫之一的三方劇院合作，也因此促成了美學上的革新，而諸多劇評學
者並不具備相應的評論工具。的確，在英國（某方面而言其實德國也
是）的劇場評論依循著由國家與文化慣例決定的潛機制規範進行。像
這樣的三方國際共製案為評論標準帶來許多麻煩。雖然現在要預知日
後走向還太早，但部落格圈的熱烈討論暗示著劇場評論需要納入更多
元的聲音，以振興哈伯瑪斯先前提出的：「讓過去沉沒在歷史中的現
象再度興起，讓在書寫與閱讀上享有平權之公眾成為對話者。」[43] 這
樣一來，或許劇場公共領域便能觸及真正具社會／政治議題性的廣大
公共領域。

---

[43] 見註29。

第三章
開放與關閉：清教徒與枷鐐舞台

> 暴力與粗語始終存在於小本刊物（pamphlet）的傳統中，甚至到了報業審查網開一面的地步。
>
> ——喬治・歐威爾[1]

> 研究清教徒主義的史學家坐在柏拉圖的山洞裡，他們描述的並非現實，而是現實的影子，所謂「角色」與「刻板形象」。
>
> ——帕翠克・科林森（Patrick Collinson）[2]

　　1642年為全英國與歐洲的劇場畫下重要休止符。這是第一次、也是唯一的一次，由議會勒令關閉全國劇場機構。先前也偶有幾次城鎮（如日內瓦）短暫或較長時間禁止劇院演出的案例，但從未實施全國層面的禁止令。這場劇場關閉憾事一路持續至1660年查理二世重返英格蘭並重新開放劇場為止，也被視為英國劇場史大敘事的中斷。雖然劇場史學家向來表示劇場關閉事件並沒像「空白的1642-1660年」這句話所指的這麼全面與絕對，但劇場行業無疑在此段期間遭受極大掌控與壓制。這十八年是劇場史的「黑暗時期」，劇院的確如字面上

---

[1] Orwell (1948), 8.
[2] Collinson (1989), 8.

那樣，陷入黑暗，甚至被毀壞，即便連態度溫和的劇場史學家都忍不住要咒罵。

一般認為劇場關閉事件的藏鏡人是所謂長期議會（Long Parliament）的政治人士，他們可說是實施清教徒政權的倡議者，又或者他們自身就是公開表明的清教徒。因此，清教徒——不管是英國或美國的哪種清教徒，長久以來都被視為劇場的天敵。每每提到相關人物／運動的資料，皆充斥著輕蔑口吻，並用高度情緒化的字眼形容清教徒有多掃興。劇場和清教徒主義於是成了壁壘分明的兩種類別，再也想像不出除了對立之外的關係。然而，從劇場與公共領域之間關係的觀點來看，這場關於舞台的爭論與其說是摩尼教派[3]的善惡對決，反更像是一個新的競技場，讓語言、書寫與舞台在這場以論述為主的格鬥中搶奪掌控權。

本章將探討的，或許是第一個真正的劇場公共領域案例——在各種刊物、法院與教會，以及台上台下進行的筆戰競技場。在此，我們可將劇場飽受抨擊一事解讀為：議題取向的公共領域聚焦於劇場機制為討論對象。職業化的劇場文化出現，開始在得到市場與宮廷雙方資源挹注的專業劇院演出，為已捲入宗教教義爭議的社會又帶來了另外的衝擊。

要就公共領域層面討論反劇場運動，首先需要如第一章那樣，重新檢視公共領域之基本要素。早期現代是否真有「公共領域」這回事，需要我們回過頭去檢視過去二十年間學術界爭論不休的複雜論辯。哈伯瑪斯的古典模式將公共領域的出現與十八世紀啟蒙思維作連結，但許多早期英國現代史與政治領域學者都認為，早在十六世紀就

---

[3] 譯註：衍伸自波斯祆教，即明朝時期的明教，教義立基於典型二元論。

已具備足夠條件。當時存在著蓬勃發展的印刷業，產出如書本、論文、小本刊物（pamphlet）與講道文等各式各樣的出版品，滋養著新教徒建構在論辯與個人主義之上的閱讀文化。如我們所見，有些學者明確區分伊莉莎白時代與卡洛琳時代，主張真正的公共領域要到卡洛琳時代後期才出現。然在此同樣要強調的是，劇場對公共領域的貢獻，並不亞於審判、刑罰等其他形式的公開展示。

　　我的論點是，1642年開始實施的五年關閉禁令與1649年延長進行的永久禁令，須被理解為某種公共領域運作的象徵，最終辯論還是戰勝了封建制度一時興起的任性，而大量公共輿論之匯聚，迫使立法程序完成了劇院徹底關閉的禁制令。作為劇場學者，雖然這或許不是我們所樂見的結果，然我們必須認知到公共領域的規則，並未排除公共輿論也可能朝著反劇場的方向前進，這正是1642年禁令前那幾年所發生的事情。

　　在英國都鐸王朝與斯圖亞特王朝年間出現的反劇場運動，意味著某種對抗公眾（借用麥可・華納的話來說）終於轉化為一般強勁的議會力量。我們也可用此例來說明南西・福瑞澤（Nancy Fraser）提出的「弱公眾」（weak public）概念，特別是其如何著重於審議式的意見生成，以作為實際決策之相對。[4]在本章論述過程中，我們將看見反劇場論辯自**弱**公眾推動的論辯化為實際決策與立法行動。最終，到了1642年，反劇場人士不只產出了更多的論述發表，似乎還在論辯說理上佔了上風。

　　1570至1642年，橫跨伊莉莎白、詹姆士與卡洛琳時代的這七十餘年間，劇場活動一再引發論述對立，充斥一連串的「砲轟」（blast）與

---

[4] Fraser (1992), 134.

「反擊砲轟」（counterblast），或如喬納斯‧巴利許（Jonas Barish）所言，為「小本刊物之戰緩慢醞釀的世代」。[5]雖然已有不少學者投入研究這場持久的消耗戰，但大多都以重要文本摘要的形式進行，少有人真正同理其手邊的研究素材。本書的任務並非簡扼重述史料，而是要將這些史料，連同較少受到關注的文本，放置在一公共領域初興起的架構下再作探討。

　　清教徒主義與反劇場運動不該輕易畫上等號：我們在這裡看到的論述是在清教徒思維中剛出現的雛型，被引入如倫敦法團等地區，成為用來處理劇場亂象之社會與管理問題的工具，一度銷聲匿跡後又在1630年代出現，且成為議會與宮廷之間政治角力的一部分。十六、十七世紀英國的反劇場偏見，與其說是源自希臘時代的老調重彈，更應被視為專門針對**機制變革**的具體回應：一間間未被妥善管理的私有公開劇院，就像在曾由國家壟斷的媒體體系中引進的私人電視頻道，讓觀者面臨的是荒謬與冒犯，而非崇高與偉大。

　　如〈導論〉所述，我針對劇場公共領域的討論較著重其與機制層面的問題，而非個別作品與演出者。問題的真正關鍵就在於反劇場大論辯本身，以及其本體論的模擬前提。學者彼得‧雷克（Peter Lake）近年重探清教徒派的反對勢力，特別強調其機制層面的觀點：「作為一種機制、一套文化實踐、一連串物質／文化／情感的交流，在這些作者心中，劇場成了當時社會與道德弊病的最佳畫面與隱喻。」[6]根據雷克的理解，劇場機制聚集了快速社會變遷（如倫敦都會區市場經濟能量形成的顯著消費與流動性提升）導致的諸多焦慮與不穩定性。

---

[5] Barish (1981), 84.
[6] Lake and Questier (2002), 462.

艾伯特・湯普森（Elbert Thompson）是早期就開始系統化研究清
教徒反對勢力的學者之一，他在研究中並未掩飾自身對清教徒教派的
同理，認為劇場所受一切抨擊都是自找的。其中包括幾個因素：劇
場被當作「公民失序之因」；因搬演宗教劇作與戲劇節慶所產生的財
政負擔；游離演出者所組成的未受規範劇團；以及在新的圈地法案
（enclosure laws）[7]頒布後，農民被迫離開自己土地而形成的潛在觀
眾族群。這些因素加總起來，共同形成「嚴重且棘手的難題」。[8]湯普
森論點走的是一條「衰退」路線。他將莎士比亞與馬羅（Christopher
Marlowe）兩人「最高級的藝術」，與斯圖亞特王朝時代、舞台表演已
然式微的後期劇場發展相比，藉此尋溯那「無法抵擋的清教徒聖戰之
進軍」。[9]

　　雖說針對劇場演出的批評，多是重複引用古典權威與教堂神父各
種老調重彈的主題變奏，當時的宗教與政治背景卻絕非一成不變。大
約在1575-1589年間第一次「砲轟」時期，許多反劇場派的意見領袖
都不是立場鮮明的清教徒勢力成員。即便是清教徒一詞的定義，無論
在當時或今日始終飽受質疑。大家都同意的是，我們不能再繼續把反
劇場勢力視為全然清教徒的考量，在英國主流「中產」階級社會其實
也有倡議聲音。此外，來自倫敦市官方的反對更為關鍵，因其對劇場
的反感更多來自於公共安全與衛生方面的實際考量，而非追求嚴謹生
活的教義。

　　一直到1620年，英國官方教會[10]都還堅定實行喀爾文教派路線，

---

[7] 譯註：十二至十九世紀間修改法律收回佃農土地使用權的手段。
[8] Thompson (1903), 34-5.
[9] *Ibid.*, 187.
[10] 譯註：即英國國教。

除了太過激進的清教徒教義外，幾可說是全盤接收。然此形勢在1626年理查一世即位時出現變化，且更重要的是，勞德大主教（Archbishop Laud）推動安立甘教會（Anglican Church）重新回歸祭儀制度，在清教徒眼中成了在實質上回歸天主教會制度的改革，只不過是少了教宗而已。重新引進類似天主教教會的聖公會階級結構，獨厚的是「祭壇而非傳道台」。[11] 此外，我們也須重新考慮清教徒與議會是否太過輕易被畫為同一勢力。雖然在王權與勞德改革路線之間有著明確的因果關係，但激進清教徒人士如威廉・普雷納（William Prynne）等人依然對國王保持忠誠。

小本刊物、講道與傳單：論述是公開還是隱晦？

　　為真正理解「公共領域」一詞在此時期之本質與正當性（legitimacy），我們必須先在幾種歧見中找到折衝空間：其中一種觀點認為，公共領域早在都鐸王朝早期就已出現；另一種目前較式微的觀點，則依然將公共領域侷限於十八世紀。雷克與品古斯（Pincus）為後宗教改革時期（post-Reformation）與後革命時期（post-revolution）做了區分：前者約自1530年代延續自1630年代，並在教義論戰的背景下見證了幾個公共領域的誕生。然當時對公共實踐多有顧慮，這些公共領域因此大都受制於官方的掌控與安排。1642-9年間的英國內戰及接踵而來的後革命時代，終於揭露了公共領域的力量。在這時出現了如報紙印刷品等新式文字形式，如火如荼的脣槍筆戰也日益激烈。幾個領域集結勢力，合併為一，加上自由市場形成，商貿金融人士

---

[11] Butler (1984), 85.

對國家也越顯重要等因素，成為再也無法被壓制的力量。[12]大衛・薩瑞特（David Zaret）同樣認為公共輿論是在十七世紀中的革命時期被「創造」出的，他指出：「當參與論戰的菁英使用印刷媒體以訴諸大眾觀眾，觀眾之中的行動人士也試圖訴諸輿論權力以遊說菁英。」[13]威爾森（Bronwen Wilson）與亞欽寧（Paul Yachnin）則持相反意見，主張早期現代時期出現許多彼此競爭的公共領域，而非多個公共領域匯聚為一。就此觀點看來，當時的公眾團體發展出了競爭形式的公共表述與行動。因此，所謂創造一群公眾（making a public）被定義為：「主動建立新式聯盟，讓人們不再只是透過家庭血緣、階級或職業彼此連結，而是個體之間立基於相同興趣、品味、信念與慾望的自願式群聚。」[14]

　　無論支持的是哪種時代立場，所有近期研究都著重於早期現代公共領域的出現與印刷文化（即其大量出版的小本刊物、講道本、傳單、公開或私下論述）之間互相倚賴的關係。亞莉山卓・哈拉茲（Alexandra Halasz）在針對小本刊物與公共領域的相關研究中，發現哈伯瑪斯定義十八世紀公共領域的關鍵準則，早在十六世紀就已成形，她並特別強調刊物市集（marketplace of print）與公共領域之間互構但不見得共存的關係。對哈拉茲而言，印刷刊物是一種成就（enabling）的力量，提供了同時進入公共論述「產出方」與「消費方」的可能性，也因此成為將論述轉換為商品的關鍵要素，為傳統流通模式帶來深遠的影響。[15]

---

[12] Lake and Pincus (2007), 10-12
[13] Zaret (2000), 9.
[14] Wilson and Yachnin (2010), I.
[15] Halasz (1997), 2.

　　提到印刷文化與公共傳播之間關係，有一重要年份需要特別注意，即倫敦書商行會（Stationers' Company）在1557年得到來自瑪麗一世（Queen Mary）的特許令。此特許令不但讓行會得以獨佔全國印刷產出，更因其作為皇室代理，也意味著皇室藉此獲得控制印刷刊物的權力，行會則成了實際上的官方審查。雖然瑪麗一世發布特許令的背後思維，是為了要反制新教發行報刊的影響力，然伊莉莎白隔年再次確認特許令，或許暗示著首要考量其實是要控制印刷刊物，而非針對特定宗教教義之宣揚。如辛蒂亞・克蕾格（Cyndia Clegg）所說，書商行會被要求禁止「違反國內法律」之出版品發行，意即含有叛國、造謠、毀謗、褻瀆等性質的文字。[16] 褻瀆指的當然可以是任何違背官方教會教導之事。這種程度的控管，也引發大衛・薩瑞特等學者質疑：十六世紀末與十七世紀初的英國沒有政黨存在，自然也就沒有正式的「反對聲音」，甚至連「揭露議會論辯（也）是一種罪」，那麼我們真能說此時有公共領域的存在嗎？[17] 薩瑞特提到的定義與年份主要是取決於公共領域的政治定義，因此不見得完全適用於公共領域作議題討論時之定義。儘管如此，他的確認為公共領域「雛形」出現於英國十七世紀前半葉，即使此時或許不是哈伯瑪斯所形容的那種純粹、普世原型。然而，他所強調的是「由演說家、作家、印刷業、請願人、發行商與讀者組成的大型團體之傳播交流實踐」，也正是公共領域得以成立的先決條件。

　　所謂「傳播交流實踐」有許多層次的意義，且同時包含了言說、書寫與印刷形式。然在此時期，印刷文化之觸及力與其潛在加乘影響

---

[16] Clegg (2008), 9.
[17] Zaret (2000), 8.

力，改變了公共傳播的能量，也改變了控制／影響公共輿論之力量的
平衡狀態。此外，書寫文化也以各種樣貌出現，自單頁大張傳單至厚
重書冊不等，其中包括公開張貼的「黑函」（見第二章），甚至是刻意
流出的「私」信與手稿，在其流通間形成一種精心調度的公共討論形
式。[18]至於小本印刷刊物則一直是公共領域最重要的武器，是抗議行
動的關鍵媒介。小本刊物實在不太好定義，在喬治‧歐威爾的看法
中是一種傾向去繁從簡的書寫，通常根據其功能而非形式來界定。然
小本刊物「始終具有明確政治意涵」，因此，威廉‧普雷納（William
Prynne）大力抨擊舞台表演的千頁之作《演員的悲劇》（*Histrio-
mastix*）在功能上也可被視為某種小本刊物，儘管某方面而言已遠遠
超過歐威爾偏好的「五百至一萬字」長度。[19]印刷品的發行量不等，
少如最簡陋的單頁大張傳單為兩百份，多則如書本可達1,250份。在
意識型態作用外，「印刷刊物絕對是利潤導向的販售商品」，就算是不
識字的普羅大眾，同樣可藉由巡迴演員發放的歌謠印刷本，以及在酒
館等公共空間朗讀的人，來接觸印刷文化。[20]

　　印刷文化的廣傳是公共領域古典模式得以成立的前提。任憑透過
書商行會實施的各項控管與許可措施，刊物資訊依然以非法且非受控
的形式繼續傳播。事實上就幾場小本刊物之戰而言，人們往往認為此
形式才是最有效的。如歐威爾所言，小本刊物實受益於某種程度的
非法性，因「當我們真正享有言論自由，各方觀點都能在報刊上並陳
時，就失去了小本刊物之所以存在的某些原因。」[21]

---

[18] Lake and Pincus (2007), 6.
[19] Orwell (1948), 7-8.
[20] Watt (1991), II.
[21] Orwell (1948), 8.

　　和非法小本刊物相對的，是由官方所掌控的公共領域，在此，國家試圖控制印刷刊物與現場演出，透過單向管道傳達訊息。這種形式的公共領域符合了哈伯瑪斯所謂與專權統治相關的再現式公共領域。在此脈絡下，彼得‧雷克深入分析1581年艾德蒙‧坎皮恩（Edmond Campion）一案，認為這位天主教神父與封聖殉道者自審判至處刑的公開過程，可視作官方主導風向的極端案例：

> 政權試圖發動所有為坎皮恩所用的媒體——謠言、印刷物（含正式神學論辯與更直接、更粗鄙的小本刊物）、通信手稿，以及各式各樣的公開演出（辯論、作秀公審[22]與最後的處決）——來攻擊他。[23]

因此，雷克有條件地使用了公共領域一詞，認為在伊莉莎白時代的英國出現的是「某種未發展完全的『公共領域』雛形」。畢竟，此公共領域——姑且稱之為公共領域——「是開放還是關閉，端看政權自身如何保護自己免受以天主教為主的各種外在威脅」。[24]

　　結論是，我們可以說在論述範圍座標的侷限內，直至十六世紀末，科技（印刷）、教育（識字逐漸普及）與法律條件已就位，容許一些公共議題討論享有某種程度的自由與開放。劇場正是其中一項議題，特別是1570年代在倫敦快速增長的新式商業「公眾」劇場。這種新式劇場引發的立場對立，則透過一連串小本刊物與論辯形式進行，且較不受審查控制與國家干預。

---

[22] 譯註：意指已預先決定判決，只是做做樣子的公開審判。
[23] Lake (2002), 258.
[24] Lake and Questier (2002), 261.

行動者（actor）與論點（argument）

切入正題之前，我們首先得區分actor與argument。在這裡，actor不是劇場詞彙的演員，而是社會學定義的行動者。雖然大部分反舞台人士多在情感上傾向認同清教徒思想，但也不全是如此；又，雖然清教徒在原則上對劇場持反對立場，但絕非不明就裡的心生憎惡。「清教徒」（Puritan）一詞，正如先前所提，是難以定義的，一開始是由此運動反對者創造出來的輕蔑之詞。廣泛來說，它代表的是新教教派（Protestantism）某種極端形式，反對形式化的儀式，偏好小型宗教集會而非「主教」系統的教會階級結構，並講究回歸聖經來理解基督教義。[25] 那些往往和清教徒教義產生連結的團體，實涵蓋了各式各樣的門派，包括再洗禮派（Anabaptists）與長老宗派（Presbyterians）。他們因共同反對英國國教似乎又要回歸天主教的局勢而結盟，自稱為「神人」（godly people，「屬神的人」），意指嚴守經節，即基督的真實教訓，而非著墨於儀式。彼得・雷克則主張成為「神人」並不代表一定得遠離劇院，他又提出充分證據，指出「一直到1580年代中期，那些自認『屬神』的人們依然會去劇院看戲」。事實上，雷克甚至認為舞台在與講道台及小本刊物彼此搶觀眾，因這三者其實是與相同的文化議題與意識型態爭搏。若我們認同這樣的觀察，那麼與其執著於變來變去又充滿意識形態的「清教徒」稱號，不妨改從議題與論點進行研究梳理，這樣有意義多了。

反對舞台的理由可分為兩種，分屬神學與道德層面論點，且兩

---

25 譯註：為廣義基督教。中文雖有天主教與基督教（新教）之用語差異，但因論史需要，將Christianity譯為基督教，將Catholicism譯為天主教，中文通用之基督教／新教，則依原文以各種門派詳述之。

者彼此關聯。一開始主流論述大都以神學類為主,雖然聖經本身並未
明文禁止劇作與演戲,然早期教父學傳統(patristic tradition)[26]卻充
斥著此類禁令。[27]大多數針對伊莉莎白時代舞台表演的論點,在早期
教父回應羅馬時代的演出活動時就已成形。[28]這類演出自羅馬競技決
鬥、餘興馬戲至情色啞劇,其間實在沒什麼好推薦給竭力向前的基督
教派。教父傳統中最早出現、可能也最具影響力的反對聲音,是來自
二世紀教會的教父特土良(Tertullian)。在他集結反舞台派各種主要立
場的著作《論表演》(De spectaculis,西元200年左右)中,指出無論
是馬戲娛樂或是劇場演出,都有著同樣的名稱(ludi),且通常彼此搭
配演出。同時,舞台無可避免地與異教產生關聯,如劇場本身在建築
上呈現維納斯與酒神神廟風格。此外,劇場表演公然呈現十誡禁止之
事,等於直接違背了基督徒的真理教訓。最重要的是,劇場喚起的熱
情向來被認為對基督徒們有害。除了不能有偶像崇拜與激情刺激外,
一個真正的基督徒也不應表現出不合宜的行為,如「怪人群居」的劇
場,在此有「小丑穿著女裝」,舉止「卑劣」,宛若娼妓,而「在公眾色
慾下的受害者被帶上舞台,在同性面前越顯可悲,只想遮掩躲藏」。[29]

---

[26] 譯註:意指針對教會早期(介於新約/使徒時代末期直到五世紀迦克墩公會
議,或八世紀的第二次尼西亞公會議)教父著作的研究,patristic字源來自希
臘文patér(父親)。

[27] 儘管舊約聖經並未特別提到劇場相關活動,但也有較公開譴責舞台表演之例,
如塔木德傳統(Talmudic tradition),或許也是針對希臘與羅馬劇場表演所作的
回應。依循十誡的第二誡「不可有別的偶像」之規定,猶太教的塔木德傳統可
說是十足的「恐劇場症侯群」(theatrephobic)(見Levy 1998, 2)。

[28] 此哲學傳統正是始於柏拉圖的《理想國》(Republic),然雖偶被引用,但並不
如教父傳統般佔有如此份量。柯林‧萊斯(Colin Rice)提出了反戲劇性(anti-
theatrical)與反劇場(anti-theatre)兩個論點之分別,前者在本質上是永久的,
且通常伴隨著柏拉圖式的偏見,後者則針對劇場的特定擾亂作用(1997:2-3)。

[29] 引自Tertullian De spectaculis, ch. 15(引自www.earlychristianwritings.com/text/
tertullian03.html)。

特土良的論點當然非常適合推薦給才剛得知新式劇院究竟都在幹麼的神人們。[30]第一波公眾劇院在1575-1576年間成立時（包括建於修道院遺址的黑衣修士劇院〔Blackfriars〕，以及位於肖迪奇街區〔Shoreditch〕的幕帷劇院〔the Curtain〕與劇場〔the Theater〕），他的諄諄告誡想必也產生了極大迴響。首波針對公眾劇院的攻擊，想當然爾是來自清教徒地區。現階段的研究共識認為，這波源於英國本地的反劇場運動始於1577年，由湯瑪斯‧懷特（Thomas White）於當年11月3日在保羅十字架（Paul's Cross）發表的現場講道與文字印刷本點燃。在此之前已有不少相關出版流通，但大多是翻譯海外書籍而已。

探討公共領域問題時，特別值得注意的是懷特講道等類似性質演說的表演性（performative）脈絡。與舊聖彼得大教堂（St. Paul Cathedral）相連的保羅十字架採開放式講道台，可容納數千名會眾，由來自各方背景的倫敦市民所組成。此表演空間乘載深厚歷史，在此上演過無數慷慨激昂的演說與講道、政府公告、騷亂暴動、暗殺圖謀與公開辯論。如果在當時的倫敦有這麼一個足以稱之為「公共領域」的公共空間，想必就是此處了。在伊莉莎白統治下，此地先是因擔心暴動而關閉，但隨後又因為這裡實在是官方公報與國家文告太有效的溝通管道，而再度開放。[31]

作為「萬中選一的講道台」，在此發表演說布道自有相當論述重

---

30 清教徒相當熟悉特土良的著作。威廉‧普雷納特別在他的反劇場小本論文《演員的悲劇》序言中引用特土良文字。

31 保羅十字架在2011年倫敦佔領運動時，再次重新成為公眾抗議之處；同時，在關於佔領運動合法性的相關討論中，也並未忽略此處的歷史連結與其重要性。唐‧普雷茲（Don Plestch）為《衛報》所寫文章即以〈佔領倫敦運動為聖保羅之於言論自由的歷史帶來重生〉（'Occupy London is reviving St. Paul's history of free speech'）為標題（見Plestch 2011）。

量，更藉後續印刷發行產生深遠影響。[32]在湯瑪斯・布魯爾（Thomas Brewer）談論瘟疫相關議題的詩文發行本中，有一幅1625年發表的木刻版畫（圖六）明確指出屋頂遮蓋的講道台位置，台下匯聚專注聽講的各色群眾，在大教堂的院落蜂擁圍繞著牧者，眾人集結一體的場景可說是與劇場公開演出十分近似。

事實上，保羅十字架既是劇場的也是作為溝通交流的。如瑪莉・莫瑞賽（Mary Morrissey）所言，此地成為「倫敦現代化初期新聞網絡的交流中心」。[33]的確，這裡依舊是被管控的空間，講道者須獲得許可，然此處的管轄權並非那麼明確，而是由教會、市府與王室三者彼此爭奪控制權。

保羅十字架與聖保羅大教堂知名的中間通道「保羅之路」（Paul's Walk）相連。聖保羅大教堂是通報傳遞各方消息之處，而與保羅之路相鄰的保羅十字架，自然也成為交流的場所——不單是因為在這裡進行講道，同時也因為這裡是人們聚集、交易買賣、廣告宣傳、偶爾口角爭執的交集點，甚至還有讓清教徒牧師萬分苦惱的一班商業兒童劇團，即1575-1608年間駐此的聖保羅唱詩班。但最重要的是，保羅十字架院落直接通到主導文街（Paternoster Row）。此地是倫敦書業中心，有多間出版社與書商進駐，在地理位置上自然也加速了從演／說到出版的過程。

---

[32]「萬中選一的講道台」（譯註：原文為pulpit of pulpits，因中文理解需要稍作調整）出自 "Paul's Cross and the Culture of Persuasion, 1520-1640" 研討會論文徵件文字。主辦方進一步提出假設，認為「保羅十字架的講道在都鐸王朝與斯圖亞特王朝早期推動『公共領域』雛形之發展扮演重要角色」。後續研究發表於 Kirby and Stanwood (2013)。近期也有瑪莉・莫瑞賽（Mary Morrissey）針對保羅十字架演說布道進行相關研究，同樣探討了其如何塑造輿論，並協助促成早期現代模式公共領域之重要性。

[33] Morrissey (2011), 2.

圖六　描繪保羅十字架（St. Paul's Cross）的木刻版畫（約 1625 年）。

　　在這裡發表的講道議題多有幾項共通處：呼籲大眾關注都會社會弊病，並老調重彈地拿索多瑪、蛾摩拉、推羅（Tyre）、甚至是耶路撒冷的下場做比較。這些聖經故事影射的主角皆是倫敦這座城市、此地不屬神的居民與他們背離正道的行為。常見的七宗罪題材也包含在內，然更加上了在新完工的宏偉建築內、由劇場表演帶來的新誘惑。

　　在湯瑪斯・懷特於「瘟疫蔓延之時」發表的「真理講道」中，他提出論點強烈抨擊劇院，認為劇院對基督徒生活特別造成威脅──廣義面來說，成為安息日捨教會去玩樂的消遣：

> 看看現在倫敦的一般演出，然後看看那蜂擁而上、熱烈追隨的一大群人：看啊，這些奢華劇院是永久見證倫敦如何鋪張愚昧的紀念碑。但我知道現在因為瘟疫的緣故，這些活動都被禁止了，我相當樂見這項政策持續下去，因疾病不過是……倉皇治標不治本，瘟疫病因之本是罪……而罪因則是戲劇：因此瘟疫的病因就是戲劇！

此段連接瘟疫與戲劇的演繹推論是典型清教徒教訓邏輯，然這場現場演說在當時竟還以印刷形式發表，就不那麼典型了。不過單純講道的作法在1570年代起了變化，教會高層開始認可高知名度講道藉印刷出版更為普及的可能性。雖然在伊莉莎白即位前，只有少數講道曾以印刷本形式發表，然在1580年後逐漸成為常態。直至1640年，幾乎有兩千場講道（250場來自保羅十字架）以書本形式印行。事實上，當時有幾乎一半的印刷刊物都屬講道或其他形式的宗教類文章。[34]雖

---

[34] Morrissey (2011), 5.

然自中世紀以來，就有在保羅十字架宣告公共事務的傳統，然在表演
與印刷之間產生的新連結，為此空間帶來了另一種重要性，使其成為
讓公共領域得以出現的節點。

在懷特稍早於1576年12月9日發表的講道內容中，他就印刷作為
媒體提出反思，擔心他的「珍言」雖或許有人購買，但會淹沒在一堆
印刷資料與其他消遣間，而無人閱讀：「上萬本小本刊物與玩物瞬間
如風潮席捲，囫圇下嚥，然它們絕不會被消化為任何有益物質，我甚
至害怕它們是沾滿劇毒的致命物。」[35]社會充斥有毒讀物，讓他自己
的出版品落入可疑境地，某種程度來說，就像是今日對於資訊過載與
注意力有限而產生的焦慮。

存在於舞台與講台間的潛在競爭，一直是正統清教徒派論述的核
心主題，此論點並透過約翰・史托克伍德（John Stockwood）得到進
一步加強。身兼學校教師與教會牧師的史托克伍德同樣於1577年在
保羅十字架公開講道，感嘆劇院之敗德，以及演員數不盡的錢財收入
（「每年收入高達兩千英鎊」），並藉此在懷特對舞台與教會爭奪關注
之焦慮外，又加入財政面的論點，認為一再光顧劇院是要榨乾人們
的錢。[36]雖然史托克伍德原則上對劇場與戲劇演出明確表示反對，然
他並不願不分青紅皂白地譴責。他主張的是一種模仿謬誤（mimetic
fallacy），認為光是觀看「下流行為」，也會鼓勵觀者開始模仿：「要
是那人看到的是朱彼特在濕漉漉的雨中臨幸黛安娜的畫面，那人或許
也會因此慫恿自己步入如此下流境界。」[37]因此，幾乎難以想像劇院
常客會對這類模仿衝動無動於衷：「想想看，一群群不受控的年輕男

[35] White (1578a), n.p.
[36] Stockwood (1578), 137.
[37] *Ibid.*, 135.

女，整天沉浸於劇場裡的幕間表演，台上以生動的身體姿態與聲音誘人入娼妓淫亂之境，我們還能期待他們出淤泥而不染嗎？」[38]雖可能算是違背自己內心信念，但史托克伍德不願踰權推動戲劇演出的全面禁止，而「只會參與基督教世界（Christian commonwealth）是否該於主日容許戲劇演出的相關討論」。[39]

　　然而，是否該在安息日演出一事，只不過是1570年代末至1580年代主導公共領域的一系列廣泛議題其中之一。此時已有更多能辯之士加入對話。1577年，略早於史托克伍德講道，約翰・諾斯布魯克（John Northbrooke）發表一篇專論《賭博、跳舞、浮華劇場或幕間餘興節目等安息日常見現象》（*Dicing, Dancing, Vain Plays or Interludes with Other Idle Pastimes & Commonly Used on the Sabbath Day*），如標題所述，這位德文郡（Devonshire）出生的教會牧師延續此主題，列出一長串可能在劇場沾染的惡習。諾斯布魯克以老少世代對話的形式寫作，特別抨擊標題提及的三種惡習（雖然在這三種外還有許多）。專論中並未再提出太多新論點，且更缺乏講道形式的直截了當。然而，在其大量引述的拉丁文神學與教父傳統中（即威廉・普雷納後來也引用的資料），似乎較懷特與史托克伍德的講道指向更專業的讀者。這本著作或許算得上是英語世界第一本以反劇場主張為題的**書**，如果我們不把懷特講道的印刷本算在內的話。在一堆關於異教劇場的冗長描述中，此專論還包含了倫敦劇場某些特定資訊，列出幾間劇院名稱（如劇場與幕帷劇院）、演出種類與形式等；上述被點到名的都因縱容撒旦的工作而成為譴責對象，也因此應當馬上消失。

---

[38] *Ibid.*
[39] *Ibid.*

　　諾斯布魯克以對話形式論述，然而他並非參考戲劇形式，也因此並不如某些評論人所說的——一方面譴責戲劇，另一方面又借用戲劇形式來表示反對——在立場上有所矛盾。他採用的形式較偏向哲學思辨的對話傳統，而非戲劇表演。就這個意義上來說，我們可解讀為諾斯布魯克刻意將討論抽離演／說（oral performance）機制，而轉向閱讀脈絡。也因此，就此意義而言成了真正的小本刊物，全文雖模擬口說風格，然是真正為紙媒而寫的文字。

砲轟與反擊砲轟

　　下一個重大干涉事件（絕對也是最知名的事件之一）以史蒂芬‧葛森（Stephan Gosson）與安東尼‧穆戴（Anthony Munday）為主角，而後者在反劇場歷史中更有著「雇傭馬」（hired hack）的稱號。他們兩人的重要貢獻不只在於其闡述的論點，還因為他們擴展了論述的脈絡，讓爭論不再侷限於牧師講道的清教徒世界，而更進一步來到文字與學術的世界。還有更重要的一點是，倫敦市當局（應可算是兩人的雇主）也加入了反劇場派勢力。諾斯布魯克的專論中提到，以清教徒立場發言的年長角色在1576年（論文寫作年份）就可提出要求：「當權者應該要對這些地方與演員下全面禁令，就像對付那些妓院窯子一樣」，[40]然這些都還沒能發生。1577年瘟疫開始肆虐，政府當局於是採取措施，短暫關閉劇院，也較前幾年更積極反對。倫敦市公共法院（Common Council of London）其實在1574年已通過命令「限制戲劇展演」，這裡特指在小酒館的演出，並列出方方面面的所

---

[40] Northbrooke (1843), 86.

有危害，從放蕩行為、不守安息日到爆炸或感染造成的實際身體傷害
等：

> 此座城市面臨嚴重失序與種種不便，這是因為眾人——特別
> 是年輕人——皆深陷放縱活動，沉淪於戲劇演出與幕間節
> 目。它們代表的是不時發生的口角爭辯，在各大酒館上演的
> 淫亂罪行，私通包廂與個人空間至開放舞台與頂樓座位區，
> 誘拐少女（特別是孤兒或好公民家中未成年的孩子），暗盤
> 密約，發表低俗無恥又放肆的言行，身為女王陛下的臣民卻
> 在周日與聖日未參加神聖禮拜只為了趕著去看戲，窮人愚人
> 浪費金錢，各式偷拐搶騙的行為，發表魅惑大眾的煽動言論
> 等，諸如此類墮落年輕人心智的恣意妄為。除此之外，還包
> 過在刑架、舞台與其架構的敗壞下，輔以戲劇演出中使用的
> 機關、武器與火藥，所造成的謀殺、傷害女王陛下臣民各式
> 情事。在上帝藉瘟疫降災之此時，如此群眾蜂擁群聚，更將
> 因傳播疾病造成極大危害。[41]

在這一連串的慘事之中，我們可以看見論述如何將常見的清教徒反對
立場與合理的公共安全管理問題相結合。文中明確記載清教徒與倫敦
當局之間關聯，也因此，劇場關閉禁令在檯面上是出自衛生因素，
實際上卻也有著意識形態的成分在，這就是著名的市府與宮廷之爭。
1572年頒布法條[42]將一般演員也納入懲治範圍時，大劇團雖因此享

---

[41] Hazlitt (1869), 27.
[42] 譯註：即第二章提到的《遊民懲治法》（ *1572 Act for the Punishment of Vagabonds* ）。

有來自貴族皇家的庇護，卻也被迫遷出市中心，先是來到肖迪奇區空地，接著來到泰晤士河南岸。更重要的是，在城市轄區外建造專業劇場，意味著倫敦市府當局並不具有太多行政干預空間。這解釋了為何開始運用公共領域，作為「藉報紙與講道台進行的公共宣導，目的是創造反劇場的社會氛圍，讓市府當局得以持續訴求樞密院（Privy Council）與宮廷採取行動」。[43] 因劇場是受到宮廷保護的，就市政府的立場來看，必要關鍵在於說服貴族相信他們其實是在支持有害、甚至罪惡的行為。藉由聘僱曾是大學生與劇作家的史蒂芬·葛森（1554-1624）在宮廷間掌握論述方向，公共領域得以有效地擴展到宗教領域之外，而不再只是牧師對會眾的同溫交流。

葛森曾就讀於牛津大學，後來他小試身手成為演員、劇作家與作家，用當時盛行的華美風格書寫散文，極為花俏且講究的詞藻結合旁徵博引、修辭技法，以及足以顯現其古典學識的用字遣詞。根據艾伯特·湯普森說法，葛森是否真受雇於市政府，「不應偏頗影響我們對這位反戲劇派有力人士的看法，畢竟葛森信念之真摯是無庸置疑的。」[44] 就湯普森看法，葛森的真摯信念可由他結束劇場工作、改當牧師得到證明，像這般自放蕩學生與戲劇人士轉性成為神職人員，自然彰顯了其教化意味。

葛森作品《惡之校》（*The Schoole of Abuse*）發表於 1579 年。正如劇名直言不諱的，反劇場論辯這時已開始採用一種新風格：

---

[43] Lake and Questier (2002), 498.
[44] Thompson (1903), 63.

> 《惡之校》以刀中帶笑的筆法批判詩人、風笛手、演員、小
> 丑弄臣等吾國之惡孽，針對他們充滿危害的所作所為，豎起
> 反抗的旗幟，以及打倒瀆神作家的堡壘、自然理性（Natural
> reason）[45]與世俗經驗：此文讓紳士們得享閱讀樂趣，也讓
> 追求聖潔的人們皆受益良多。

文中充滿趣味的矛盾修辭法如「刀中帶笑」（pleasant invective），或押頭韻的「吾國之惡孽」（caterpillers of a commonwealth），充分展現葛森的文學素養與修辭訓練，也為後續論戰建立基調。至於提到盼望此論述「讓紳士們得享閱讀樂趣，也讓追求聖潔的人們皆受益良多」，則有效地結合了貴族與清教徒兩方陣營。他所鋪陳的論點突破宗教框架之限制，論述依據不再侷限於保羅十字架的講道或諾斯布魯克的小本刊物，並採用較實用的筆法，而非訴諸宗教上的情緒，在安息日演出、曠工、法律與秩序、公眾禮節、疾病感染之威脅、政治顛覆等，都在文中被一一點名。葛森因此將先前提到的「限制戲劇展演」市政命令，與清教徒神學立場的反對、其出自教父傳統與古典權威的根據加以結合。書末則在一封給理查・派普爵士（Sir Richard Pipe）的信中對倫敦當局明白表示謝意，特別提及這位倫敦市市長與「他的弟兄們」，並大力支持他們「聽從忠告驅逐演員」與貴族贊助者的努力。[46]

葛森特別將這篇文章獻給菲利浦・席尼爵士（Sir Philip Sidney）——他同時也是詩人、知識分子、朝臣與文藝資助者。像這樣的獻文致意舉動，讓作者得以身處某種特別的圈子與論述脈絡之中。無論是

---

[45] 譯註：或譯天賦理性，在神學中與「人為理性」為兩種相對脈絡。
[46] Gosson (1579), n.p.

華美文采或獻文致意，都強調了本文決意要在職業劇場的支持圈中找到反劇場動機。然而，席尼爵士並未因此被取悅，反認為葛森的論點是種冒犯，並以《詩的辯護》（*Apology for Poetry*, 1595）一書作為回應。這部在席尼爵士死後發表的著作，部分寫作動機實來自葛森的攻擊，且文中對葛森言論嗤之以鼻。然實際情況更複雜：席尼爵士或許算不上清教徒，但他至少曾公開表示自身對喀爾文教派的認同，卻始終不受反劇場論述的動搖。

葛森並未聲稱倫敦劇場曾公然出現可比羅馬劇場般的「齷齪舉止」，但其他所有一切的確都頗有道德疑慮，特別是觀眾席男女雜處的氣氛，有導致敗德行為的高度可能。劇場在實質上與妓院相差無幾，是一座「淫聲穢語的市集」。[47]為了符合目標讀者之背景，葛森的文章充斥著取自古典時代的例證與解釋，然他的論述實際上卻是直接針對倫敦現況。

對本書研究脈絡來說，葛森的論文相當重要。關鍵並不是他在文章中發表了什麼新概念，而是在於文章後續點燃的回應與反回應。即便並未得到席尼爵士的直接支持，《惡之校》依然廣為流傳，且引發了不少紮實且即時的回應。在1579-1585年間，至少有超過十五本論文出版（此為已知數量，證據顯示實際數量更多，只是部分已佚失），由一群作者彼此對話。主要對話者除葛森本人以外，還包括湯瑪斯・洛奇（Thomas Lodge）、安東尼・穆戴與菲利浦・司徒伯斯（Philip Stubbes）。這場有時頗辛辣的筆戰之所以重要，有幾項原因：首先，這些文字獲得出版，正說明了伊莉莎白時代的審查制度其實不太在意劇場機制的議題討論，於是得以就此議題產生一相對開放

---

[47] *Ibid.*, 18.

的公共領域；其二，舞台作為虛構模仿的主要傳播者，同時也是社會弊病聚集之處，開始成為當時主流媒體；其三，加入論辯的對話人數不斷上升，正證明了這是公共領域的行動實踐。

舞台派當然也有支持者。第一個回應葛森的，是律師與新秀劇作家湯瑪斯‧洛奇，他在同年發行了〈針對 SG 惡之校的回應〉。雖然此文並非核可發行刊物，在當時依舊流通無虞。洛奇在論述中無論措辭或引用的古典權威，皆與葛森相同。若說詩人與劇作家鼓吹放蕩縱情，那麼洛奇便會引用賀拉斯（Horace）形容詩人為「諸神的神聖代言人」來反駁。[48] 不少劇團似乎積極徵募如洛奇之類的作家拾筆為戲劇活動辯護：他們實際上根本就是為商業利益應付攻擊的說客。安東尼‧穆戴匿名發表的《戲劇與劇場的第二、三波撤退》（A second and Third Blast of Retrait from Plaies and Theaters）再度把局勢升高，將論述直接聚焦於戲劇演出與劇院，而不再處理舞台與賭博、跳舞等社會弊病的牽扯。[49] 這篇文章很明顯是委任之作，因封面內頁有著倫敦市市徽為裝飾。正因穆戴和葛森同樣也寫劇本，其論點背後的真實心聲似乎頗值得懷疑。不過個人學識是否正直並非此處考量。就公共領域而言，對話者數量似乎與論辯品質、言語誠意或風格技巧同等重要。穆戴為要符合其市府贊助方的利益，把論述攻勢轉向舞台演出的社會與行政層面，提出最主要的問題是演員持續享有來自貴族贊助者的支持。然而，這場筆戰自此時起開始變成在測試言論許可的極限，或至

---

[48] Lodge (1579), 17.

[49] 重新印刷於 Hazlitt (1869), 103-19。現今一般皆認定安東尼‧穆戴這位典型伊莉莎白時代的雇傭馬為此文作者。最早由約翰‧多佛‧威爾森（John Dover Wilson）提出穆戴為可能作者，後來經深入研究後得到證實。見 Wilson (1910), 24; Hill (2004); Lake and Questier (2002)。

少是這時代印刷許可的極限。正如多佛・威爾森所言：「這類大膽用詞，在一兩年後女王有了自己的一班劇團演員時，就幾乎不可能出現了。」[50]

　　至於演員一方，則是盡力而為。因為不能出版小本刊物，他們於是演出了葛森兩齣劇作（他在第三部參戰著作《五個反駁劇場的行動》〔*Plays Confuted in Five Actions*, 1582〕中證實寫過劇本），目的當然是要刻意敗壞葛森的形象，凸顯他是言行不一的偽君子。這裡所謂言行不一的指控在於，葛森在出版《惡之校》之後還持續寫劇本。如他在前述著作之「第四個行動」中所描述的，一齣名為《戲／嬉之戲》（*The Playe of Playes and Pastimes*）但如今已佚失的劇作於1582年2月23日在劇場演出。此劇以道德劇形式寫作，角色為寓言人物，細節如葛森文中描述：清教徒角色「狂熱」（Zeal）被描繪為十足毀滅性的人物，他將蛇放入「快樂」（Delight）嘴巴內，要他「保持順服」，[51]像這樣的人物要適度中和調劑，才不致令人難以接受。此劇尾聲實讓「狂熱」轉變為「熱忱」（Moderate Zeal），他甚至願意接受喜劇，只要「題材淨化，畸形受烈火燃燒，罪惡受駁斥，混合真誠之樂，且適宜當今有耳的人所聽」。[52]這齣道德劇因此可說是反身呼應劇場本質之作，藉以探討（理論上不會在安息日演出的）劇場表演內容與狀態。像這樣的反身參照作用，清楚表現此作如何以「表演」之姿直接參與論戰（且可能連印刷本都沒有），而它的作用不只是要讓葛森與其同黨的言論失信，同時也提出了折衷的可能。

---

[50] Wilson(1910), 23.

[51] Hazlitt (1869), 202.

[52] *Ibid.*

1580年代晚期至1590年代間，雖因「神人」在政治上越來越受打壓，來自倫敦市府與清教徒勢力的壓力隨之消退，然這場論戰與各方擁護者依然持續。在伊莉莎白時代晚期至斯圖亞特王朝初年，不再有太多抨擊劇場的清教徒印刷刊物，雖說講道依舊繼續嚴厲譴責萬惡劇場。一系列馬普雷小冊子的諷刺文集轉由清教徒地下勢力出版，以及其引發的反對聲音，大幅移轉了政治公共領域。這些小冊子藉自身的非法性與來自當權者的無情迫害，為公共領域帶來極有趣的貢獻。今日常提到的網路論壇匿名性，以及各種形式的「吹哨者」如何解除批評、甚至毀謗的封印，此例也可為我們討論論述自由之界線提供參考依據。

馬普雷小冊子並未在細節上對劇場多有著墨（雖然這群清教徒作者明顯對劇場毫無好感），然其重要性在於幫助我們理解公共領域的支配如何轉變，以及此時清教徒勢力的短暫式微。約翰・惠特基夫特（John Whitgift）在1583年成為坎特伯里大主教時，就立即著手削弱清教徒在教會的勢力。他最關鍵的手段是在1586年取得倫敦書商行會的控制權，藉此完全掌控紙本出版業，切斷清教徒在講道台之外的另一主要傳播管道。這些措施並透過修法，或訂新法管控毀謗與異端作為加強，主要目的同樣是針對清教徒教派。相關行動一路醞釀至1593年，終於訂立了著名的反清教徒法案，任何攻擊教會人士都將遭受嚴厲處罰，有效地將新教非國教派人士（Protestant non-conformers）驅逐至海外，或轉為地下行動。

惠特基夫特主教加強改革之際，一家私下經營的出版商開始發行一系列嘲弄主教與這整套改革方案的諷刺文，藉以進行多方反擊。一群身分從未被完全揭露的作者，共同使用馬丁・馬普雷（Martin Marprelate，即「中傷」〔Mar〕「主教」〔Prelate〕之義）的化名，以

論述為武器，雖是嘲諷文體，卻內含縝密神學立論，藉此挺身對抗英國國教。在1588年10月至1589年9月間，計有十幾冊刊物秘密印刷且廣為流傳，語鋒銳利，極具批判效果，讓當局不得不採取果決且毫不留情的迫害手段作為回應。有位威爾斯牧師約翰‧彭里（John Penry）因參與刊物製作而遭受絞刑，另一位約翰‧烏達（John Udall）則是在獄中死去。

此爭議同時也具劇場層面可討論：官方教會找來小有成就的劇作家如湯瑪斯‧納希（Thomas Nashe）、約翰‧萊利（John Lyly）、甚至是惡名昭彰的羅伯特‧格林（Robert Greene），提筆反擊馬丁‧馬普雷。在第五本小冊子中，馬丁（或他「兒子」）以一篇抨擊舞台演員的論文回應上述劇場論戰：

> 舞台演員既貧窮且愚笨，是挨餓沒飯吃的可憐蟲，在我們國民中沒有正直的維生之道。而他們這群可憐的無賴如此低賤，以至於成為英格蘭無賴中的無賴其手中玩物，只要小小的一便士，便欣然花上一兩小時登台演出可悲的蠢蛋。這群可憐的無賴，光是舞台演員沒什麼好責怪的，但（在那身公會制服外）他們**採取行動對付馬丁先生**的真無賴，已有千萬人目睹其愚昧可悲的自大作為。沒錯，**他們就是蘭柏宮與坎特伯里之冠的最佳擁護者**。[53]

在這段抨擊文字中，舞台演員並非因為自身放蕩行而遭譴責，反而是因為他們公開支持官方教會（「蘭柏宮與坎特伯里之冠」）與反對清

---

[53] 粗黑為本書作者另加。引自 http://anglicanlibrary.org/marprelate/tract5m.htm。

教徒的立場。雖然這場爭議很快地平息，但也讓我們看見態勢如何翻
轉。清教徒勢力已徹底被驅逐海外或轉至地下進行，不過倒是依舊享
有來自全國及社會各階級的支持。

　　正因清教徒勢力被邊緣化，讓湯瑪斯・海伍德（Thomas Heywood）
知名的《為演員辯護書》（*Apology for Actors*, 1612）更顯謎樣。此書看
來像要重新炒熱一場（至少在公共領域）已然平息的論辯，且立即引
發以匿名「駁斥文」形式發表的答辯。約翰・多佛・威爾森特別提起
1616年一封保存於英國國家檔案（State Papers）的信件，是由演員暨
劇作家納森尼爾・菲爾德（Nathaniel Field）寫給一位不斷抨擊演員的
牧師。威爾森指出：「從菲爾德的信件中，我們看見講道台繚繞著抨
擊演員為罪惡化身、行情慾之術的言論，而劇場觀眾日復一日地被台
上清教徒集惺惺作態、故作虔誠與狡猾偽善於一身、既荒唐又荒謬的
形象搞得哈哈大笑。」[54] 這封信的背景是前文提到自小冊子、小本刊
物轉移至舞台本身的論辯，而舞台上的清教徒角色則清一色以輕蔑可
笑的形象出現[55]。

最後的炮轟

　　反劇場運動在十七世紀初期再度浮現，應與斯圖亞特王朝在 1604

---

[54] Wilson (1910), 39.

[55] 清教徒的舞台角色受到許多學者關注討論，因此不在此處另加詳述。清教徒
的嘲諷形象（特別以詹姆士時期劇場為最）已是一再反覆研究的主題，近期
研究如 Enno Ruge 鉅作 *Habilitationsschrift* (2011)，也可參考 Heinemann (1980)、
Collinson (1995) 與 Ruge (2004)。Collinson 認為在馬普雷小冊子與「創造」清教
徒舞台角色作為論戰武器之間有因果關係：「或許是清教徒舞台角色創造了，
或說是重新創造了清教徒，而非由後者創造前者。」

年後推行兩項影響深遠的制度變動息息相關：其一屬劇場，另一則屬宗教。過往在劇場圈得以享有來自各方貴族的庇護權益，然此權益如今被收回，改由內務大臣（Lord Chamberlain）集權掌控取代之，並由娛樂總管（Master of Revels）代表管理。詹姆士時代對劇場的控管比伊莉莎白時代更為嚴格，瑪格・海因曼（Margot Heinemann）在其清教徒主義與劇場相關研究中指出：「在詹姆士初登基的三、四年間，已將演員、劇本、劇作家與劇場皆納入王權親自管理。」[56]這意味著劇場（或劇院）已在實際上臣服於宮廷勢力，劇場活動也被視為宮廷之延伸。借多佛・威爾森的話來說：「演員要不成為保皇派也難。」[57]

　　詹姆士時代的制度改革也包括審查制度緊縮。在伊莉莎白統治時期的確存在審查制度，然在執行上隨興許多。新的劇本審查制度包括常見的禁止批評宮廷（含統治者與友好外國政權的呈現），並延伸涵蓋宗教爭議、褻瀆與立誓用語，以及用嘲諷形象醜化重要人士。新規定幾乎專屬於政治審查，「但關注的是與人們生活最直接相關的事宜：即教會、國家與個人之間關係。」[58]

　　在此同時，清教徒運動在政治上的重要性日漸顯著，就連議會也開始感受到其影響力。1633年，威廉・勞德大主教啟動爭議改革方案，加強實施高教會（High Church）強力抑制清教徒的政策，也讓清教徒運動自此時起獲得更多政治參與動能。勞德大主教對清教徒的壓制，有效地延續惠特基夫特政策，不過以更制度化的方式強加執

[56] Heinemann (1980), 36.
[57] Wilson (1910), 451.
[58] Heinemann (1980), 37.

行。其中一位最受折磨的受害者是威廉・普雷納，這位清教徒律師最後更成為勞德大主教的起訴者。

威廉・普雷納公開受難

> 被上了刑具枷鐐後，亨利・柏頓（Henry Burton）說：「好人們，我被帶到這裡，要在全世界、在天使、在人們面前成為一場秀。」[59]

1625年，匿名小本刊物《反舞台演員短文》（*A Short Treatise against Stage-Players*）再度開啟了以出版文字抨擊劇場之戰。有一說是，此文是威廉・普雷納為《演員的悲劇》（1633）暖身之短版著作，因兩者論點幾乎一致。然而，為第二波反劇場之戰（同時也是迎向劇場關閉終局的關鍵階段）吹響號角的，是普雷納更全面的攻擊。再也沒有其他書籍與作者如普雷納與其千頁鉅作般，使勁拋出所有的斥責與詆毀。依多佛・威爾森之見，這本出自狂人之筆的書為「精力與熱誠錯放之巨碑，築於時間之沙上的金字塔，如今已變得無用且荒涼」。[60] 喬納斯・巴利許（Jonas Barish）稱此書作者為「誇大狂」，書本身則是「多語症惡夢」，是「為卸除巨大悔恨與焦慮負擔」而設計的病理學練習。[61] 至於對馬丁・巴特勒（Martin Butler）而言，普雷納是「原初革命份子，宮廷的終極大敵」，[62] 然也「可說是這時代最有名

---

[59] Prynne (1614), 49.
[60] Wilson (1910) 455.
[61] Barish (1981), 86-7.
[62] Butler (1984), 85.

的清教徒公眾人物」。[63]當時，這本書之確切影響或難估計，因大部分的印行本都被沒收或銷毀，然此書作者後來遭受的審判，正證明了他所參與的是促成反劇場運動復興最重要的事件之一。[64]

對那些訴諸文字印刷力量的作者來說，普雷納的命運是令人聞風喪膽的案例。他在目錄中用「聲名狼藉的妓女」惡名指涉女演員們，可說是對亨利耶塔・瑪麗亞皇后（Queen Henrietta Maria）的直接詆毀，因眾人皆知皇后向來熱衷參與宮廷戲劇演出，甚至曾與宮中其他貴族女士們排演牧神劇（pastoral play），並在薩默塞特宮（Somerset House）宮內私下演出。普雷納雖未提及皇后名字，但從當時的三段式推演，很快就會發現他指的就是皇后：所有的女演員都是妓女，我們也知道皇后有演戲，加上公眾劇院沒有女演員演出，因此皇后就是妓女。不久之後，普雷納遭受審判，並以叛亂罪定罪。雖然此書發行於正式演出前，普雷納也以此為自己辯解，然王室提出證據，指出他其實是在校對階段（正是皇后排練之時）才加上對女演員的批評。普雷納後來雖得以免除一些較嚴重的罪名（如直接攻擊王室），但依然以較輕微的毀謗與叛國罪被定罪。他被關在倫敦塔時，即使是終身監禁、割耳，以及被罰五千英鎊這一大筆錢之類的小事，也不足以阻止他繼續對抗在他眼中比劇場還要邪惡的勞德大主教與安立甘教會，並藉著走私小本刊物至監獄外面延續反對運動。1637年普雷納再度遭受審判，這次還另有兩名清教徒異端作伴，也被定了新的叛國罪名。這次他被判枷鐐之刑，耳朵再次被割去（普雷納聲稱第一

---

[63] Zaret (2000), 208.
[64] 諷刺的是此書的發行為清教徒提供了另一種戲劇場合：本書發行後，數百位倫敦清教徒如參加化裝舞會般在倫敦四處聚集。

次割耳後，上帝又讓他的耳朵長回來了），還有最有名的、在臉頰上烙印代表「叛國毀謗者」（seditious libeller）的S. L.縮寫。他遭受的審判與處刑都是公開的，然他並不把這當作給其他「叛國毀謗者」的警告，反而明目張膽地享受來自群眾的支持。後來，他被移往另一處位於澤西的監獄，並於1640年在長期議會（Long Parliament）的命令下獲得釋放，此舉也可謂直接挑戰了國王權力。在成功起訴勞德大主教後（後來以處決大主教作結），普雷納接著將目標轉向英格蘭聯邦（Commonwealth），[65] 再度生事，而這次則是被清教徒領導的政府送進牢獄中。他最終支持了復辟，回到他最熟悉的倫敦塔後，也被任命為倫敦塔的文件管理員。然而，若仔細檢視這幾個最終階段，其實沒有表面上看來那麼矛盾。威廉・拉蒙特（William Lamont）在以普雷納為題的研究中指出：普雷納從不是像巴枯寧（Bakunin）[66] 那型的狂熱份子，在他內心深處，始終都是以伊莉莎白時代教會為理想的保守清教徒君主主義者。他在意的，是死對頭勞德大主教領軍的改革勢力為君主政體帶來的傷害。

　　《演員的悲劇》（1633）一書的誕生與後續反應，比如作者本人入獄遭酷刑，皆讓我們看見反劇場論戰已成為如此兩極化的戰地。相較於1570-1580年間較為開放的公共領域，1630年代像是另一個世界。接下來我不再另外著墨於《演員的悲劇》的論點，因此書已有許多研究與結論。我更想談的是之後發行的另一本小本刊物《主教專制新見》（*A New Discovery of the Prelates Tyranny*, 1641），書中由普雷納

---

[65] 譯註：1649-1660年間英格蘭共和政體，由英國國會建立。
[66] 譯註：Mikhail Alexandrovich Bakunin（1814-1876），俄國思想家、革命家，著名無政府主義者。

親自記載了他受到的審判與酷刑。在這本刊物中，普雷納展現了強大的敘事功力與戲劇張力，以極高境界訴之以情，將自己與身邊受難同伴描繪成堪為當今時代殉道者般的人物。這些審判與公開上枷鎖刑具對大眾輿論的影響，可說比《演員的悲劇》一書還更來得強烈。他所受的審判與刑罰具有公開性，因而成為「公開秀（spectacle）之公共領域」不可或缺的一部分——目的不只在於窺淫之快感，而是其（無論有效與否）蘊含的主張（propositional）作用。普雷納於刊物中描述的這般嚴峻酷刑，其實提出了一個相當直接的論點：國家與教會就是這麼對待敬畏神、且為信念挺身而出的勇敢基督徒。作為迫害方的當權者顯然想要傳達截然不同的訊息：凡反對國家、冒犯君王者下場皆如此。

威廉・普雷納在星式法庭（Court of Star Chamber）接受兩次審判。此法庭是英國專起訴知名人士的最高法院，採祕密開庭制，不允許證人出席，全以文字形式提交證詞，大眾因此只會知道判決結果，而無法知悉判決過程。雖然普雷納在第一場審判前還不是特別知名，但因他被控叛國，直接牽連王權，於是坎特伯里大主教特別將此訴訟移至星式法庭進行。在此時，星式法庭其實已成為惡名昭彰的機構，是王室濫權的同義詞。

普雷納雖用其千言書與一對耳朵證明了他筆下對舞台與劇場之憎恨，《主教專制新見》內文倒是充滿各種明確的劇場指涉。書中給讀者的話特別用上了常見的戲劇慣例：

> 親愛的讀者們，我在此為您獻上這熱騰騰的悲劇史，或說是
> 一篇主教專制新見；在他們不義的起訴與血腥迫害中，**三名**
> **來自**王國內最尊貴的職業，即知名神學、法律與醫學之士，

皆承受了枷鐐酷刑之苦（**正如枷鐐因這三人而得到榮耀，這三人也因枷鐐而得到榮耀**），且三人同時失去一對耳朵，好讓他們聽得更清楚，與主教恰好相反。這場公開秀呈現在世人面前、在天使面前，是眾人從未見過的；如此盛大也將後無來者。[67]

這本書包含了普雷納自第一次審判，到被關在倫敦塔中、在枷鐐上第一次失去雙耳的自述經歷，其中還包含一條淫事註腳，由作者本人記載他曾見到其中一位控告者——某位HI先生（也是第一個把《演員的悲劇》拿給國王看的人）——不久也被關到倫敦塔，因他「在牧神劇演出不久後，與其中一位演員生了孩子，兩人的犯行像是真正印證了普雷納先生被誤用的文字，也因此被關到倫敦塔中，成為普雷納先生的獄友。」[68]這段小插曲不只讓普雷納因起訴他的人之死而心中竊喜，也身體力行地證實了他論及的舞台帶來的道德危機。

《主教專制新見》全書（190頁）的敘事核心，是詳實描述了枷鐐酷刑「執刑」過程的「公開秀」場景。一頁又一頁，普雷納以細膩且生動的十足戲劇（性）筆法，[69]描述與他一同受審的清教徒強硬派人士亨利・柏頓（Henry Burton），以及勞德大主教一派的宿敵約翰・巴斯特維克（John Bastwick）遭受的「公開秀」與折磨，過程中也不免簡短帶到自身經歷。

普雷納所遭受之刑是三人中最殘酷的（這是他第二次受刑）。當

---

[67] Prynne (1641), 2.

[68] *Ibid.*, 8.

[69] 譯註：在此本書作者不只是要表示很有戲劇張力而已，還以戲劇（dramatized）一詞強調普雷納把執行過程當作戲劇場景般描繪。

執刑者步步臨近，普雷納以一段簡短之言向他致意：

> 來吧朋友，來吧，燒了我、割了我，我沒有任何恐懼。我被
> 教導要恐懼地獄之火，人能把我怎麼樣呢？我將在身上帶著
> 主耶穌的印記。殘暴的執行者施此極度酷刑，將鐵燒得熾
> 熱，且將二次印在同面臉頰上。接著，行刑者割下了他的一
> 隻耳朵，傷口之深甚至切下了臉上的一塊肉，又在他脖子
> 靠咽喉處砍下一刀，幾乎就要置他於死地。然後，又割了他
> 的另一隻耳朵，但這次沒砍全，吊在那兒晃啊晃的，行刑者
> 便走下行刑台，直到外科醫師叫住他，才回來把耳朵完全割
> 下來。在這椎心的折磨中，他不曾移動身軀，也不曾改變臉
> 色，而是盡可能地仰望天堂，在旁觀群眾的驚恐中始終帶著
> 微笑。[70]

普雷納不只失去一對耳朵，臉頰上還被烙印了S. L.字母，應是代表
「叛國毀謗者」（seditious libeller），但普雷納將縮寫另外解釋為「勞
德之疤」（stigmata Laudis）。

　　普雷納的描述以鉅細靡遺的血腥畫面帶來昇華的高潮：他生動描
寫白布上的血跡、一隻耳朵要斷不斷地連皮帶肉掛在臉頰邊，還有最
重要的是，這三名「殉難基督徒」在目瞪口呆、既讚嘆又驚嚇的眾人
面前，展現超乎人性的勇氣、面對折磨依舊無堅不摧之舉。雖然審判
是祕密進行，處刑過程卻是全然公開。普雷納也認為，那些緊緊圍繞
行刑台的第一線觀刑者必定都是從狂熱追隨者之中找來的，至少對走

---

[70] *Ibid.*, 64-5.

到哪裡都深受教友擁戴的亨利・柏頓來說勢必如此。

　　普雷納在1641年發行此文時，已與其他兩人同被釋放，以凱旋之姿重返倫敦。事實上，普雷納與柏頓還是同一天回到倫敦的。毫無疑問的，普雷納入獄期間持續流出的小本刊物（總計共兩百本）吸引了大批追隨者，足以確保他的觀點成為公共領域熱烈討論的主題。普雷納雖一再強調自己（與另兩人）始終效忠於國王，但我們也不能否認他們遭受的刑罰實有著清楚的政治暗示。眾所皆知，這三人是在袋鼠法庭[71]遭審判與定罪，主事者是勞德大主教，因此也意味著是由國王本人間接操控。這三名敬畏神的人被公開施以酷刑，只讓議會反抗查理一世與其政令的主張更有分量。

　　這三名清教徒在精神層面獲得勝利是無庸置疑。他們的勇氣與受難精神所展現的道德場面（moral spectacle），遠非任何一間公眾劇院所能企及。書中還提出了各種「歷史悲劇」也常利用的手法：語調上揚的演說、動人的對話、受苦受難的經歷、殘忍的行刑人、血流不止的場面、英雄氣慨，再加上點田園風情，還有最重要的是那不偏不倚的道德表現，毫不含糊地讓眾人看見真正的基督徒應／能如何行事。或許因為如此，普雷納《演員的悲劇》書中論點在此時理所當然地得到了更多能量，而這些能量是此書剛發行時曾被剝奪的（因宮廷試圖沒收、摧毀所有找得到的版本）。或許有極少數讀者曾瀏覽過這篇長文，書中學術引述量確實驚人，然這本書的核心論點卻無比明確。同為清教徒的評論人海澤克雅・伍德沃德（Hezakiah Woodward）雖不認同普雷特的極端立場，但也承認他的論點是「帶著人民的」。[72]這

---

[71] 譯註：意指不公平的審判。

[72] H. Woodward, *Inquiries into the Cause of our Miseries* (1644), 11 (cited in Lamont (2004), n.p).

麼說來，一年後的1642年劇場關閉事件，就算不是必然，也只是時間早晚而已。

禁止令

　　本章節最後部分將探討劇院真正關閉之事件，並自論述與政治脈絡尋索其導火線。有幾個因素導致此永久關閉禁令成為事實。清教徒反劇場論述或許是重要原因，但絕非憑其一己之力而已。劇場此前就曾被迫關閉，主要是因為瘟疫爆發的關係。政治局勢也的確有了極大的變化，在查理一世試圖解散議會不成後，議會地位大幅提升。最明顯的因素或許是劇院本身也加入了攻擊勞德大主教（等同於間接攻擊王權）的行列。劇本現已佚失、但仍被多次引述的《勾心蕩婦》（The Whore New Vamped, 1639）於紅牛劇院（Red Bull）演出，劇中提到了由王室在背後撐腰的壟斷企業，如此劇是以進口酒稅金引發人民高度不滿為例，借丑角之口稱市參政威廉・艾貝爾（William Abell）為「卑鄙、酒醉、愚蠢的無賴」。這齣戲說明了「如何從針對個人的嘲諷，快速升高為針對民怨根源的普遍攻擊，在此指的是宮廷與官員人人怨之恨之的勞德主教教會勢力。」[73]

　　1641年之後，是值得記上一筆的期間。隨著查理一世與勞德主教勢力衰退，審查權落入議會手中（或正確地說，是議會放手不管），公共領域可說是全然大開，各式爭論刊物、毀謗與諷刺文章如潮水般

---

[73] Butler (1984), 235。我們對此劇的了解是根據樞密院紀錄（Privy Council Register）與英國國家檔案年鑑（the Calendar of State Papers），其中記錄了針對此劇的抱怨。見www.lostplays.org/index.php/Whore_New_Vamped,_The。資料最後查考日期：2013年2月15日。

湧現。馬丁・巴特勒（Martin Butler）曾仔細研究劇場關閉事件前後
發行的小本刊物，發現文章多以典型用來建構論述的對話形式寫作：
「這代表著自舞台表演至熱門印行文章之間的轉變，過往劇場傳統的
所有能量，如今在劇院關閉後皆匯入其他的管道。」[74]在這段期間，
劇場公共領域以各種形式表現，無論是理性批判、激情—爭競、還是
嬉鬧—嘲諷，皆共存於一顯而易見的政治真空狀態中。

內戰爆發後，由清教徒主導的議會終於可以實踐他們自1570年
代起不斷傳講的理念；表面上看來，這句話似乎一直是無從質疑的事
實，然近年學界的爭論讓此事有了變數。最近幾十年來，曾有多位學
者就「清教徒的理念策略是要針對緊密連結於保皇主義的機制」此既
定認知提出不同觀點，其中最知名的就是巴特勒與卡斯坦（Kastan）
兩人。[75]他們不認為這是意識形態使然、有預謀的策略，而較傾向認
為這是國家面對戰爭引起的緊急狀態與持續擾動的威脅時，所採取的
即時回應。但此論點又遭受包克特（N. W. Bawcutt）質疑。包克特重
新檢閱相關背景文件，得到結論為：「過去對於清教徒主義與戲劇表
演的老觀點，或許需要適度修整與改進，然基本上是正確無誤的。」[76]

從「在公共領域追溯反劇場聲音」這個觀點來看，裁決衝突立場
還比不上檢視公共論述影響所及範圍來得重要。根據包克特的研究，
劇場關閉事件應是逐步累積的結果，而非突然發生。當權力在1641
年轉移至長期議會，星式法庭也因而關閉，一波波公共需求大舉湧
現，關閉劇院的聲音也在其中。一開始是提出小規模的地方請願，接

---

[74] Butler (1984), 238.
[75] Kastan (1999).
[76] Bawcutt (2009), 195-6.

著議會提出動議，要求國王「在此災厄之際」禁止劇院此季演出，然此動議後來並未真正實行。1642年8月戰爭爆發後，情勢有所改變。同年9月2日由議會親自頒布的命令，成為劇場相關討論最公開也最有效的聲音。這份公告標題訂為〈上議院與下議院頒布舞台表演相關條例〉（'An Ordinance of the Lords and Commons concerning Stage-plays'），全文引述如下：

> 值此愛爾蘭地區因浴血所苦、英格蘭地區深受遍血內戰所擾之際，呼籲採取一切可能行動以平息且避開上帝之怒火如審判般降臨：禁食禱告向來證實為有效措施，近日已再度下令持續進行；公眾消遣並不適宜於此公共災厄時期，公眾舞台演出在此屈辱時節也未顯得合適，因一方應是力行悲傷與敬虔肅穆之事，但另一方則為尋歡作樂之場面，過於低俗地展現淫穢放蕩之姿。因此，有鑑於以上種種令人悲痛與屈辱情事仍持續，上議院與下議院經深思熟慮後，共同宣布公眾舞台表演將停止進行，此為因應當前局面最適之舉。在此呼籲國內百姓此時合宜合益應以悔改轉向神、與上帝和好為思，或能自內而外享有平安與榮盛，且再次為我國各地帶來幸福與喜樂。[77]

這份著名文件既模棱兩可卻又具關鍵重要性。其重要性在於它啟動了一連串進程，最終導致所有專業戲劇活動禁止進行長達十八年。說它模棱兩可，則是因為文件中似乎為其倡議的行動程序提出兩種合理解

---

[77] Hazlitt (1869), 63.

釋。巴特勒與卡斯坦特別關注文件列出的緊急狀態，意指國家正值非常時期——「愛爾蘭地區因……所苦」與在英格蘭發生的內戰——以此合理化此事就像瘟疫引發的關閉事件，應為短期應變措施而已：「有鑑於以上種種令人悲痛與屈辱情事仍持續……公眾舞台劇將停止進行。」同個句子中，另一段以意識形態為基底而不強調偶發性的文字，則明白以「天意」來界定這場劇場關閉事件：「採取一切可能行動以平息且避開上帝之怒火如審判般降臨。」換句話說，為了避免看來是出自神意直接干涉所導致的戰火衝突，眾人必須採取一切行動來平息上帝怒火。舉凡公眾消遣或舞台演出對這些災厄來說都不適宜，但只有舞台劇被單獨列出，成為實際禁止對象。人們在各自立場必須致力「悔改轉向神、與上帝和好」，這才是醫治當前政治弊病的藥方。如此有感之言，可不只是修辭技法的展現而已，它表現的實是（某種特定）清教徒思維：意圖使政治權宜與意識形態之純粹達到一致。蘇珊・懷斯曼（Susan Wiseman）提出的評斷或許最為持平，她認為禁制令「存在緊急狀態、倫理改革與政治因素多方論述之間的競爭：我們不能拿集權主義或不證自明之效來解讀這件事」。[78] 然而不管如何緊急與權宜，對於自身生計直接且立即受到影響的演員來說，他們的反應便證明了此措施絕非暫時之計。

此條例並未納入劇場以外的其他娛樂形式，由此看來，恰可推論此條例純粹是要針對劇場。劇場關閉事件幾個月後，1643年1月發行的一本小本刊物在封面上大聲宣告：「演員表達抗議與不滿。針對事由：職業被噤聲，且遭多間劇院驅逐。在此完整寫下其因禁制令而生之怨言；特別是在各式各樣的公眾娛樂中，單單只有舞台劇被禁止；

---

[78] Wiseman (1998), 7.

在熊園或其他偶戲演出的活動，依然蓬勃進行。」[79]此本刊物號稱集結了所有倫敦公私劇院的心聲，並認為這次的禁令並不像先前一樣只是暫時之計，而是「長期且（據我們所知）持續」的禁令」。[80]作者們迅速擔保這份稿件已刪去所有淫穢毀謗之言論（由此可知過去文章存在著此類內容），而文章第一段的確鉅細靡遺地描繪了去劇場看戲或在劇場做戲免不了有所牽連的不當行為。刊物中除了詆毀「孕育野蠻獸性的熊園（bear-garden）與毫無藝術美感的偶戲，主要強調的是經濟考量，即劇場產業的外部性（externality）：劇場承租者（『劇院管家』）被迫『付房租給大房東』，但現在沒有了收入，只能吃老本；這對演員股東來說也是如此，且影響逐步擴散到整個商品經濟鏈，導致『雇員』失去工作。」[81]一旦頓失收入，對劇場產業所有層面都造成徹底危害，例如門房如今再也不能竊占一點票房收入，而樂手們過去「不屑為了二十先令的薪水來到酒館演出兩小時」，但現在卑微到四處賣藝，尋找願意付錢的聽眾。[82]

　　這本刊物用某種自貶般的諷刺手法收尾，故意表明自身遵循法條的清教徒用意：

> 最後我們該就此貶低自己，如同再也無人能看重我們這**有罪者**，抑或有理由在我們的演出與幕間表演中抱怨：我們不會接受任何喜劇演員用那種像是在**嘲弄某些敬虔者**的聲音來演戲，而將革新我們所有的放蕩失序，洗心革面，改過自新，

---

[79] Hazlitt (1869), 259.
[80] *Ibid.*, 260.
[81] *Ibid.*, 262.
[82] *Ibid.*, 263.

太陽神菲比思與九位謬思女神啊，請祝福我們，垂聽並解決
我們的埋怨。[83]

看到文章最後呼求太陽神菲比思與謬思女神來為演員評評理，向那
「囚禁我們於沉默中」的無名力量求情，我們便知道作者（們）根本
不真的認為他們的論點能夠被接受甚至同理。這份刊物有某種戲謔的
保皇派風格，不過它所描述的經濟弊病倒是準確無比。

　　針對此爭議，還有另一份更好笑（或也可說是相當下流）的回
應，是同年另一篇題為〈演員向議會請願書〉的諷刺詩：

吾認為在吾人職業與您的高貴間
應無任何差別，
您面會、密謀、談話、商議，展現您超凡智力，
吾人一族也是如此，只是我們說話
沒您那麼有理；我們知道如何
罷黜國王，這事我們比您強，
雖然不如您是真正付諸行動
⋯⋯
您的悲劇是真正表明的，
吾人的謀殺案是場笑鬧，您是發自內心的真誠。[84]

像「吾人的謀殺案是場笑鬧，您是發自內心的真誠」這種尖酸言語，

---

[83] *Ibid.*, 265，粗黑為本書作者另加。
[84] *Ibid.*, 273-4.

擺明了劇場人士已經失去任何希望，再也不認為自己可以認真做點什麼讓條例被撤銷。而這類直接攻擊議會的文字也能出版，更證明了這幾年的公共領域是相對開放的。這首詩的標題也藉著嘲諷，點出當時的請願風潮以開放民主的形式湧入議會。審查制度被廢除後，門戶大開，公眾言論更受益於低廉的印刷出版成本而流通。無論是議會或是克倫威爾（Oliver Cromwell），[85] 都再也無法回復1641年星式法庭與其管控機制瓦解前那樣的審查制度。[86]

官方勒令舞台表演禁止進行，然就算劇院關閉，劇場活動依舊持續。劇作家繼續寫作並出版劇本，即便無法正式發表。[87] 為數眾多的貴族資助者繼續提供經濟幫助，甚至也提供演出機會。大家想盡辦法鑽漏洞，直到內戰最為激烈之時，限制更為緊縮，才不再有過去那些模稜兩可的空間，也實施了更徹底且全面的劇場表演禁制令。1647年，為了因應原本禁制令層出不窮的違規事件，而頒布了更嚴格的命令，在用字遣詞上不再有太多詮釋空間。沒多久，所有演員被正式貶稱為「無賴遊民」，劇場被拆毀，演員若有違規，將採取鞭刑與驅逐「至海外」等處罰，觀眾則會被課罰金。

或許是對徹底禁制令的回應，又或者是出自某種孤注一擲的保皇黨嘲諷心態，嬉鬧式的劇場公共領域透過1649年一篇攻擊威廉·普雷納（現已為公民模範）的文章，重新起了作用。這篇文章以普雷納的名字寫作，表明作者想要撤銷普雷納在其一生鉅作《演員的悲劇》

---

85 譯註：克倫威爾（1599-1658）為英國政治人物，在英國內戰中擊敗保皇黨（Cavalier），1649年廢除英格蘭的君主制，1653年至1658年間出任英格蘭─蘇格蘭─愛爾蘭聯邦之護國公。

86 Worden (2009), 81.

87 Randall (1995), 12.

中提出的論點。很明顯的，這是為了再度炒熱話題、讓風向吹向劇場而採取的一種手段。普雷納一直以來都是反劇場派的代言人，但此時他已開始批評清教徒運動中有一群人與克倫威爾越走越近，強力譴責國家內部的宗派傾向。他批評軍隊，也譴責國王查理一世遭受的審判。如此說來，會出現這麼一本刊物（畢竟他也寫了很多），也不是太荒謬的事。然而普雷納速速發表了自己的「無罪自白文」，抱怨有一篇「造謠中傷的文章」盜用他的名字發表，並懷疑作者群應是受牢獄之災的演員或軍隊人馬（也就是克倫威爾的支持者）。他公開表示這篇文章是偽作，且堅持「我對舞台劇與一般演員，還有他們各方面令人無法忍受的不良行為依舊維持一貫評價與看法，就和我詳實記載在《演員的悲劇》一書中的立場一樣。」[88]

　　在第一次劇場關閉事件後接踵而來的小本刊物論戰，表明了此時的劇場活動已從表演本身日漸移轉到印刷文字的公共領域。然而他們運用的策略中，依然可見演員與劇作家向來以機智與諷刺作武器的痕跡。在某些表現中，他們甚至使用了某種嬉鬧式的「反串」（over-identification）——此詞借用斯拉沃哲・齊澤克（Slavoj Žižek）所謂藉過度誇張以反轉目的之藝術手段（見第六章）。運用小本刊物與請願這類清教徒異議言論最愛用的武器，就已暗示著力所在已大幅移轉。演員沒了劇院又受到當局迫害，如今只剩下筆和公共領域，讓他們得以在此進行反制。

　　此時期出現的公共領域，並非依循著言論管道越來越開放的康莊大道路線，反更像是走走停停、開開關關的過程，某段時間容許相當高度的言論自由，接著可能又回到嚴格控管時期。就是在這些縫隙與

---

[88] Hazlitt (1869), 271.

開口間讓反劇場論戰得以開展，時隱時現，直到1642年議會宣告禁制令而獲得最後的勝利。官方之所以並未禁止討論劇場相關議題，或許是因為就當時重大違法事件（如叛國、叛亂與瀆神）看來，劇場並不真正具政治性。它的政治暗示較為隱晦。也因此，1574-1649年間時盛時衰的反劇場論戰，可被視為政治公共領域專屬的練功場，其自身功能與作用即在於運用不同媒介展示公共輿論之效。

　　儘管在當代的語彙中，或許並不認為反舞台論戰具「政治性」，然最終導致的劇場關閉事件，毫無疑問是需要議會下令的政治行為。我們可將早期現代英格蘭的劇場公共領域視為某種在各式表演與各類印刷刊物之間的複雜互動關係，藉由相互交疊與強化，匯聚足夠能量，最終才得以施壓議會通過法案。從早期保羅十字架講道的演／說與出版、葛森與穆戴的華麗詞藻，再到普雷納與清教徒弟兄受公開迫害，劇場成了不斷攻防的機制，在台上台下作戰自保，迎接對手運用表演與論述雙管齊下的攻擊。這段時期的劇場公共領域處在如此深具產能的自相矛盾中，同時為正反陣營提供架構與美學手段。為硬頸清教徒所上的枷鐐之刑，以國家主導的公開形式進行，因此讓人們對當事者與其偉大志業心生同情。接著出現的小本刊物《主教專制新見》，是作者普雷納在劇場關閉事件前夕發行的文章，針對的不只是標題提到的主教，也以劇場為攻擊目標——普雷納一人體現的意義，遠勝過當時所有反對方。他口中的「熱騰騰的悲劇史」，即他本身受到的酷刑與致殘刑，呈現了劇場公共領域多重且複雜的能量，既反對舞台表演，卻也同時運用筆墨與肉體呈現來影響輿論，反過頭來對付劇場媒介與機制本身。

第四章
舞台上的先知：
劇場、宗教與跨國公共領域

前線戰役的偉大戲劇，在一大群沉默但專注的觀眾
面前上演；他們坐滿了一間從白夏瓦到可倫坡、從
喀拉蚩到仰光的劇院。

——邱吉爾（1898）[1]

最好的情況是，哲學映照了信仰的內在意義，並圍
繞著宗教經驗的晦澀核心。此核心必須如美學經驗
般深深迥異於論述思辨，如此一來，才能被哲學之
映射圍繞而非**穿透**。

——哈伯瑪斯（2006）[2]

　　薩爾曼‧魯西迪（Salman Rushdie）小說《魔鬼詩篇》（*The Satanic Verses*, 1988）與丹麥《日德蘭郵報》（*Jyllands-Posten*）2005年發表的穆罕默德漫畫，都惹出了跨洲爭議事件。這兩例不只再次確立了西方世界對穆斯林「狂熱主義」（fanaticism）與「基本教義」（fundamentalism）

---

[1] Churchill (1898), 129.
[2] Habermas (2006), 17. 譯註：粗體為譯者另加，為避免「哲學之映射」與「圍繞」被連在一起解讀。

的諸多偏見，也顯現這類爭議事件的全球性。[3]在大不列顛發行的一本書，或是在丹麥刊出的一篇諷刺漫畫，迅速在印度或貝魯特激起抗議火花，接著又導致伊朗頒布宗教飭令（fatwa），或在多個伊斯蘭國家發起抵制丹麥商品的運動，並造成多起傷亡。雖然丹麥漫畫事件同時提醒了政治人物與藝術家，任何被認為詆毀先知穆罕默德的負面形象，都有可能延燒整個穆斯林世界，但這似乎也沒什麼好驚訝的，早在1989年對魯西迪頒布長達十年的宗教飭令，直到1998年才部分廢止，就已強力展現了對於此類藝術再現（artistic representation）的外交反彈。在今日，醜化先知是引發跨國暴力抗爭的保證。[4]這兩個案例受到言論自由主張的支持，連帶涉及了公共領域主張。事件相關回應遍及多國，環環相扣，串聯引爆，自然在本質上建立並強化了某種跨國性與連鎖性。這兩事件有各種解讀面向，也已有多方切入探討。從這兩例來看，事件所引發的反應既非自發，也非即時，反更是為刻意進行政治調度而導致的結果。

　　不過這兩次事件都非與劇場公共領域直接相關。在今日，無論是對政治或宗教分歧的哪一方而言，劇場當然都不會是具行動潛力的理想媒介。它在本質上並無跨國性，在表現上又不是那麼適合四處巡迴遊走——儘管此現象隨著影音便利性提升而逐漸獲得改善。本章將就

---

[3] 如羅伯特・楊（Robert Young）所主張，魯西迪爭議事件的重要性有許多層面，因其展現了全球伊斯蘭超越過往宗派之別的結盟：「從什葉派發表的宗教飭令獲得全球穆斯林社會、甚至是意識形態徹底相異的門派支持，可見此爭議事件顯示了新的混種伊斯蘭已出現。」（Young 2012, 29）

[4]《魔鬼詩篇》事件主要在於書中出現了一段偽經故事，指涉備受爭議的先知事蹟，即穆罕默德收到的詩篇啟示似乎來自於魔鬼。小說中還出現了幾處或有瀆神可能的文字。穆罕默德的諷刺漫畫是違反了所謂禁止圖像的規定，然大都被視為任意褻瀆、醜化先知來處理。

先知穆罕默德形象呈現為通例，探討一個世紀以來跨國劇場公共領域之概念。此主題同時匯聚政治、宗教、劇場等環環相扣的議題，以及三者與公共領域的彼此關係。這些議題所代表的意義或較真實演出本身更為要緊。

既然要強調劇場公共領域並不受制於演出本身的當下性，首先提出的案例說明，便是幾場從未真正發生的演出。十九世紀末，倫敦與巴黎有兩間大劇院原預定演出兩檔情節以穆罕默德為題材的劇作，然因受到來自土耳其政府、從阿爾及利亞到印度等遙遠殖民地的穆斯林社群、報章雜誌鏗鏘有力的公開爭論等多重壓力，最後只得取消演出。此例值得探討之原因如下：此事件證明了跨國公共領域的存在，它不只在法蘭西殖民帝國與大英帝國境內運作而已，甚至還在兩者之間彼此作用，於是來自印度的輿論也會影響到巴黎方面的決策。此事件同時讓我們看見，儘管在白夏瓦與仰光之間的確有著「一大群專注觀眾」觀察著事件發展，然而他們一點也不沉默，他們的權力界限甚至超越了印度次大陸，觸及倫敦與巴黎。

第二個例子是爆發於 2006 年的著名《伊多曼尼歐》（Idomeneo）爭議：察覺恐怖攻擊可能的威脅，最後取消了這齣莫札特歌劇在柏林德國歌劇院（Deutsche Oper）的演出。關鍵議題大致相同，話題迴響全球，然結局卻是不同。雖有來自宗教領袖（包括基督教）較溫和的政治施壓，德國知識分子與各政治階級卻超越黨派，難得一見地攜手結盟，異口同聲要求戲要照演不誤（the show must go on）。

這兩個例子於今於昔勾勒出一系列假定，為宗教與公共領域之間設定了一緊張關係（要說是水火不容也可以）。要將宗教基本教義世界觀融入講究理性思辨的公共領域規範，無疑是件難事，然我們也不宜輕易認定宗教與公共領域為相斥概念，將公共領域實際化為純西

方的機制。[5]關於互斥一事，哈伯瑪斯在其論文〈宗教與公共領域〉（'Religion and the Public Sphere', 2006）主張，問題並不來自伊斯蘭與西方世界的二元對立，而是基本教義—宗教與自由主義—世俗兩種立場間的相對關係。從這個角度來看，在基督教基本教義派聲量日增的西方社會，同樣深刻存在如此分裂。哈伯瑪斯的介入提供了另一切入點來理解戲劇再現穆罕默德所引發的爭端。他所探問的是，當宗教與政治論述的核心層面互不相容時，又能如何將宗教論辯與觀點「翻譯」為公共領域之語言。此翻譯過程在內部是由神學所執行，但那些並不是要處理專業神學領域的聲音，也同時需要轉譯。藉以下幾個案例，我們可看見這類翻譯過程是如何進行的。第一個例子較有效果，而與我們同時代的第二例就沒那麼成功了。

《穆罕默德》回來了

　　殖民與後殖民公共領域是公共領域研究相當特別的案例，在近幾年才開始得到關注。相關研究特別從生產結構來探討殖民帝國如何維繫母國首都中心與遙遠領地之間的聯繫。資料充分顯示許多（白人）殖民地公共輿論影響首都政策的案例，像是加爾各答不讓印度文官考核「白人臣民」，而引發所謂「白人叛亂」（White Mutiny）事件。[6]從近年研究中，我們開始看見殖民地公共領域維繫著各種相異的意見

---

[5]關於非西方脈絡的公共領域（特別是穆斯林社會）可參考Nilüfer Göle (2002)，她認為「非西方脈絡的公共領域既非與其西方對應模式相吻合，卻也並非全然不同；它表現出非對稱的差異，且持續藉由文化意涵與社會實踐領域產生轉變。」（76）同時可參考 Hoexter et al. (2002)。

[6]此爭議事件發生於1883-1884年間，細節描述可參考Ferguson (2004), 199-203。

交流網絡，讓常見的殖民者—被殖民者、帝國中心—殖民地邊陲的分界更顯複雜。根據馬克‧佛洛斯特（Mark Frost）提出的論點，大英帝國（此論點當然也可套用於法蘭西帝國）在當時眼光看來，是一個以自由貿易為基礎，但也同時立基於意見傳播的國際網絡。藉由航運路線、電報傳播，以及政治上各種聯邦形式之串聯，讓多個公共領域圍繞著新的地區配置出現：

> 隨著大英帝國透過海路不斷擴展，在功能上成為倚靠海洋傳播的資訊交流「網絡」。特別是1869年之後，此網絡促成了殖民地公共領域的出現，而且還是由非歐洲人主導的「跨國」（以今日語彙來說）公共領域。[7]

對這類不只存在於單一國境內，更是在殖民地與帝國中心之間的公共領域來說，非歐洲菁英的出現為其立下基礎。當時有許多案例是被殖民者組成對抗公眾，藉公共輿論向殖民帝國的權力中心施加壓力，以影響其政治決策。[8]讓這些公共領域得以順利運作的，是多少還算自由的新聞媒體，有數千份報紙報導地方、全國與國際新聞，在此資訊交流的網絡中交換彼此故事，讓地理上四散的各公眾群體得以掌握當前議題，並貢獻自身觀點。

　　宗教正是其中一項議題。早在蒸氣船或報業聯盟通訊社出現以前，所謂世界宗教無論就教義或機制來看都早就全球化了。英國前首相索爾斯伯利勛爵（Lord Salisbury）曾高談英國是全世界最大的穆斯

---

[7] Frost (2004), 66.

[8] 聖雄甘地與印度國民大會黨（Congress Party）之間爭議，應可為殖民地菁英如何運用媒體以影響英國輿論提供最詳盡的資料說明。

林勢力，但直到十九世紀末為止，居住在此地的穆斯林人口還不多。[9]
儘管如此，既然統治了印度、埃及、蘇丹等諸多以穆斯林人口為大宗
的領地，英國殖民政府的確也意識到了這樣的宗教敏感性。其中又以
印度的狀況最為複雜，因各宗教族群雜居，難免親近生嫌隙。與鄂圖
曼帝國之間殘餘的緊張局勢，以及印度與土耳其穆斯林之間的結盟關
係，都表示了宗教聯繫可以輕易超越地區與國界。

　　2011年10月29日，伊斯蘭部落格「線上哈里發」（Caliphate
Online，「來自穆斯林世界的另種觀點」）登出一篇簡短聲明提醒讀
者，法國政府在1890年「受到鄂圖曼哈里發反對後……禁止一齣反
伊斯蘭劇作上演」，內容主要引述了阿拉伯哲學學者巴特沃斯（C. E.
Butterworth）一篇1970年文章的最末段。巴特沃斯文章以法國劇作家
暨法蘭西學院院士亨利・德波涅（Henri de Bornier）創作的《穆罕默
德》（*Mahomet*）為題，特別探討劇作本身，以及作品對伊斯蘭教創
始者的呈現。部落格貼文引述的段落則處理了法國政府受到來自土耳
其蘇丹王的壓力而宣布的禁演令。部落格貼文作者最後下了這樣的結
語：「未來的哈里發將運用自身所有政治、經濟與軍事資源，以捍衛
穆罕默德先知（願阿拉祝福祂並讓祂安息）與亞當、挪亞（Nuh）、
摩西（Musa）與瑪莉之子耶穌（Isa ibn Maryam）眾先知的榮耀，願
祂們安息。」[10] 一個致力於重建泛伊斯蘭政府體系昔日榮光的網站，
為什麼會再度提起法國劇場史與外交史這段現今幾乎已被徹底遺忘的

---

[9] 見 http://fairuk.org/docs/British_Muslims_Media_Guide.pdf。

[10] www.caliphate.eu/2011/10/france-banned-anti-islamic-play-in-1890.html。 幾 天 後
　　另一個伊斯蘭網站 Khalifah.com（「以建造哈里發全球運動為宗旨」）也複製
　　了 這 篇 貼 文（www.khilafah.com/index.php/the-khilafah/khilafah/12985-france-
　　banned-anti-islamic-play-in-1890-after-opposition-from-the-uthmani-khilafah）。

晦澀往事呢？從前例可見，泛伊斯蘭政治能量（即鄂圖曼哈里發）過去擁有足夠力量以施壓帝國強權，讓他們禁止演出被認為冒犯穆斯林的劇作。不過網站沒特別提到的是幾個月後，英國演員／劇團總監[11]亨利·厄文（Henry Irving）打算搬演另一齣同樣以先知生平為題材的劇作，穆斯林政治強權又再度展現實力，讓此計畫一樣未果。網站也沒提到，來自鄂圖曼的外交壓力還獲得法國國內與國際媒體暢所欲言的公共爭辯撐腰，而這些輿論大都支持土耳其或廣義的穆斯林立場。這場爭議另一個重點是共發生了兩次，法英各一，結局大致相同：因受到來自公共領域的國際壓力，劇作還沒正式演出就被取消。

要徹底理解這兩次爭議事件的動能與如何進展，就必須先理解十九世紀末的媒體，以及其仰賴的高度科技交疊。有了新聞通訊處穩定提供即時同步的電報報導，正意味著一個故事可以在幾天之內就傳遍全世界。[12]不只如此，報業仔細閱讀彼此報導，讓報紙得以在特定讀者圈傳播並帶來高度影響力。此外，報紙本身的數量代表著爭議事件得以遠播，且觸及多重客群。

英國初次得知有此爭端醞釀之跡象，是來自1888年《泰晤士報》（The Times）一篇巴黎特派記者的訊息，提到法蘭西喜劇院（Comédie-Française）主席團全體同意演出亨利·德波涅（Henri de Bornier）詩劇《穆罕默德》（Mahomet），並由喜劇院首席悲劇演員尚·慕內─須利（Jean Mounet-Sully）擔任主演：「此作品在讀劇時令主席團印象深刻，絕對會是下季演出之成功保證。」[13]德波涅曾以

---

[11] 譯註：Actor-manager，早期劇場常見演員成立劇團並負責主要營運事宜，同時也繼續擔任劇團主演。
[12] 見 Winder (2010)。
[13] The Times (29 June 1888), 5.

現已被遺忘的詩劇《羅蘭之女》（*La Fille de Roland*）大受肯定，而他當然不是第一個以伊斯蘭創教者為題材寫作的法國劇作家。伏爾泰的《宗教狂或先知穆罕默德》（*Le Fanatisme ou Mahomet le Prophète,* 1742）劇本雖較是供閱讀而非搬演用，然的確帶來了穆斯林先知作為嗜血征服者與亂倫騙子的形象。這齣戲的劇名本身就已清楚指明其意識形態傾向。伏爾泰較在意的是要呈現伊斯蘭的殘酷與狡詐天性，並藉此延伸至所有天啟宗教，而非真正去處理歷史人物的形象。一百五十年後的德波涅，採用了很不一樣的手法。他具歷史主義背景，也是公開的天主教徒，曾仔細研讀可蘭經，以及當代關於先知個人與此宗教的學術研究，更極力推崇湯瑪士‧卡萊爾（Thomas Carlyle）重新評價穆罕默德為史上偉大英雄的看法，於是試著在劇中將穆罕默德描繪為一真誠的信徒，但卻掙扎拉扯於自身天啟與基督教信仰之間。

　　信仰危機與良知是這齣戲衝突結構的核心。《穆罕默德，一齣五幕劇》（*Mahomet, drame en 5 actes*）橫跨主角經歷第一次天啟至征服麥地那後死去，此間共十五年的歷史。[14] 第一幕可看見主角已是麥加一名成功商人，帶著他在希拉山（Mount Hira）領受的天啟自沙漠回返。劇中透過穆罕默德的老師，即基督教修道士喬治歐斯（Georgios）一角，我們得知主角其實對基督信仰與猶太信仰皆相當熟悉。在這時，麥加還在殘暴異教的掌控中，崇拜偶像且實行活人獻祭。在第一幕，有一行列經過，抬著一名即將被活埋的女童──這是身為基督徒的喬治歐斯與猶太人約拿斯（Jonas）皆嚴屬譴責的殘忍迷信行為。之

---

14 譯註：因此劇以法文拼寫穆罕默德名稱，作者也用法文譯名Mahomet指稱劇中主角，在提到真實歷史人物時則以英文譯名Muhammad表示。中文翻譯則會視情況需要以如「劇中角色」等前後文語句說明。

後的情節來到約十五年後的麥地那，這時主角已揮軍出征阿拉伯半
島。劇情此時設下一計，安排猶太「女先知」蘇菲亞（Sofia）要來暗
殺劇中的穆罕默德。蘇菲亞找上了一名被穆罕默德拋棄的妻子哈芙賽
（Hafsa）幫忙，在穆罕默德新歡妻子阿伊莎（Ayesha）與沙夫萬將
軍（Safwan）間設計一場通姦罪。雖然兩人之間是柏拉圖式的單純關
係，阿伊莎卻反責怪穆罕默德不關心她，也不關心所有的女人，藉此
傳達了伊斯蘭教向來被認為自根本敵對女性的看法。阿伊莎的批評，
加上主角在基督教信仰上走到困境所產生的信仰危機，讓他喝下了
一杯蘇菲亞給他的毒藥，以結束自己生命。他的臨死之言呼求著基督
教的救世主：「穆罕默德啊，在吐出最後一口氣前抬起頭來微望天堂
吧。耶穌基督！」[15]雖然德波涅聲稱劇中主要事件與大部分的細節皆
「盡可能遵照史實」，最後那段近乎改信的臨終宣言，明顯是為讓歐
洲觀眾能夠同理而設計的結構。[16]

　　1888年中，法國報紙開始報導這齣新戲相關訊息，甚至印了一
段短版劇情大綱，提到主角多位妻子與猶太女先知蘇菲亞（誤植為
Saphia）那段「動人情節」，還清楚指出基督教在劇中的重要份量。[17]
雖然這齣戲的劇情在1888年下半年公諸於世，鄂圖曼大門（Sublime
Porte，鄂圖曼帝國位於君士坦丁堡的宮廷）也立即透過外交管道對
法國政府表達不滿，然輿論卻要到1889年10月、此劇即將進入排練
階段前夕，才真正延燒。有兩份報紙都刊出了同一篇文章，報導某位

---

[15] Bornier (1890), 129. 除了特別標示出的譯者外，所有法文劇本皆由本書作者譯成
英文。
[16] 根據他的說法，第四幕純粹是可蘭經第24章《光明》的「場面調度」而已，
並以此與阿伊莎被誣告一事做連結（Bornier [1890], 129）。
[17] *La Presse* (25 Aug. 1888), 3.

「阿爾及利亞人」撰文，表達他對舞台上出現先知穆罕默德角色感到
震驚與難過。他要求施壓作者以取消演出計畫，認為巴黎劇院要在台
上呈現「偉大的先知」這則新聞，必定會在東方及整個穆斯林世界造
成不堪的影響。《時報》（*Le Temps*）的回應如下：

> 報導中這名阿爾及利亞人的恐懼並不代表我們的立場，然而
> 我們也記得這個問題已受到高度討論。當要演出德波涅先生
> 《穆罕默德》劇作的新聞宣布，並傳到君士坦丁堡那方時，
> 土耳其報紙已出現好幾篇評論回應。沒多久，土耳其駐巴黎
> 大使艾沙特帕夏（Essad Pasha），親自代蘇丹陛下傳達陛下
> 對此事的不滿……傳喚法蘭西喜劇院行政總監就德波涅先生
> 此劇詳細說明，並向大使先生表達此劇是要強調偉大先知角
> 色的正面特質。小道消息是，公共教育與藝術部長洛克霍伊
> 先生還說：「請放心，先知是到第四幕才被戴綠帽！」[18]

然而巴黎的報紙確實低估了此新聞在穆斯林世界引起的激憤。兩天之
內局勢就變了。立場保守的《新聞報》（*La Presse*）以頭版主標「穆斯
林抗議：請尊重他人」警告可能來臨的危機。這篇文章特別提到「阿
爾及利亞與突尼西亞領地，以及土耳其與埃及等友邦」，並認為法國
若繼續貿然行事，給予敵對國家充分理由煽動穆斯林狂熱主義來對抗
法國殖民統治，那麼最後事態恐將難以收拾。然先不論法國針對理念
自由與宗教同享尊重的承諾，我們不該忽視此事件中穆斯林立場觀
點的正當性：「看到穆罕默德這四個字被貼在廣告欄上，夾在《被姊

---

[18] *Le Temps* (12 Oct. 1889), 3. 同一篇文章也轉載於《高盧人報》（12 Oct. 1889, 3）。

妹賣掉的約瑟芬》（*Josephine Sold by Her Sisters*）與《懺悔星期二的新娘》（*Bride of the Mardi Gras*）[19]之間，對他們來說當然是非常痛苦的事。」這篇文章促求德波涅先生取消此劇演出，只要發表劇本就好，這樣才「不會傷害任何人」。[20]

　　兩天後，《費加洛報》（*Le Figaro*）也讓步，坦承先前是他們對抗議事件太過輕忽，並報導了土耳其大使的說法：問題不在於先知是否在劇中被描寫成一個值得尊敬的角色，而是他根本就不該成為舞台上的角色。寫了同樣劇本題材的伏爾泰常被拿來當論點反駁，但其實沒什麼參考價值可言。負負並不能得正，更何況伏爾泰那時的法國沒有佔領阿爾及利亞或突尼西亞。報導特別強調這兩種文化背景的差距之大，像法國這樣的國家，人們怎麼樣也想不到會因為劇本對某人的刻畫（無論是用多麼尊崇的眼光）而生事端，然而在穆斯林國家，「土耳其影劇中的卡拉格茲（Karagöz）就是戲劇藝術的最高表現」。在土耳其影戲中，戲劇再現的定義有著輕視與嘲弄的意思，於是「人們絕對無法讓任何伊斯蘭之子理解，他們的先知可以在舞台上由演員所扮演，且同時無損於祂應得的尊敬。這正是某些外國殖民者在法國穆斯林耳邊述說之事。」[21]

　　上文提到的「某些外國殖民者」，其實指的就是法國主要殖民競爭對手——英國。英國報紙密切關注此爭議事件，並持續報導後續發展。劇場報《年代》（*The Era*）評論此劇毫不可行，因為光在舞台劇中出現先知角色，就不可能不被臣屬法國的阿爾及利亞穆斯林當作輕蔑的標記：「我聽說有些〔法國〕殖民者也有同樣看法，這齣戲

---

[19] 譯註：懺悔星期二（Mardi Gras）為四旬節前最後一個狂歡日。
[20] *La Presse* (14 Oct. 1889), 2.
[21] *Le Figaro* (16 Oct. 1889), 6.

最後若延後或取消演出，也是意料中事。」[22]就連英國地方報都跟上
這則事件。《里茲信使報》（*Leeds Mercury*）寫到「在土耳其駐巴黎大
使與法國政府間，因一個幾乎是史無前例的戲劇角色，而出現外交難
題」。在舞台上呈現穆罕默德角色，會是「對伊斯蘭信徒的輕慢，也
侮辱了穆罕默德領導虔誠信徒的權柄」。土耳其大使對那些「基督教
題材也常在舞台上搬演」之類的反駁論點嗤之以鼻，因他並不認為這
類案例會對穆斯林起任何作用：「法國要和穆罕默德教徒打交道，禁
不起在這事上再生爭端。」[23]

　　《佩爾美爾街報》（*Pall Mall Gazette*）在同一天刊出了一篇較長
文章，強調他們對在法國劇院之間引發的抗議事件深感意外。法國哪
有什麼牽涉政治議題的審查制度？況且伏爾泰就有一齣劇本以「穆罕
默德」為標題。這篇報導認為抗議的理由只存在於穆斯林國家的劇院
脈絡，而此論點其實也是重述幾天前《費加洛報》之言：「事實是，
在君士坦丁堡，舞台只不過是插科打諢之處，凡事皆被嘲弄與醜化。
伊斯蘭教徒無法理解角色可以好好處理，而且藉演員之口所說的話可
以是尊嚴且高貴的。」[24]這篇文章快速就兩者之政治、宗教、劇場差
異建立連結，後者只要有些微發展，便會隱約對前者造成衝擊。評論
人最後的結論是，若在穆斯林國家也有成熟的劇場形式出現，那麼這
個爭議事件或許就會安然解除了。

　　回到巴黎，《辯論報》（*Journal des Débats*）在頭版刊出一篇來自
開羅特派記者的長文，文中要讀者別太驚訝，穆斯林世界真正在意的
其實是法蘭西喜劇院：「從君士坦丁堡到開羅，從索諾瑪（Sonoma）

---

[22] *The Era* (19 Oct. 1889), 9.
[23] *Leeds Mercury* (21 Oct. 1889), 4.
[24] *Pall Mall Gazette* (21 Oct. 1889), 2.

到摩洛哥，我們從那些一一轉載巴黎劇場消息的報紙得知《穆罕默德》這齣戲。此新聞掀起意想不到的憤慨波瀾，恐將嚴重危害法國自身利益。」作者接著簡短概述法國觀點，特別是那些常看戲的觀眾觀點，但反問在這種情況下我們是否真需考量這些人的意見？我們難道不該去想想那些「住在一望無際的撒哈拉沙漠、辛苦耕種的阿拉伯人，那上百萬對此風雅之道不得其門而入的穆斯林虔誠信徒」？作者認為若法國劇場在舞台上呈現先知角色，將被視為嘲弄、毀謗之舉，試圖奚落信徒的信仰，更是「對其信仰的嚴重侮辱」。[25]

次日，德波涅寫了一篇文章回應《辯論報》的編輯。他一開始先訴諸法國的藝術與劇場創作自由，而這點大家其實都很清楚，不需另花力氣多做辯駁。接著，他拿自己的作品和伏爾泰的《宗教狂或先知穆罕默德》相比，認為伏爾泰將阿拉伯先知描繪為「背骨、兇殘、亂倫、欺詐之惡徒」。穆罕默德不會是詐欺犯，因為他是充滿天賦之人，而天賦絕對不會有一絲詐欺成分。不過德波涅的主要論點並不在此。他特別提出伊朗的塔茲耶（Ta'ziye）「神秘劇」（mystery play），他先前讀過這麼一部劇本，是翻譯自 1838 年在德黑蘭的演出：「其中一齣戲叫做《先知之死》（*The Death of the Prophet*），由德黑蘭宮廷的戲劇演出指導胡笙—阿里—汗（Hussein-Aly-Khan）創作或改編，劇中主角就是穆罕默德、阿里與先知之女法提瑪（Fatima）。這齣塔茲耶劇和我的戲就有點關係。」德波涅拿這門表演傳統來證明劇場在穆斯林國家並非一律被視為不妥之舉，否則也就只有卡拉格茲能獲准在穆斯林國家演出了。德波涅同時也引述穆斯林陣營人士說詞為自己背書，如一位不具名的知名詩人曾寫信給他：「榮耀歸給永恆的唯一真

---

[25] *Journal des débats* (28 Oct. 1889), 1.

神！公義的真神啟示你以此劇作在基督徒中頌揚先知。願那慈悲之神得到讚美！我們祈求那全能真神以恩典澆灌使你得祝福！」德波涅對這樣的祝福是否真會降臨並不心存幻想，只要這一點點善意就已讓他相當滿意了。[26]可惜對他與他的劇作而言，連這都是奢求。

其他報紙也同時轉載了德波涅的回應，但並未如作者期待那般獲得正面迴響。《時報》把這篇回應置放在一篇高調批判德波涅與此劇的文章中，特別關照因一齣待演劇作而面臨的外交困境，並提醒讀者，土耳其大使已至少二度向法國政府提出請求。除了在舞台上呈現先知角色將對土耳其政府明顯造成負面觀感外，法國還有許多非洲殖民地人民（protégé）是穆斯林，更不該去冒犯他們的宗教信仰。這篇文章也反駁了德波涅提出的塔茲耶受難劇（passion play），強調它們嚴格說來算不上是「劇場」，而是有著教化而非娛樂的宗教功能。此外，德波涅也忽略了波斯帝國的穆斯林屬於「異議宗派」（即什葉派），他們並不承認來自君士坦丁堡的蘇丹權威。然而，最主要的理由還是來自外交考量：「我們或許該問的是，此刻德意志皇帝正要啟程正式拜會阿卜杜勒─哈米德（Abdul Hamid），[27] 對曾寫作《羅蘭之女》的愛國作者來說，是否真得在這時機點讓法國無可避免地成為被指控的對象？」這裡提到的是威廉二世（Kaiser Wilhelm II）受到高度矚目的伊斯坦堡與近東訪問之旅。法國對德鄂外交關係深化自然是處處充滿顧慮。[28]

《穆罕默德》演出事件不只牽連到外交政治，同時也關乎德波涅

---

[26] *Journal des débats* (29 Oct. 1889), 2. 此信件部分段落同時刊登於 'Le cas de M. Bornier', *Le Gaulois* (29 Oct. 1889), 1-2。
[27] 譯註：阿卜杜勒─哈米德二世（1942-1918），鄂圖曼帝國的蘇丹和哈里發。
[28] 見 Bosworth (1970), 117。

接替艾米爾・奧日埃（Émile Augier）在法蘭西學院職位的機會。在一篇稍早訪談中，德波涅解釋自己是因為《穆罕默德》演出一事懸而未決，才拒絕參選——在投票期間正逢演出生變，恐將影響他的候選資格。[29]演出計畫因爭議而失敗，德波涅也因此開始重新評估自己參與競選的機會。

直到1889年底，此爭議事件脫離了法國的公共領域，達到一高度國際化的境界。這齣待演劇作的相關新聞引發大規模抗議，特別是在印度。1890年1月，當《穆罕默德》進入排練階段時，《布里斯托報》（Bristol Mercury）發表了一篇印度大規模暴動的報導：

> 孟買當地劇院的經理們陷入大麻煩。消息傳來，在巴黎有一齣戲將在舞台上演出先知穆罕默德角色，此舉違反伊斯蘭準則，伊斯蘭宗教當局已發布官方命令，禁止任何信徒踏足劇院，違者將處罰金且死後不得以宗教儀式安葬。遽聞此令頒布後，過往以穆斯林觀眾為大宗的孟買當地劇院皆門可羅雀。[30]

印度穆斯林其實太早抗議了，因為這時外交壓力才正順勢高漲。1890年初，法蘭西喜劇院在首演前不久，應政治壓力而無限期推遲此劇演出。3月9日的《高盧人報》（Le Gaulois）以一篇伊佛林・洪保德（Yveling Rambaud）長文，診斷德波涅劇作的健康狀況已無可救藥（「病得非常、非常重」），最終導致法國政府決議取消演出。

---

[29] 見 'Le cas de M. de Bornier', Le Gaulois (29 Oct. 1889), 1-2。

[30] Bristol Mercury and Daily Post (11 Feb. 1890), 3.

洪保德採用一種近似新新聞主義（new journalism）的寫作手法（雖然那時還沒有這詞存在），詳述此「悲劇」故事的來龍去脈，故事中充滿作者想像的外交密談之場景重建。文中簡述事發經過，精準傳達了在德波涅與其劇作一事上的萬般糾結。洪保德並未高聲主張藝術與信念自由之理想，而是開玩笑地重建了法國悲慘的外交處境。

洪保德回憶，當劇場線記者開心宣布德波涅先生新作《穆罕默德》即將發表時，法國仍在另一群內閣部長的領導之下：

某日，外交部長苟伯樂先生（M. Goblet）正在用晚餐時，尊貴的土耳其駐法大使艾沙特帕夏忽然造訪，大使告知外交部長，君士坦丁堡方因一齣新劇即將上演的新聞而深感困擾，國王想要知道此作品是否含有任何可能被視為攻擊伊斯蘭教創教者的內容或是間接影射。苟伯樂先生本人並不太熟悉劇場事務，在請對方原諒自身無知後，承諾將參詢其同事即公共教育與藝術部長對此事件的看法。三天後，公共教育與藝術部長艾都華・洛克羅伊先生（M. Edouard Lockroy）與法蘭西喜劇院行政總監裘勒・克萊赫提（M. Jules Claretie）先生會面，劇院行政總監向部長解釋，重點是這齣戲和伏爾泰的版本截然不同，這是關於現代、世紀之交的穆罕默德，他被其中一名妻子欺騙，殺了引誘者，並在臨死前吐露基督信仰情懷。「很好」，洛克羅伊先生回應，「這齣戲沒什麼危險的，你可以拿去沙漠演出。」這句評述證明是史實無誤。時間過去了。兩位部長把卷宗交給後繼者。德波涅先生被各方問來問去。《穆罕默德》劇作一事如愛爾蘭般成了政治上的燙手山芋。

洪保德接著指出一處細節：在君士坦丁堡的法國大使注意到蘇丹對他的態度有所轉變，特別是在威廉二世來訪期間，兩人關係似乎變得特別冷淡。洪保德聲稱以下文字來自蘇丹王與法國大使蒙特貝羅爵士（M. le Marquis de Montebello）在德意志皇帝離開後的對話紀錄：

——那《穆罕默德》那齣戲呢？您打算怎麼做？

——喔陛下，沒什麼進展可報告

——您知道嗎，大使閣下，法國沒幾個朋友，我搞不好還是
　　唯一一個。相信我，這齣戲把我們宗教的創教者搬到台
　　上演出，這樣很危險。

對話到這裡結束，但蘇丹陛下並未把此事擱在一邊，他心中還是深切為此煩惱。於是他二度找來老交情的蒙特貝羅爵士。他說：

——大家都在談論《穆罕默德》這齣戲嗎？

——陛下似乎比我還清楚劇場消息，大使笑著回應。

——我讀了每份法國報紙，但他們還沒決定放棄《穆罕默
　　德》演出計畫，這事讓我很苦惱。

隔日，蘇丹讀了君士坦丁堡主要大報 Vahkit 轉載《泰晤士報》一篇文章，文中引述一長段與德波涅先生的對話，就這齣未演／出版先轟動的劇作一幕幕解釋劇情大綱。洪保德猜測：尊貴的英國人總是千方百計要找我們麻煩，他們很能掌握蘇丹心態，自然更不會放過這次機會。

阿卜杜勒─哈米德陛下馬上召來法國大使：

──《穆罕默德》一劇絕對是要演的了，閣下。這是個錯誤
至極的決定。我早就告訴您我是法國的朋友，我是如此
為您們設想；很遺憾您們沒把我對《穆罕默德》這齣悲
劇演出的看法當一回事……不顧我如何憤慨，您們依舊
決定要在法國頂級劇院演出此劇，而這實際上是間國家
劇院，劇院總監是國家雇員，然後要演的竟然是一齣這
樣子挑釁我們宗教創教者的戲！現在對您說話的不是蘇
丹，是哈里發，是伊斯蘭教的代表。您們已經不像上個
世紀那樣，讓伏爾泰可以不用負責地拿先知來演戲。
您們今天要考慮的是在阿爾及利亞和突尼西亞那些穆斯
林子民。要是他們知道法國對他們的宗教信仰如此不
敬──別忘了他們有點狂熱──甚至把穆罕默德變成一
個舞台角色、當個傀儡，我不負任何責任。

蒙特貝羅爵士聽見話中暗示，將蘇丹此言回報巴黎。一個月
後，部長政務會首席皮耶‧蒂哈德（Pierre Tirard）通知法蘭
西喜劇院行政總監，政府決議無限期延後《穆罕默德》一劇
演出。[31]

洪保德在文中重述來龍去脈後，最終建議劇作家印行劇本就好，並附
上作者序作為解釋，寄給三十九位法蘭西學院的「不朽院士」。這樣

---

[31] Yveling Rambaud, 'Mahomet', in *Le Gaulois* (9 March 1890), 1-2.

一來，他或許還有機會能得到那覬覦已久的位置。

英國報紙很快地跟上了演出取消的新聞，並以毫不掩飾的幸災樂禍評論此爭議。《每日報》（*Daily News*）在1890年3月17日一篇報導中，以惋惜口吻提到此劇主演慕內—須利「早就準備好了綠色纏頭巾等合適服飾，著裝在家排練，唸著劇作家塞到先知口中的冗長台詞」。[32]《佩爾美爾街報》則自外交脈絡來探討此事，詳細報導蘇丹感謝法國政府禁止此劇在法蘭西喜劇院與其他劇院演出。

> 蘇丹王認為此舉不只是對他本人所展現之善意，以法國立場來說更是明智之舉，畢竟信奉伊斯蘭教的法國子民或將因此劇演出而覺得受到傷害。現在很明顯的，蘇丹透過大使表達禁止演出的請求，這是不可能遭受拒絕的，因此事或將成為伊斯蘭狂熱主義操弄之機。然而，真正明智的外交人士不該先讓對方開口提出如此請求，自然也能免除回應的必要。如今土耳其大使被允許開口提問，德波涅先生則成為法國政府無能的受害者。[33]

我們很快可以看見英國的外交有多麼高人一等。幾個月後，同樣的爭議在公共領域重新上演，這次是在英國，牽連其中的有英國當局、媒體報紙、穆斯林殖民地子民、演員、劇作家，還有著同樣的結局：土耳其透過外交施壓，讓政府當局決議禁止演出——不過在這之前，印度次大陸就已陷入幾乎是公開暴動的危機邊緣。

---

[32] *Daily News* (17 March 1890), 5.
[33] *Pall Mall Gazette* (1 April 1890), 4.

　　法國所面臨的爭議在1889年發展到高潮時，小說家暨劇作家哈
勒‧凱恩（Hall Caine）開始為拿到德波涅劇作版權的亨利‧厄文
（Henry Irving）改寫英文版本。[34]1890年4月，厄文已開始投入英文
版演出計畫。雖然厄文已買下德波涅劇作版權，但這齣新戲基本上會
是一齣同樣以穆罕默德生平為題材的全新作品，而不只是德波涅詩劇
的翻譯或改編而已。凱恩認為法文原版劇本相當令人失望，特別是前
三幕更是「一點價值也沒有」。[35]先不論兩個版本各自優點為何，雖
然當時法國政府所做的決定已在英國廣為報導，凱恩仍持續陷入某種
創作狂熱。他不但深受題材吸引，也不斷想像著可以找厄文來飾演主
要角色，厄文的妻子艾倫‧泰利（Ellen Terry）則飾演猶太尤物——
在這個版本裡叫作瑞秋（Rachel）。凱恩的劇本安排瑞秋說服她的愛
人歐瑪（Omar）去殺害穆罕默德。雖然她嫁給穆罕默德為妻，但私
下盤算復仇計畫，並背叛穆罕默德，向麥加城主洩露穆罕默德即將進
城一事。在劇末，穆罕默德安然和平地進入麥加，原諒了城主，並回
到沙漠禱告。這齣劇最終結束於伊斯蘭教建立的歷史紀事。

　　這齣戲原初寫作目的既是為讓厄文與艾倫‧泰利能夠主演，同時
也是為了在台上展現充滿駱駝、禁宮之舞等琳瑯滿目的東方風情之劇
場手法。[36]《佩爾美爾街報》在1890年6月27日刊出一篇短訊，向讀
者透露萊塞姆劇場（Lyceum，即此劇演出劇院）傳來的「計畫」與
「小道消息」，同時特別強調這齣戲「絕對不是德波涅的劇作改編，

---

[34] 關於凱恩／厄文版本源起詳情，請參考Tetens (2008)。我對此劇及其迴響之記
述皆來自Tetens研究及崔西‧戴維斯（Tracy Davis）之分析（Davis 2000, 148-
52）。
[35] Tetens (2008), 52.
[36] *Ibid.*, 56-7.

而是全新的原創作品。」[37]

　　不幸的是，對凱恩和厄文來說，這齣新戲儘管試圖要和如今陷入公關危機的法國原作撇清關係，卻起不了什麼作用。於古於今，報紙的資訊來源一直都是其他報紙，而非來自這世界的實務觀察。此新聞事件如病毒式瘋傳（請容許我在此採用了跨時代用語）。邱吉爾口中那從白夏瓦到仰光「一大群沉默但專注的觀眾」，正是印度各地的報紙（在此時計約五百份，發行語言不一）與充滿求知慾的讀者，他們迅速跟上了這則新聞，心中還帶著當初法國事件所造成的後勁迴響。[38]各式各樣的抗議行動開始展開，如公共集會、請願、投書倡議等，最重要的是來自穆斯林公民之名望人士實質上的外交壓力。

　　此事件各種公開與私下的正式回應，皆詳細記載於內務大臣檔案資料中。當時，負責決定禁演命令的內務大臣馬上對情況加以了解。雖然法國事件與其英國翻版在源起、論述與結局上諸多相似，兩者依然有顯著差異。在法國，主要參與者是鄂圖曼蘇丹與法國政府，加上出力不少的法國報紙曾多次明言質疑德波涅劇作，因其可能對法屬領地穆斯林子民造成影響。在英國，主要的影響則來自印度穆斯林子民於公共領域與限定外交溝通管道雙管齊下所發揮的作用。

　　英國報紙是在1890年9月26日報導首見爭議事件徵兆。當時利物浦穆斯林協會（Liverpool Moslem Association）副會長拉弗伊丁·阿瑪德（Rafiuddin Ahmad）投書《泰晤士報》，表示「〔此劇演出訊息〕讓女王在印度的五千萬個穆斯林子民深感不安。」他並警告此劇消息已

---

[37] *Pall Mall Gazette* (27 June 1890), 4.
[38] 有資料估算在十九世紀末，印度「在國內各地……約有五百份以英文與印度各語言發行的報紙與期刊」（Ghose [2012], n.p.）。

在全國廣傳：

> 印度穆斯林向來以宗教狂熱聞名，如今得知他們的先知將在
> 台上被嘲弄冒犯，還是在一個聲稱尊重不同宗教情感的國
> 家，而女王是受天命來統治廣大的穆斯林子民，就連地表上
> 任何一位穆斯林或基督徒的領袖都無人能及，自然對此深感
> 憤慨不平……你們必須仔細考慮到英國與穆斯林國度（存在
> 於印度、埃及、波斯、土耳其、溫古賈島等地）關係日益密
> 切之事實，且正快速強化、鞏固其與穆斯林重要勢力之間關
> 係。想想這些事實，在大不列顛帝國之心演出這麼一齣嚴重
> 冒犯世界上一億八千萬人之宗教情感的戲劇，是否真是明智
> 之舉？ [39]

阿瑪德對此問題的態度，特別凸顯了此爭議事件的全球影響。他明確指出此劇要是真正演出的可能後果。像這樣的演出除了可能直接激怒五千萬印度穆斯林外，他也清楚表示，大不列顛藉自身帝國版圖已達到高度全球疊合。在倫敦「帝國之心」演出的一齣劇作，會使冒犯程度產生加乘效果。在倫敦演出的戲不只是倫敦人的事而已，同時還衝擊了全世界千百萬人。這封信中當然也提出「以宗教狂熱聞名」的印度穆斯林可能引發暴動的警告，或說是語帶暗示的威脅。這論點很快便得到印度殖民地官員與幾位前任總督的支持。

　　可以想見的是此信又為《泰晤士報》引來更多回信，將此議題直接了當地攤開在公共領域中。其中最著名的是「印度專家」Geo

---

[39] *The Times* (26 Sep. 1890), 4.

B.（喬治‧博德伍德爵士〔Sir George Birdwood〕）的一篇長篇論文，他對第一齣塔茲耶劇——《哈珊與胡笙聖蹟劇》（*The Miracle Play of Hasan and Husain*）——的英文翻譯貢獻良多。[40] 博德伍德就抗議事件提出幾個層面的看法。他主張，土耳其對這齣法國劇作的抗議實際上是從孟買管轄區的印度穆斯林間開始的：「是他們促請土耳其蘇丹要求法國政府禁止此劇在巴黎演出，而我們國內報紙發動聖戰抵制演出，絕對也是因他們而起。」然這還不是此回應的主要論點。博德伍德自認為是塔茲耶劇專家（雖然這不是他真正的用字遣詞），他仔細解釋了在什葉派「奇蹟劇」（miracle play）脈絡下，波斯與印度兩地如何以戲劇再現先知。除此之外，他認為將先知穆罕默德化為英語劇中角色，將有助於讓大眾不再對伊斯蘭創教者如此一無所知：「再沒有其他方式能像劇場一樣，如此迷人且有效地傳揚歷史知識……對英國的普羅大眾來說，劇場的確就是文化的唯一源頭，是國家團結最有力的中心。」[41]

　博德伍德與阿瑪德兩人不斷提出主張、反駁彼此。阿瑪德特別聚焦於印度版演出是否真讓先知成為劇中角色，並認為此事毫不可能。他同時也質疑博德伍德所謂抗議事件是自孟買發起一事，認為抗議聲

---

[40] 喬治‧博德伍德（George Christopher Molesworth Birdwood）生於孟買，是英印醫療官員、印度事務部官員與印度各方面事務專家。雖然此時他已不住在印度，但依舊對孟買政治現狀相當熟悉。他曾為塔茲耶劇《哈珊與胡笙聖蹟劇》提供什葉教派的資訊參考，此劇全名為：*The miracle play of Hasan and Husain Collected from oral tradition by Colonel Sir Lewis Pelly. Revised with explanatory notes by Arthur N Wollason [With a sketch of the origin of the Shiah schism and of the manner of the performance of the play in the East by Sir George C M Birdwood]* London: W.H. Allen & Co. (1879)。

[41] *The Times* (9 Oct. 1890), 14.

浪實際上是經由土耳其才來到印度。[42]其他論辯還提到了在舞台上呈現耶穌基督角色的正當性（英國審查制度禁止在舞台上呈現重要聖經人物），以及神聖人物（基督）與歷史人物（穆罕默德）之別。加入這場筆戰的還有其他人，其中最知名的是亞瑟‧沃拉斯頓（Arthur N. Wollaston）——《哈珊與胡笙聖蹟劇》的編輯，也是受人尊崇的波斯與伊斯蘭研究學者。他為相關討論（起碼在這場筆戰中）第一次帶出了伊斯蘭派系觀點，即伊斯蘭教中什葉派與遜尼派的重要分別，以及兩派引發的極端對立：

> 我們不該忽略的是，波斯的奇蹟劇是要體現什葉派的教義，印度斯坦的遜尼派信徒當然不樂見每年都來一次紀念卡爾巴拉（Karbala）殉道者之死的永垂不朽，為這違背伊斯蘭教真理的可悲支派（從印度的角度來看）增添另種神聖懷想。至少從這個論點來看，我們可以中肯地說受難劇之所以飽受憎恨，是出自遜尼派對什葉派的厭惡，畢竟受難劇要不是因為受到宗教惡意之操弄，或許根本也不會這樣再三理想化全穆斯林共同敬拜的真神與先知。[43]

沃拉斯頓也在文中支持禁演法國劇作《穆罕默德》，然主因是反對任何可能被視為輕蔑或嘲弄宗教情感之舉，而不是因為他支持阿瑪德（遜尼派）的主張。然而後者卻得到了來自波斯公使館秘書魯夫特‧

阿里‧汗（M. Luft Ali Khan）意想不到的支持。魯夫特‧阿里‧汗也加入這場筆戰，並堅決否認《哈珊與胡笙聖蹟劇》是一齣「受到認可的波斯戲劇」，且聲稱「沒有一個真正的穆斯林，會在任何情況下容忍真神與先知成為舞台角色」。[44]

　　《泰晤士報》刊出的一系列討論，似乎快要變成研究穆斯林宗派，以及受難劇與劇場演出之本體論差異的神學專題論文。在此同時，印度當地的政治壓力隨著新聞傳播至地方報紙而越演越烈。其中最具聲量的是一名孟加拉教育者與改革人士阿布杜‧魯提夫（Abdul Luteef，也拼作Latif〔1828-93〕），他同時也是加爾各答伊斯蘭協會（Anjuman-i-Islami）的共同創辦人，推動協會致力於保護穆斯林權益，也發聲支持英國殖民政府。魯提夫既是反議會人士又是英國勢力支持者，也是以穆斯林菁英福祉為念的現代化主義者。[45]他在印度發起抗議法國劇作一事上本來就出力甚多，現在又運用了他與英國社會頂層階級的良好關係。他在1890年9月2日寄了一封信給湯瑪斯‧巴林爵士（Sir Thomas Baring），即盧布克伯爵（Earl of Northbrook），同時也是前任印度總督，信中對這齣排定上演的戲表達了強烈不滿：

> 去年打算在法國劇院搬演此劇時，土耳其大使針對此舉的抗議得到來自印度的激動響應，閣下可參考我一併附上先前五月投書英國報紙之文……印度穆斯林絕對希望英國政府不要像法國政府一樣輕忽此事，而能妥善顧及先知信徒的感受，

---

[44] *The Times* (27 Oct. 1890), 13.

[45] Sharma (2009), 55-6.

並採取一切法律行動及道德勸說，以避免此事傷害穆斯林的
感情。[46]

盧布克伯爵的確採取了行動。他寫信給斯賓塞・龐森比—范爵士（Sir
Spencer Ponsonby-Fane）這位精力充沛的板球員、園藝愛好者，同時
也是內務大臣辦公室現任主管。盧布克伯爵完全支持魯提夫的憤慨之
情，並質疑是否真該同意此劇演出：「我忘了在印度有幾百萬個〔英
國〕穆斯林子民，而他們自然會對此事深感震驚，更別提這是全世界
的一大宗教，要在舞台上演出其教主級人物有多麼不恰當。」[47]斯賓
塞・龐森比—范爵士也自印度事務大臣（Secretary of State for India）
理查・愛許頓・克羅斯（Richard Assheton Cross）那方收到類似的擔
憂。克羅斯那時是印度事務部（India Office）政治事務的最高負責
人，因此也受到魯提夫一再纏擾，自然對此事可能造成暴動而同感苦
惱：「我相信像這類劇本演出絕對會對所有穆斯林先知信徒帶來最大
程度的冒犯。」[48]

　　印度的騷動局勢繼續升高，穆斯林領袖開始遊說殖民地官員，
特別是孟加拉、旁遮普及其以西之地（今日巴基斯坦）等。信件與
備忘錄在旁遮普省政府布政司范沙（H. G. Fanshawe）、德里行政長官
代表羅伯・克拉克（Robert Clarke）、印度事務部部長查爾斯・里歐
（Charles Lyall）之間來來去去，並傳到了內務大臣那裡。在倫敦的
穆斯林促請印度報紙施加壓力。克拉克回報了他和德里那邊幾位宗

---

[46] 引自倫敦國家檔案館的內務大臣與其他英國王室官員通信紀錄（編號：LC
1/547），以下均簡稱LC。
[47] 1890年9月23日信件紀錄（LC 1/547）。
[48] 1890年9月29日信件紀錄（LC 1/547）。

教領袖「毛拉韋」（Maulvis）的談話：「他們向我表示他們有多麼不願搞出這麼一個請願，讓這些來往信件得到不必要的關注，畢竟到時候德里的每一個穆斯林一定都會連署同意；其中還有一個牧師特別提出：想想看，他講道時光是念出這份報紙內容，就可能造成軒然大波。」[49] 伊斯蘭協會阿姆利則（Amritsar）[50]分會也發表了一篇類似抗議。殖民地政府採統一罐頭式回覆，向穆斯林保證政府絕對不會同意此劇演出。外交管道也成為施壓工具，如土耳其蘇丹阿卜杜勒—哈米德二世再度透過土耳其大使向英國政府表達不滿。

　　一一細數這些來自第一線殖民政府的快訊，累積起來正表達了穆斯林意圖推翻英國統治的真實可能性。崔西・戴維斯（Tracy Davis）以穆斯林心態為背景解讀此爭議事件。面對英國在印度的統治，穆斯林態度大都是順從為主，除非當權者特別推動了什麼反伊斯蘭的行為，在帝國之心演出此劇當然就可這樣理解。另一關鍵因素是印度國民大會黨[51]的影響力日增。在這樣的權力角力中，穆斯林領袖如阿布杜・魯提夫、甚至是更關鍵的人物賽義德・艾哈默德・汗爵士（Sir Syed Ahmad Khan），在政策上都較親英。對印度的穆斯林族群來說，被英國統治遠好過被印度統治。[52]眼看一場呼應1857年印度叛亂事件（Indian Mutiny）的衝突之災可能就將臨到眼前，內務大臣拉森姆勛爵（Lord Latham）的決定只不過是時間問題而已。於是他私信亨利・厄文，建議中止演出計畫，幫個忙，因為這齣戲無論如何都不可能

---

[49] LC 1/547. 譯註：「牧師」與「講道」雖非伊斯蘭教用字，然因原文使用的是基督教體系詞彙如preacher、sermon，因此譯文不另改為伊斯蘭用字。

[50] 譯註：旁遮普邦的一座城市。

[51] 譯註：主張脫離英國殖民統治，爭取印度獨立。

[52] Davis (2000), 149.

拿到演出許可。勛爵暗示著光在印度就有五千萬名穆斯林，而英國作為統治者，自有統治者該負的責任。厄文馬上同意了拉森姆勛爵的訴求，中止此劇演出計畫。[53]

兩次要在舞台上演出穆罕默德生平竟都失敗，正說明了劇場公共領域幾項特質。就歷史看來，劇場潛在的影響力足以讓它承擔顯著的政治、甚至全球政治角色。十九世紀末在殖民帝國首都的一齣戲，顯然如同今日電視實境秀或YouTube推播般具有加乘效應。[54]此爭議事件文獻顯示，要產生如此程度的爭議或騷動，是諸多因素在劇場公共領域各自運作的結果。要不是當時媒體生態已如此複雜，爭議帶來的衝擊恐怕也不會這麼劇烈。光是印度就有數百份報紙，彼此高度參照，要控制資訊傳遞根本是不可能的事。一齣戲計畫在巴黎演出，成為倫敦報紙報導對象，土耳其接著跟上這則新聞，幾個小時內又透過電報傳到印度次大陸。然而這所有一切都是圍繞著劇場而展開，特別是有高能見度的劇場，如法國國家級的法蘭西喜劇院，或是由英國最知名的演員在倫敦經營的萊塞姆劇場（Lyceum）。事實上，德波涅的劇本在1890年發行時，根本沒遭遇什麼抗議事件，甚至還得到許多鼓勵要他搬演此劇，由此更可證明劇場媒介的力量。就公共領域層面及公開性與在場性的規模而言，在文字發行與演出之間明顯存在高度感受差異。

這幾次爭議事件幫助我們透過劇場眼光回顧國際政治，特別是殖民強權之間對立。英法兩國都可算得上是真正的穆斯林勢力，因為兩

---

[53] Tetens (2008), 59. 1893年又有類似劇作演出的消息傳出，內務大臣這次直接了當地拒絕發給演出許可。見Davis (2000), 150。

[54] 可供類比的當代案例為YouTube於2012年9月播出的電影《穆斯林的無知》（*Innocence of Muslims*）十四分鐘片花，同樣也在全球引發激烈抗議。

國統治且管轄了千百萬計信奉伊斯蘭教的子民。在這兩國所引發的政治反應，顯示當時政府採取了比藝術家本人更謹慎小心的態度來處理宗教情感。雖然德波涅與厄文兩人都認為他們筆下的伊斯蘭創教者是正直高貴且符合史實（以戲劇創作慣例來說）的人物，但兩人也都在根本上誤解了以戲劇手法再現先知的可能影射。最終，只能靠直接的政治干預說服他們中止各自演出計畫。我們或許也可說，當時在藝術上過度天真、不負責任的態度，必會因謹慎的政治操作而受到限制，尤其是當消息不斷透過殖民地政府傳回母國政府的情況下。因此真正的關鍵議題還是在於權宜。雖然英法兩國對言論自由都有高度成熟的意識（法國劇場或許又比英國更為自由），然這些自由顯然是可以商討的，最終也的確自願成為現實政治（realpolitik）的祭品。此例同時表現出政府官員具更高的宗教敏感度（儘管出自現實考量），如下段將提到的《伊多曼尼歐》（*Idomeneo*）爭議案例。

照演不誤：柏林的後東方主義

2006年9月26日，柏林德國歌劇院藝術總監克絲坦・韓爾斯（Kirsten Harms）宣布因收到恐怖威脅，將取消由漢斯・紐恩菲爾斯（Hans Neuenfels）執導的莫札特歌劇《伊多曼尼歐》之後所有演出。這齣歌劇作品包含了一段由導演自己創作的尾聲，在舞台上出現四顆宗教人物頭顱的場景，穆罕默德也是其中之一。柏林警方收到匿名消息，表示這個場景或將引來恐怖攻擊。紐恩菲爾斯既然不願拿掉這一場戲，韓爾斯也就（照她的說法）別無選擇，得取消已排定的演出。

消息在全球傳開，國際媒體紛紛熱議此事。它們譴責的是取消演

出的決定，而非充滿冒犯的場景。許多相關評論[55]中，具代表性的諸如「太過草率地對言論自由加以限制」或「自取敗戰」，還有「刷新世界觀，迫使西方因恐懼伊斯蘭教徒反應而對言論自由進行自我審查」等等。大眾看好戲之餘，也讓我們有機會能好好來研究關於東方之他者（Oriental Other）涵蓋美學、政治與倫理論述之匯流。所謂東方之他者，擺盪於人們想像中的伊斯蘭恐怖份子，以及德國境內穆斯林宗教團體的真實人物代表間，有時兩者更不免融合為一。此爭議聚焦於幾個議題，同時也是本書核心：劇場（在此則是「歌劇」）公共領域涵蓋的範圍；其與宗教、政治等公共領域之重疊；以及最終，在歐洲最大的穆斯林城市之一表現東方主義所隱含的政治暗示。

2006年的《伊多曼尼歐》爭議事件其實早在三年前就開始了。2003年，漢斯·紐恩菲爾斯在柏林德國歌劇院執導這齣歌劇演出，首演後的評論回應大多符合紐恩菲爾斯過往作品的評價。他的創作生涯素來以大膽路線改編歌劇經典，藉以挑戰歌劇觀眾僵化思維的路線。紐恩菲爾斯1980年在法蘭克福執導《阿伊達》一作，將主角重新設定為一位清潔婦，此舉讓他在歌劇圈惡名昭彰。在他執導的《伊多曼尼歐》版本中，他自行創作了一段尾聲，讓主角伊多曼尼歐將世界宗教四大先知——波賽頓、基督、佛陀與穆罕默德——被砍下、還淌著血的頭放在椅子上（見圖七）。就這齣歌劇本身情節來看，只有海神波賽頓是真正戲裡的角色。受到暴風雨襲擊而擱淺在沙灘上的伊多曼尼歐向波賽頓祈願，他願犧牲他看見的第一個人類作為祭品，那人竟

[55] 包括芬蘭《赫爾辛基日報》（Helsingin Sanomat）、丹麥《貝林時報》（Berlingske）、義大利《晚郵報》（Corriere della Sera），全刊登於2006年9月28日。見Eurotopics網站（www.eurotopics.net/en/archiv/archiv_newsletter/NEWSLETTER-2006-09-28-Indignation-over-the-cancellation-of-Idomeneo-in-Berlin）。

圖七　《伊多曼尼歐》（尾聲），柏林德國歌劇院（2006）。

是他的兒子伊達曼特（Idamante）。歌劇情節於是圍繞著主角究竟是要遵守宗教誓言還是親情血緣的兩難處境而展開。最後，莫札特的版本（恰和原本的希臘神話相反）以快樂結局收尾，讓宗教與政治彼此得到妥協：伊多曼尼歐遵循天神的啟示，將王位傳給特洛伊王子伊利亞（Ilia）與兒子伊達曼特，海神波賽頓因此一筆勾銷祂要伊多曼尼歐獻祭的要求。[56]

紐恩菲爾斯改以被砍頭的神作為結局，實創造了一個典型德國導演劇場風格——擅於運用「大膽」畫面或象喻作用（figural interaction）——的視覺象徵，儘管在原文本中並不存在明確內在動機。然而這類象徵不該被貶低為「歐洲垃圾」（eurotrash），[57]而應將之看作為了凸顯古典作品如何與當代相關，自導演與戲劇結構（dramaturgical）角度呈現的後設評述。至於此象徵到底有沒有效，也可從2003年演出評論中對新場景的意義並無共識而得到證明。劇評解讀各異，唯一的共通點是都對這個畫面潛在的瀆神含意沒什麼反應。首演後刊出的各方評論說詞不一，例如：頭顱象徵戰利品；鴉片是人們的宗教；眾神既是偶像也是對杭廷頓（Huntingdon）《文明衝突論》（*Clash of Civilizations*）的回應等。在我查閱的二十三篇評論中，大多是以美學角度來評述此場景，沒有一篇文章曾出現瀆神（blasphemy）這個詞。其中有兩篇評論特別值得提出來細讀，不是因為寫得特別好，而是因為似可作為整個評論界的集體代表。

《法蘭克福匯報》（*Frankfurter Allgemeine Zeitung*）的艾洛諾・布寧（Eleonore Büning）以「布爾喬亞主體性戰勝了死亡的諸神」來解

---

[56] 關於歌劇《伊多曼尼歐》相關資訊，以及最後那段新加場景的（無）功能，請見 Ziolkowski (2009), 1-4。

[57] 譯註：對歐洲新派導演執導歌劇作品的貶義。

讀此場景，並批評這樣的詮釋在歌劇的文本結構中沒有根據：「所謂
神已死，而布爾喬亞主體足以成為自身之神的訊息，在《伊多曼尼
歐》這齣莊嚴歌劇中始終得不到任何細膩的辯證處理。」[58] 專為《時
代週報》（*Die Zeit*）寫歌劇評論的克勞斯・斯帕（Claus Spahn）從作
曲家生平來為這一場戲下註腳，將這個畫面解析為對作曲家莫札特如
何在作曲形式上脫離、並突破巴洛克莊嚴歌劇限制的回應。根據斯帕
的說法，當年《伊多曼尼歐》首演後沒多久，莫札特就不再仰賴薩爾
茲堡主教（Archbishop of Salzburg）的支持，並搬到維也納去：「這股
自我解放的衝動，正對應了紐恩菲爾斯為主角伊多曼尼歐設計這殘忍
血腥的最終解放之舉，如莫札特本人也脫離了他人的管轄。」[59] 斯帕
從作品讀出的隱喻，似乎安然繭居於外在世界意識形態的紛擾之外，
自然也不具有任何政治暗示或弦外之音，而將紐恩菲爾斯的政治象徵
重新導回了藝術自主性的領域。從歌劇公共領域的觀點來看，我們可
以得出這樣的結論：在 2003 年，亦即 911 事件之後兩年，評論認為穆
罕默德（連同其他先知）在柏林——既是德國首都，同時也是國內最
多穆斯林人口的城市——知名劇場的舞台上公然被斷頭的這場戲，是
對作曲形式的回應。

　　像紐恩菲爾斯這樣充滿政治多重性的導演，絕對不該用這麼節制
意識形態的方式來解讀他的作品。一直要到三年後爭議爆發，屬於政
治評論與論辯的真正公共領域出現，歌劇劇評們才勉強理解他們三年
前寫過的評論到底有著什麼政治意涵。然而，艾洛諾・布寧再度重述
了對斷頭場景的解讀——呈現啟蒙時代的人定勝天；她認為中產階級

---

[58] Büning (2003).
[59] Spahn (2003).

的主體殺死了諸神，並以自身取代諸神地位。除此之外，文章充斥著攻擊藝術總監克絲坦・韓爾斯的言論，斥責她決議取消演出而讓此劇失去後續討論機會，是「自根本上傷害了布爾喬亞劇場的機制」。[60]至於這場戲帶出的公開瀆神問題，在德國法律是屬刑事犯罪行為，但布寧全然未在文中提及——這或許也是因為劇場或歌劇並不真的被當作公共領域來處理（雖然在法律上算是）。從這些劇評的角度來看，劇場／歌劇是受到憲法保障的布爾喬亞機制，享有依自身喜好而行的權利，也因此與講求「為藝術而藝術」（l'art pour l'art）之藝術自主性的私人空間無異。這些專業劇評更傾向在此切磋，而非去關注那些外部公共領域真正論辯的議題。

　　2006年9月，爭論正烈時，紐恩菲爾斯為他在劇中的象徵下了明確的政治註解：國王反對諸神的專權，想要將自己從偶像的束縛中解放，卻是徒勞無功。[61]然紐恩菲爾斯的詮釋卻與歌劇文本結構截然不同。劇中暗示著以基督徒的寬恕來平和希臘人的殘暴，但紐恩菲爾斯以毫不委婉的姿態，指出以宗教與宗教先知為名的殘忍暴行。斷頭場景因此成了激烈的政教分離訴求，同時也回應了啟蒙時期對於宗教迷信的批判。

　　在克絲坦・韓爾斯宣布她已取消演出後，莫札特如何面對莊嚴歌劇的創作規範，不再是後續論戰的主要議題。隔日《紐約時報》（*New York Times*）頭版則如此報導此事：

德國頂尖歌劇院在安全顧慮下取消演出莫札特歌劇演出，因為劇中出現先知穆罕默德頭顱場景。此事引發當地激烈抗

---

[60] Büning (2006).
[61] Matussek (2006).

議，被視為是自棄藝術創作自由之舉。柏林德國歌劇院週二
表示，因警方警告此劇恐將對演出者與觀眾帶來「無可估計
的危機」，因而決議在秋季節目取消《伊多曼尼歐》歌劇演
出。劇院總監克絲坦・韓爾斯對不得不做出這樣的決定深表
歉意，並表示在八月警方就已收到匿名威脅，然經過一段時
間的深思熟慮，她才做了這個決定。[62]

現在，場面調度（mise-en-scène）也進入了公共領域，然並非因其內
在藝術性，也不是莫札特為了追尋創作自主性的假設，而是作為伊斯
蘭恐怖主義最真實的舞台，以及檢驗西方啟蒙主義理想與測試此劇
是否有可能重演魯西迪或丹麥漫畫事件的案例。決議停演一事之所
以成為全球矚目事件，的確是來自更直接的外部因素，其中也包括了
教宗本篤十六世（Pope Benedict XVI）一週前在雷斯根堡大學（The
University of Regensburg）演講引發的一波波抗議浪潮。在這場演講
中，他評論穆罕默德之詞（雖是以一篇十四世紀文獻記述為根據）被
視為是對先知的侮蔑。此外還有另一重要因素是：德國政治圈介入阻
止此禁演決定的大量意見。《紐約時報》文章便引述了德國內政部長沃
夫岡・蕭伯勒（Wolfgang Schäuble）、前文化部長麥可・瑙曼（Michael
Naumann），甚至是透過「文化代言人」沃夫岡・波爾森（Wolfgang
Börsen）發言的梅克爾總理（Chancellor Merkel）等人看法。從這些發
言的重量級人士看來，無怪乎此事件會成為全球頭條，即便最終根本
沒有任何個人或團體去確認此威脅真假。威脅一事始終是傳聞，比謠
言的可信度再稍高一點，造成的後果卻是如此之大。德國媒體持續熱

---

[62] Dempsey and Landler (2006).

烈討論此事，而劇中的爭議場景也在電視上一次又一次地播放。[63]

爭議發生兩週後，德國國內——至少在媒體與諸多高談此事的政治人物之間——逐漸產生某種共識：創作自由無論如何必須優先於任何安全考量，我們更是絕對不該在伊斯蘭狂熱主義面前低頭投降——此戲照演不誤。[64]其中幾乎沒有評論者提到以下問題：要是匿名舉報者並非不爽的歌劇迷，而是真的有人得知恐怖組織的消息，而試圖防止可能的暴行呢？要是最後沒人理她，然後真的發生了致命攻擊，大家的反應又會如何呢？對那些在藝術圈工作的人來說，知道政治人物突然願意為了保障創作自由，而不顧工作人員可能受到死亡威脅，真是太令人感到安心了。

迪奧多・阿多諾（Theodor Adorno）在其《美學理論》（Aesthetic Theory）一書中指出藝術既具自治性但也是社會事實（fait social）的雙重性，但在爭議事件中，許多出自政治動機的創作自由說詞卻忽略了這點。德國憲法或許確保了創作自由，然而德國刑法也明文禁止褻瀆行為。意圖冒犯宗教情感以致危害公共安寧，是違法的行為（德國刑法第166條規定）。所有這些支持創作自由的空泛之詞，一開始就錯估了媒體再現（media representation）可以星火燎原的本質，而德

---

[63] 我本人也短暫捲入此事件。新聞爆發後不久，劇場月刊《德國舞台》（Die Deutsche Bühne）編輯向我邀稿，請我就（按他們的說法）「德國與伊斯蘭劇場爭議事件在全球脈絡下的思考」角度來寫一篇短論（引自個人信件，2006年9月28日），因此我也成為了此公共領域諸多對話者中的一員，以關注多元文化主義的劇場學者身分，自「權威」立場發言。不過，正如我在此篇短論中指出的，整個事件產生的「回應」（reaction）已不成比例地超過了先前任何的「行動」（action，Balme [2006], 18）。

[64] 在一片唱和聲中也有反對聲浪，如記者／劇評馬提亞斯・馬圖賽克（Matthias Matussek）發表於《明鏡周刊》網站（Spiegel Online）的文章（2006）。馬圖賽克質疑呼籲捍衛「創作自由」的訴求是否過於誇飾，並認為創作自由並不該與言論自由的民主權利混為一談。

國約三百萬的穆斯林人口，也同樣享有身為多數族群的基督徒或許視
為理所當然的權利，不應受到褻瀆行為之冒犯。在寫給《德國舞台》
（*Die Deutsche Bühne*）的短論中，我提出建議，該就幾個月前爆發的
穆罕默德漫畫爭議，重新評斷紐恩菲爾斯導演新加的這場戲：

> 在漫畫爭議造成那麼多死傷後，漢斯・紐恩菲爾斯或許已該
> 理解，他所創造的舞台畫面不只是對啟蒙與宗教間關係的回
> 應而已，這對許多住在德國的人們來說，是非常嚴重的冒
> 犯。他認為在藝術世界（歌劇）與真正生活的世界（以此例
> 來說是穆斯林的世界）之間可畫出一條明確界線，然既已公
> 布匿名電話的消息與警方的危機分析，這樣的說詞完全站不
> 住腳。世界的舞台撞上了劇場的舞台：藝術殿堂破了洞；它
> 不再全然密封，也失去了免疫力。[65]

創作自由當然是民主社會的根本原則，也的確是大多數公民願意全心
支持的權利。然而創作自由並非是某種道德絕對的、超越時空皆能一
體適用的準則。它既存在，也被界定於具體且具文化特殊性的論述脈
絡中。就此例來看，這裡的論述脈絡是我們泛稱的「歌劇」，自然包
含了漢斯・紐恩菲爾斯為莫札特歌劇加一場戲（儘管劇作家與作曲
家皆無此意）的權利。創作者實行自身創作破格（artistic license）的
正當性，特別對歌劇公共領域之論述空間來說，是內部問題，也如同
前述評論回應般，有著高度分歧的意見表述。在封閉的歌劇公共領域
裡，創作自由實際上是沒有疆界的。如此近乎無限的自由，同時也對

---

[65] Balme (2006), 19.

某些導演造成問題，而這正是導演干涉手法為何愈發激進，而震撼美學（aesthetics of shock）越顯黔驢技窮的原因之一。像紐恩菲爾斯這樣的導演，自然不滿足於歌劇公共領域的封閉論述空間，於是他們試圖尋求突破，以觸及更廣大的公共領域。他的《伊多曼尼歐》的確做到了這點，卻不是在他所預期的層面。他原先想要挑釁的其實是歌劇公共領域，從他的回應也可看出他並無意在歌劇公共領域之外深論此事。

　　基於某種奇怪的邏輯，柏林美國學院（The American Academy in Berlin）院長蓋瑞‧史密斯（Gary Smith）將此爭議歸咎於「受到優渥補助的柏林文化機構過於軟弱」。他認為，德國劇場拿了這麼多補助是導致此爭議事件的間接原因：「因為它們受到德國政府補助，自然享有相當程度的創作獨立，卻也因此失去問責性與思考能力。」[66] 即使此論點本身大有問題，從此脈絡浮現的事實真相是：這類爭議事件有能力突破表層，並觸及完全不同脈絡的廣大公共領域論辯。

　　與此爭議事件同時發生的是，當時聯合政府在內政部長沃夫岡‧蕭伯勒領導下，試圖召集多位穆斯林領袖參與德國史上首次德國伊斯蘭會議（German Islam Conference）。然而，這對穆斯林存在於德國一事遲來的承認，忽然面臨了第一道關卡測試。參與會議的土耳其—伊斯蘭宗教事務聯盟（Turkish-Islamic Union for Religious Affairs）主席，提議所有與會者一同去看《伊多曼尼歐》在同年12月重新排定的第一場演出，但遭到伊斯蘭理事會（Islamic Council）主席堅決反對。會議還沒順利展開，歧見就已明顯。儘管如此，幾位與會成員連同部長等人同意前往。可想而知，重新排定的《伊多曼尼歐》演出本

---

[66] 引述自 Dempsey and Landler (2006)。

身就成了媒體事件——警方、電視採訪小組與歌劇觀眾彼此擋住對方視線（是隱喻也是真實情況）。因演出現場採取高規格的安全措施，觀眾還需通過身體掃描檢查，劇院更是到處都是揹著機關槍的警察。演出平安無事地落幕了。如果說媒體的期待落空，或許有點過份，但此爭議事件的敘事讓我們看見的，不再只是過往聚焦於導演手法好壞的一般論辯而已。

此爭議事件的強度來自於幾個加乘效應，也讓事件無可避免地被置放於跨國公共領域的脈絡裡。2006年的世界和2003年《伊多曼尼歐》初問世時很不一樣。自2003年首演以來，爆發了好幾次涉及基督徒—穆斯林關係的爭議事件。自丹麥報紙穆罕默德漫畫事件造成的紛擾以來（根據《衛報》統計共有140人喪命），大家都知道冒犯先知形象有可能導致激烈的反應。[67]

除了穆罕默德漫畫事件之外，教宗發表演說，談論基督教與伊斯蘭教關係而引發的爭議，也成了導因之一。2006年9月12日，教宗在雷斯根堡大學發表演講「信仰、理性和大學：記憶與回顧」（'Faith, Reason and the University: Memories and Reflections'）。爭議起於他在談話中引述十四世紀拜占庭皇帝曼努埃爾二世（Manuel II Palaiologos）與波斯學者的辯論：「讓我看看穆罕默德還帶來什麼新鮮事，你會發現他帶來的只有邪惡與殘暴，就像他要求的『一手持劍，一手傳道』那樣。」[68]演說自德文翻譯為英文後，在穆斯林學者與政治人物間引發強烈反彈。許多穆斯林國家發動大規模街頭抗議，某些地方還出現

---

67 見Luke Harding (2009)：「現代史上最大爭端竟為丹麥出口帶來成長。一年過去了，除了超過139條人命傷亡外，事件主角沒什麼遺憾。」
68 演說文稿請見www.vatican.va/holy_father/benedict_xvi/speeches/2006/september/documents/hf_ben-xvi_spe_20060912_university-regensburg_en.html。

對基督教會的襲擊。一些穆斯林國家宣布、或是威脅召回駐梵蒂岡大使。可想而知，來自「願者聯盟」的政治人物（特別是美國、澳洲與義大利）出面力挺教宗。[69] 不管這種說法究竟有什麼神學論據，全球後續的回應再清楚不過地展現了反伊斯蘭言論不只能夠引發爭論，還可以造成激烈示威。

　　儘管這幾次前例皆強力證明了瀆神圖像得以在全球掀起燎原之火，地方參與者看來卻大多不能、或不願從先前爭議事件學得教訓。藝術圈與政治界雖難得在這議題上結盟，但似乎不願開放接受藝術選擇並非全然自外於道德考量的可能性。對某些宗教群體來說，訊息是用話語還是圖像來傳遞，有著截然不同的差距。對明確禁止以圖像再現先知的遜尼派穆斯林而言，他們當然比早對血染基督像見怪不怪的基督徒更無法接受紐恩菲爾斯創作的畫面。紐恩菲爾斯等「反對派」的藝術家們似乎不太在意盟友大多是保守派政治人物，例如幾年來極力反對現代移民法案通過的梅克爾。[70] 當這群人突然來捍衛創作自由，並把這件事看得比可能冒犯穆斯林族群還重要時，藝術家們或許就該理解到：管他什麼曾經存在的藝術自主性，他們都已然失去自身立場。此事已成為被政治消費的工具，所謂創作自由的原則，則為反多元文化議題所用。2006 年 9 月 26 日，克絲坦・韓爾斯考量到員工與觀眾安全而做了一個決定，這個決定凸顯了她的藝術殿堂是存在於德國多元文化首都之中心，此事並迫使她認知到：她的劇場不只有藝術責任，也同時背負著政治責任。

---

69 關於此爭議事件及其引發回應，可參考 'Regensburg Lecture'
　（http://en.wikipedia.org/wiki/Pope_Benedict_XVI_Islam_controversy）。
70 譯註：出身於保守陣營的梅克爾當時為贏得黨內初選，曾與黨內同志就難民議題進行利益交換。

　　從德國政治圈與藝文圈刻意忽視穆斯林情感一事，也看見了變形版薩依德（Edward Said）東方主義在《伊多曼尼歐》爭議事件中的運作。薩依德本人對「東方主義」提出三個定義：學術研究（東方學）；建構在東西差異之本體論（ontology）與認識論（epistemology）上的「思考方式」，包含虛構寫作、社會描述、政治理論；以及最重要的「支配東方的方式」。[71]所謂支配東方的操作，其實是依附於如何建構想像的東方，而東方（在不同時期）可以是巴爾幹半島與日本之間的任何地方。至於此處我們提到的東方，則存在於德國社會內部而非他方。然而即便換位至德國與德國社會，依舊符合東方的想像組成及其不斷變動的建構。

　　薩依德在書中諸多論點中特別提出：他的重點並不在於澄清西方對於東方的錯誤認知，而是要指出東方主義的內部一致性及對東方的想像，他描述這套制度如何始終堅定、持續地運作，就算與「真正的」東方有過往來也無法撼動。[72]像這樣幾乎長年不變的思想結構與簡化二元思維，即薩依德所謂的「隱性東方主義」（latent Orientalism），即可作為我們理解《伊多曼尼歐》爭議事件的架構。

　　地理位置轉移（geographical displacement）是此事件和薩依德東方主義研究最大的差別。如前段所述，在此例中，東方重新被定位於德國境內，然論述依然適用於擁有顯著穆斯林人口的多數西方國家。雖然地理位置在原始論點中扮演重要角色，但對已深入西方思維的隱性東方主義典型思想結構來說，再也不需要連結於原初位置。在《伊多曼尼歐》事件中，隱性東方主義結構因伊斯蘭會議之爭再度清楚地

---

[71] Said (1979), 2.
[72] *Ibid.*, 5.

浮上檯面。會議中擺明就是要會員表態（是否前往觀賞歌劇演出），媒體也藉此機會讓最受歡迎的刻版東方主義戲碼再度上演：即部族陷入內部不和與紛爭，外部勢力勢必得進場指揮管理的畫面。

　　第二種形式的隱性東方主義，出現於一波波沒完沒了的創作自由（並延伸至言論自由）保衛戰中。所謂的東方——人們所認為的穆斯林——在根本上對言論自由這類西方成就存有疑慮、甚至是敵意。雖然在爭議事件中，真實的穆斯林回應徹底被消音，但人們就像在拳擊場上和想像的影子對打一樣，奮力反擊想像中的穆斯林回應。雖見公開論辯，但多以想像出來的、對西方理念與原則充滿敵意的專橫伊斯蘭為對象，而不見真正的對話者。根據薩依德理論，東方從無機會為自己發言；此事件也再度出現這樣的模式，由德國政治人物與劇場藝術家挺身奮戰虛擬的恐怖份子與民主威脅。總而言之，我們可以說莫札特爭議事件是東方主義來到西方的表現——東方主義回到自身的起源，且伺機而動。

　　無論此案例帶來了什麼教訓，都絕非僅限於關上門討論的藝術論述內，就算「藝術論述」這四個字的定義再廣也一樣。某些危機（恐怖主義自然是其中之一）足以創造一個全球／跨國認知架構：即危機不再侷限於國家可管控的空間座標中。以《伊多曼尼歐》案例來說，來自中東的一通電話讓柏林方面採取了行動，接著成為《紐約時報》頭版報導內容。隨著消息在《紐約時報》曝光並傳遍全球各報，一個關於劇場的公共領域忽然產生，且遠遠超越了平日侷限於新戲評論、藝術總監交接、（至少在柏林的）持續性財務危機等議題的空間座標。從這些公共論辯可見，諸如薩依德在《東方主義》書中分析的根深柢固的論述結構再次浮現，且調整形式，以符合並強化當前伊斯蘭恐怖主義論述。「全球」爭議事件如穆罕默德漫畫或教宗「被錯讀」

的演說，一同創造了真正的跨國論述領域，而歌劇也無能自外。

總而言之，我們可以這麼說：在一段為時不長的時間中，歌劇成為讓人們自外於真實的私有庇護所，這個庇護所打開了，裡面的人們湧出到公共檯面上。他們從歌劇常見的公共領域，即聚焦於討論聲音、指揮、討人厭的德國導演這類純美學本質領域，來到有著電視媒體、政治人物、地方與國際報紙、宗教領袖、各式各樣恐怖主義與歌劇專家等的廣大公共領域。歌劇與導演的劇場忽然間成為公共領域的焦點。當然，不會天天過新年：幾個禮拜後爭議慢慢淡去，圈子裡的人又回去圈子裡面，庇護所的大門關上了，歌劇的世界回歸日常，那些重要的討論又回來了：柏林這三間歌劇院到底要怎麼撐下去？沃爾夫岡・華格納（Wolfgang Wagner）在拜魯特音樂節（Bayreuth Festival）的接班人是誰？還有最重要的，我們真的該信任電影導演來執導歌劇嗎？

看看這兩次爭議事件截然不同的結局——巴黎與倫敦取消演出《穆罕默德》，《伊多曼尼歐》受到政治強力介入而在柏林繼續演出——由此可見劇場與公共領域的關係有了重大轉變。在世紀末的巴黎與倫敦，這兩地是殖民帝國的首都，而殖民地獨立的政治情境與敏感的宗教情緒，再加上劇場作為媒介的力量，意味著要演出一齣或將掀起風暴的劇場作品有著太大風險。而此認知正是來自公共領域的力量所傳遞的明確訊息。印度的聲音傳到君士坦丁堡、開羅、巴黎與倫敦，那邊的聲音又再傳回來。事實上，各種形式的公民社會都動員起來施壓。這個劇場也身處其中的跨國傳播交流網絡，其影響力足以觸及最高層級的政治決策。這樣一來，我們可以觀察到此轉譯過程如何運作，而這正是哈伯瑪斯主張讓宗教聲音參與公共領域的必要性。宗教聲音被聽見、被轉譯，也因此解除了可能的暴力危機。

　　一個世紀後，公共領域更為全球化。魯西迪作品或穆罕默德漫畫引發的爭議事件，充分顯示出近年來瀆神文字／圖像得以引發穆斯林群情激憤的影響力。《伊多曼尼歐》事件的政治回應幾乎徹底忽視了宗教意見，明明必須在政治、宗教、藝術三種公共領域間斡旋的轉譯過程，卻以盛大的慘敗作結。事實上除了媒體炒作外，演出本身根本沒得到任何回應，恰證明了歌劇幾乎從公共領域完全脫隊的某種悲哀。整個事件令人難過又感到諷刺的是，重新連結劇場與政治公共領域的其實是沒有演出的劇作，而演出本身根本做不到這件事。

第五章
寬容許可度與紛爭公開性

紛爭（scandal）[1]在定義上是公共議題，劇場也是極
佳的公共場合。
　　──希歐多爾・齊奧科斯基（Theodore Ziolkowski）[2]

在河畔希望劇院的觀眾或聽眾需受協議條款所規範
……以及《巴塞羅姆市集》的作者……各方並且同
意個人在此皆享有批評之自由意志，各人喜好將由
個人負責。
　　──班・強生（Ben Jonson）《巴塞羅姆市集》
　　　　　　　　　　（Bartholomew Fair, 1614）簡介[3]

　　從2006年《伊多曼尼歐》紛爭可見，在所謂「開放」社會中，受
憲法保障的寬容（tolerance）已建立起實質性，所有可能的公開述說
或展演都在其管治下。寬容度持續受到檢驗與論辯，則是開放社會之
動能不可或缺的一部分，且被視為啟蒙運動（Enlightenment）中言論
自由的最佳體現。不管爭論是關於「仇恨言論」（hate speech）、淫穢、

---

[1] 譯註：作者以scandal一字歸類文中所有鬧場、鬧事、騷動事件，中文慣常翻譯
作「醜聞」，然在中文語境中「醜聞」往往引發私德相關聯想，或將對本書探討
的公／私領域造成誤解，因此以「紛爭」取代之。

[2] Ziolkowski (2009), 12.

[3] Jonson (1966), 333.

褻瀆或毀謗，都是為了要強化上述基本原則。論辯（特別是關乎有爭
議性的議題時）於古於今都屬於公共領域的一部分，而公共領域正是
在爭議中展現其生命力。最顯而易見的，便是由階級、宗教與族裔分
界界定的和解位置（reconciling position）；這些分界都曾於不同時空
與脈絡中，產生看似永久不變的論述界線。今日，階級差異幾乎已被
甫浮現的宗教衝突所取代，這類因移民而引起的衝突特別存在於西方
基督教世界與穆斯林少數族群之間。常有人說後者有著不同程度的寬
容許可度，尤其是在他們的宗教信仰與符碼受到挑戰的情況下；也有
人說像這樣「不同的寬容許可」，對僑居地文化的既有規範造成了直
接威脅。

　　本章將探討劇場在檢測寬容許可度一事上（尤其是在劇場紛爭
〔theatre scandal〕或騷動事件時）扮演的角色。劇場紛爭與爭議代表
的，或許正是連結演出與公共領域最重要的接合點。紛爭始終是逾越
社會規範的具體象徵，也因此激發公眾極度情緒化、甚至是極為激烈
的反應，更往往導致某種形式的法律制裁。這類逾越行為或將破壞一
般劇場合約規定，即表演者與觀眾間就演出／票價這項交易所達成的
雙方合意規範。然合約上只有暗示，而非明文指出觀眾可以鼓掌、踏
腳或用噓聲表達讚許與否的權利。若觀者違反行之有年的默契規範，
以過大的聲量或舉動（在法律上）擾亂安寧時，這就是紛爭事件。每
一個紛爭在定義上都與劇場公共領域產生關係。受劇場合約規範的觀
眾決定毀約，且因此牽扯入其他的社會角色（social agent）：警方、
報紙、反對此演出／劇作的各利益團體。換句話說，劇場已不再安然
留守於訴諸劇場美學感受的黑盒子中。

　　本章第一部分將探討威瑪共和國（Weimar Public）時期紛爭與審
查的能量。這一時期所出現的劇場騷動，是歐洲劇場史無前例之多。

雖然威瑪共和國的憲法明言禁止審查制度，但依舊得以藉各種「維護公共安寧」措施之名，以達到審查之實。我將根據巴伐利亞邦檔案庫（Bavaria States Archives）存放的大批資料，特別是慕尼黑警察總署（Munich police department）的主要檔案，重新建構劇場紛爭與劇作／演出之公共論辯的能量。在威瑪年代極端對立的政治氣候下，有好幾個壓力團體（pressure group）佔據了劇場公共領域，向有關當局與劇場施壓，以阻止特定劇作或劇作家的作品演出。第二個例子則以當代劇作《論臉的概念，關於神子》（*On the Concept of the Face, Regarding the Son of God*, 2011）討論褻瀆一事。這齣由義大利導演羅密歐・卡士鐵路奇（Romeo Castellucci）與其劇團拉斐爾藝術合作社（Socìetas Raffaello Sanzio）創作的作品在法國與義大利引發激烈抗議，策動人士以天主教團體為主，但也偶見右翼與伊斯蘭主義者[4]參與其中。文中將討論「情感」（affect）之於公共領域的概念——此議題相當複雜，因情感通常不是被當作再現（representation）就是感受（reception）來處理（前者為狄德羅〔Diderot〕著名的「激情之矛盾」〔paradox of the passions〕理論；[5]後者則意指演員燃起個別觀者／群體觀眾激情的能力）。就哈伯瑪斯式公共領域的理解，理性攻防會帶來理性共識，而感性則顯然會是棘手（雖然有效）的對話者。同時，種族議題始終很能夠激起情感效應並產生政治動員。所謂的黑臉妝（black-facing）[6]演出，至今已幾

---

4 譯註：Islamist，以伊斯蘭作為政治訴求者。
5 譯註：此處應指狄德羅著名文章〈演員的矛盾〉（'Paradox of the Actor'），意指演員若倚靠情感，只會讓自己的表演變得不可靠；好演員雖能在舞台上表現情緒，自己卻不應該真正沉浸在這些情緒之中。
6 譯註：意指高加索演員將臉塗黑飾演黑人角色。早期這些角色多為充滿種族歧視的刻板人物，後期角色刻劃雖有所改善，但依然有著由強勢族群「詮釋／扮演」弱勢族群的問題存在。

乎在英語劇場圈銷聲匿跡，然依舊存在於德國。近期兩齣在柏林演出的劇作，雖有著截然不同的美學意圖與敏銳度，卻被反對德國劇場與媒體中種族歧視的壓力團體當作相關事件一併處理。

我們所說的「寬容」在劇場脈絡中究竟為何？寬容不是漠視不同的信念或作為，更不是對他者（the other）或其他者性（otherness）的正向評斷——這樣的寬容毫無意義。唯有當事方對他者信念或作為的拒斥是立基於經過理性地理解，且持續「不認同」的狀態時，這才是寬容。寬容當然需要克服偏見與公然歧視，但這並不表示就得要犧牲自身信念以偏袒其他團體，抑或不為所動。民主社會之所以需要定義並實踐寬容，正是因為（持續被維繫的）界線的存在。如我們所見，即使是當代德國、法國社會，都需要更細膩地處理這些概念的發展過程——對於寬容的期待，服膺於隨不同宗教界線產生的差別期待。當寬容的界線受到考驗，就產生了審查制度的可能性，即便自由民主政體往往不願接受。在後文討論的案例中，我將證明劇場自身就跨越了寬容的界線，且以頗為不同的方式中止了寬容據以成立的合意協定。無論人們是因此認為劇場「走在時代前面」（即前衛），抑或和他人格格不入，都是需要回到劇場公共領域脈絡來探討的問題。

威瑪紛爭：性、種族與法律

劇場審查一向是檢視劇場在社會與政治方面有多重要的指標。官僚審查在十九世紀歐洲達到鼎盛，那時的劇場比印刷文字受到更嚴格的預防／事先審查管控。審查員的存在，往往即傳達了劇場能夠喚起激情的普遍恐懼（正是自古有之的焦慮），原因是劇場傳播的集體性與個人私密的閱讀行為大不相同。劇場觀眾作為集體，正具有極佳潛

力造成政治騷動。

　　歐洲劇場審查另一常見型態在於階級敏感度。人們認為劇場比印刷文字更具威脅，十九世紀初期尤是如此，因當時識字率極低，意味著「下層階級」基本上並無機會接觸顛覆與煽動思想。但劇場不一樣，作為口語傳播且人人負擔得起的媒介，並不存在如此隔閡。這種階級意識自然為「合法」大眾劇場帶來了差別審查制度。二十世紀以前，劇場在全歐洲都已成為公共生活的主要對話場域（無論就宮廷、布爾喬亞或大眾通俗形式而言），其重要性自然不容小覷，這也讓劇場更該成為受規範與控制之對象。事實上自十九世紀起，劇場便越來越重要。這是因為當時取消了壟斷的執照制度，劇場管制逐漸放寬，自然也開始測試自身市場能量（各國程度或有不同）。劇場審查制度比報紙審查晚了好久才廢除，而後者對大多數國家來說，十九世紀中期就已經發生了。

　　所以劇場的問題到底是什麼呢？十九世紀劇場審查員基本上就是當時的劇場通學家（theatrologist）。[7]在麥克斯・赫爾曼（Max Herrmann）提出著名論點──區分印出來的戲劇（printed drama）與演出來的文本（performed text）──近一世紀前，法國司法部長尚─查爾・佩席爾（Jean-Charles Persil）在1835年便已說出了同仁心聲，主張重新實施劇場審查制度，儘管1830年頒布的法國憲法已將此令廢除。他認為後者保障的是透過印刷文字所傳遞的意見，因文字對象只不過是心智：「但當意見透過劇作演出、畫作展示而轉化為**行動**

---

[7]譯註：意指研究劇場與書寫、身體、心理─生理、社會學與歷史脈絡關係的人，與今日劇場學者身分類似，但為與英文theatre scholar作區別（專門研究劇場事件的學者），此處採用「劇場通學家」的譯法。

時，便將人們聚集，以群眾為對象，直接對著他們的眼睛說話。」[8]
在易受壯觀場面（spectacle）催化的群體聚集中，潛藏著政治行動的
當下動能。佩席爾明顯認知到劇場是種視覺媒介，而他提出再啟審查
制度的訴求，則與十九世紀上半葉媒體傳播方式改變、價格低廉的紙
本印刷廣為流通密切相關。[9]

　　歐洲自由民主社會無所不在的電影與媒體審查，證明了所有複雜
社會看來都需要一套審查媒體的制度，影響力無法估量的新媒體科技
更是如此。人類本性就是會想要在所有新舊媒體描繪或是觀看充滿
性、暴力、墮落與犯罪本質的場景，也因此需要採取管控措施以抵抗
這樣的傾向，因為此慾望實會在幾個層面影響寬容許可度。對某團體
來說是冒犯之舉的，可能會是其他人心目中的一晚好時光。我想要探
討的是，在社會、文化與宗教多元主義場景中，如何用不對等的方式
去維繫寬容許可度。審查制度的施行或抑制（反面說來），可讓我們
清楚看見開放社會的價值體系，特別是文化多元主義受到認可的差別
程度。

　　取消劇場審查制度所造成的效應，隨即盛大顯現於威瑪共和國
劇場圈的紛紛擾擾。1918年以前的德國劇場和其他大部分歐洲國家
一樣，都嚴格受到審查制度控制。[10]雖然當時德國並無一套統一制
度——蓋瑞・史達克（Gary Stark）形容為「四處拼湊的地方劇場審
查制度」——但依然相當有效地避免某些作品搬上舞台演出。[11]1890

---

[8]引用自 Goldstein (2009), 74.

[9]Meike Wagner（2012）提出類似論點，指出在1848年德國革命以前，審查制
　　度、公共領域與媒體科技改變相互交疊。

[10]關於十九世紀劇場審查制度詳細比較研究，請參考 Goldstein (2009).

[11]Stark (2009), 25.

年後，隨著法庭審理高度公開化，許多審查員的決定都被放大審視，審查制度整體、尤其是劇場審查制度，皆成為熱議話題，而讓這套機制承受越來越多壓力。換句話說，這套制度可以阻止特定作品演出，卻無法阻止審查員的工作成為大眾檢視的對象。1918年威廉二世政權（Wilhelmine）體系垮台，首先被取消的就是審查制度。宣布取消審查制度後，1919年又在威瑪憲法中進一步註明了相關事項施行法則，主要是電影與特定「猥褻」文學這兩個類別。

雖然從今日眼光回看，威瑪時代的劇場可說是孕育了知名劇作家如艾爾溫・皮斯卡托（Erwin Piscator）、貝托爾特・布萊希特（Bertolt Brecht）、庫特・懷爾（Kurt Weill），以及德國小酒館卡巴萊（cabaret）「墮落糜爛」的文化基地，但此時期的劇場也成為各種爭議、糾紛與肢體暴力的真戰場。就像尼爾・布萊克德（Neil Blackadder）形容的：「或許再也沒有任何國家的任何時期如威瑪時代般，在劇場與其他藝術領域見證了如此充沛的創作能量，以及如此層出不窮的劇場紛爭。」[12]

如布萊克德所述，劇場紛爭成了某種自成一格的表演類型，或也可說是「受辱觀眾的反表演（counter-performance）」。[13]布萊克德雖將劇場紛爭視為劇場活動的延伸，但本章將著眼於紛爭在公共領域引發的迴響。現有研究都聚焦於特定劇作與演出活動，而非整體現象在論述上的時延性（durationality）。[14]單單德語劇場在1918年後

---

[12] Blackadder (2003), 132.

[13] *Ibid.*, ix.

[14] 布萊克德覺得可惜的是，1945年後，德國劇場紛爭似乎大都未在劇院觀眾席內上演，而主要以媒介化（mediatized）形式在報紙上發生（其實也就是公共領域的意思）。見 Ziolkowski (2009)，主要參見第四章。

所爆發的紛爭事件數量，證明此事已成一種現象。人們不再將其視為單一事件討論，而是重複出現且幾可預測的觀者行為（spectatorial practice）。報章雜誌不斷地討論劇場紛爭的「問題」，從政治、美學與司法角度一一剖析。雖說劇場紛爭在定義上自有著脫離劇院限制、外溢至街頭或媒體頁面的潛力，然威瑪年間紛爭事件的廣度與複雜度在劇場史上或許仍相當少見。1918年廢除審查制度後，也打開了管制藝術創作、道德「淪喪」與政治對立（三者彼此制約牽引）的「水閘」。一切都靠紛爭這道穩定水流，讓威瑪共和國時期的劇場公共領域得以緊密連結於政治論辯的廣大公共領域。

　　威瑪共和國時期的紛爭文化，是因1919年8月正式通過的威瑪新憲法廢除審查制度而起，其中第118條如下：

> 每個德國人都在基本法保障內享有以話語、書寫、印刷、圖像
> 等各種形式表述自我意見的權利……不存在審查制度；電影
> 類別則將以法律另行規範。同樣為對抗無用之猥褻文學，也
> 為了保護青年族群，得對於公共展演採法律措施規範之。[15]

雖然已嚴格禁止審查制度，不過最後兩句話證明了廢止審查是有條件的。電影這項新出現的媒體已被視為威脅，加上為要保護青年族群，皆為「特殊措施」開了條路，此一措施也將產生重要影響。然而對劇場而言，過去在整個十九世紀至一戰結束之間實施的預先審查機制已不復存在。理論上，導演可把任何想做的戲都搬上舞台，而他們的確也付諸行動。積壓的遭禁演或審查未過的作品，其中不乏重要劇作家

---

[15] www.zum.de/psm/weimar/weimar_vve.php. 資料最後查考日期：2013年4月10日。

如弗蘭克・韋德金德（Frank Wedekind）與亞瑟・史尼茲勒（Arthur Schnitzler）之作，正等著在舞台上演。

　　紛爭在現代主義敘事中扮演重要角色，意味著打破規範、推陳出新，並朝著更複雜、更完美的藝術境界進化。這套敘事大致符合了正反論的辯證過程（既有規範—新作品挑戰既有規範）：與現狀衝突奮戰後，產生某種綜合體以建立新形式，最終並再度成為規範，直到整個過程又重來一遍。[16]然而要以劇場公共領域脈絡來分析紛爭，便不能採用這套充滿可預測性的敘事說法，因在美學形式上的挑釁與突破，根本不是威瑪共和國三不五時爆發的爭議事件之重點。在此時期，的確也有出自美學立場、針對特定作品演出的抗議行動，但都只佔了一小部分而已（現存文獻卻都聚焦於此）。審查制度忽然廢止，讓劇場因此成為公共論壇之戰場——在這個分裂的社會中，所有反映著階級之別、種族宗教差異與各種政治派別的緊張關係與歧見，都在此上演。威瑪劇場是一種「過渡劇場」（transitional theatre，如尼爾・布萊克德所述），重新定義自身作為公共論壇的功能。所有十九世紀歐洲的審查制度，都建立在政權對「劇場可以為集體行動提供場域」的恐懼。1830年，丹尼爾・奧伯（Daniel Auber）歌劇《波第其的啞女》（*La Muette de Portici*）於布魯塞爾皇家鑄幣局劇院（Théâtre de Munt）演出所引發的著名抗議事件，升高為十足的政治示威行動，最終更導致國王退位。這一連串事件根深柢固地烙印在統治者與審查員的集體記憶中。不過我要強調，威瑪時代劇場精心編排的紛爭事件（大部分都是精心編排），主要並非針對特定演出、作品或劇場本身，而是針對自這些演出和劇場產生的公共領域：劇場此時仍有重要

---

[16] 此形式最極端的表現見於未來主義之晚宴（serate futuriste），如Dennis Kennedy所述，是「為了公開宣傳而製造混亂」（2009, 56）。

的公共作用，正為政治角力提供了加乘空間。

　　後文提到的內容，大多統整於慕尼黑警察總署保存的劇場紛爭檔案資料。這批檔案不只記載了慕尼黑發生的真實騷動，還有全國各地的各種公共話題熱議。檔案收錄1919-1933年間約七十次紛爭事件，捲入超過六十齣戲，其中不乏敗德之作如《仲夏夜之夢》與弗蘭克・韋德金德（Frank Wedekind）的《露露》（*Lulu*）。不過這份清單實有不少漏網之魚，真實數字可能近百。大致上說來，大部分的紛爭事件都有著政治動機，即便表面理由看來都像是出自道德立場的義憤填膺。呼應著此時極端對立的政治情勢，我們可將政治紛爭分為右翼（通常專指反猶與種族主義動機）與左翼（通常指反軍國主義傾向）。

　　受宗教影響的抗議也不在少數，當教會組織被認為成了攻擊對象時尤為如此。天主教教會雖是大多數宗教紛爭事件的核心，但至少也有一例是由猶太公民發起，組織行動，抗議尤根・費林（Jürgen Fehling）在柏林普魯士國家劇院（Prussian State Theatre）演出十七世紀丹麥劇作家路維・郝爾拜（Ludvig Holberg）的喜劇《伊薩卡的尤里西斯》（*Ulysses of Ithaca*），因劇中恐出現諷刺可笑之猶太人形象。社會秩序受到撼動，正如既有道德與行為潛規範被認為遭受挑戰：意即以道德為名的抗議。新的類別——至少和1918年以前審查制度的標準相比——是以美學為依歸。如今抗議與紛爭可以是針對美學創新或迥異品味之氣憤，甚至單純因藝術水準不佳而心生厭惡。[17]有好幾次對演出品質感到的不滿甚至超越了過往非難的程度，而演變為全面騷動。

　　紛爭常是因多種因素結合而爆發，於是我們得以透過以上分類法

---

[17]在十九世紀巴黎，有一不光采的職業為劇院「暗樁」（claque），其作用是要維護創作傳統。每當傳統規範未被遵守時，劇院暗樁便準備發動紛爭事件。

與其類別而得到啟發。雖說紛爭與示威活動主要是由右翼立場所策劃，且在1920年代中期後成為納粹政黨最喜愛的武器，卻不代表它們專屬於右翼。慕尼黑警方檔案記載，在哈雷（Halle）的一齣童話劇演出（1921年2月）遭到一群小朋友抗議，他們因對演出不滿而要求退錢。此外，知名男高音理查・陶伯（Richard Tauber）演出前，宣布他將無法登台演唱，改由不那麼有名但嗓音相當宏亮的歌者上場，引發混亂場面，甚至導致演出取消。無論動機為何，紛爭事件必有一連串（社會學定義的）「行動者」牽涉其中，包括劇場創作者、報紙（劇評與評論人）、騷動背後的政治與宗教利益團體、警方與法庭，且時不時還有政治人物介入。

　　威瑪時期的劇場紛爭史通常以李奧波德・耶斯納（Leopold Jessner）執導演出席勒（Friedrich Schiller）作品《威廉・泰爾》（*Wilhelm Tell*）作為開端。這齣1919年12月12日首演於御林廣場劇院（Theater am Gendarmenmarkt）的劇作雖非是第一場紛爭事件，卻因前宮廷劇院（即此劇演出劇院）捲入其中，而成為最著名的案例。隔日，所有劇評都在評論中報導了當晚觀眾席發生的騷亂。保守派劇評保羅・費許特（Paul Fechter）詳述事件發生經過如下：

> 在開頭幾場戲後，鼓掌聲參雜了來自劇院上層的明顯噓聲。就算是第一次來劇場看戲的觀眾，恐怕都隱約察覺此處有戲發生，但我們也只能推測噓聲是與新製作有關。這個推測在接續事件發展中得到證實。[18]

---

[18] *Deutsche Allgemeine Zeitung* (13 Dec. 1919). 引自 Rühle (1967), 195。此處由本書作者從德文翻為英文。

費許特接著描述不同區的觀眾開始加入鼓譟，你一句我一句地大聲
嚷嚷，直到首席演員巴瑟曼（Bassermann）打斷台下喧鬧，並威脅要
停止演出。他的聲明引發更多騷動，某處傳來聲音問道：「這是自由
嗎？」[19]雖然所有評論對事件與現場緊繃氣氛的描述皆如出一轍，但
他們就事發原因卻各有說法。大致來說，劇評皆將此事件解讀為對演
出呈現的美學概念感到不滿而引發的激烈反應[20]。

　　此劇導演李奧波德・耶斯納方接受任命為新成立的普魯士國家劇
院（其前身為普魯士宮廷劇院）經理。劇院過去或多或少受到宮廷
直接掌控，使此劇院素以沉悶乏味、一成不變的歷史劇與經典劇作聞
名。此次演出雖是標準劇目，然而觀眾卻被大膽創新的設計與舞台概
念給嚇著了。觀眾期待的，可能是以幻視（illusionistic）場景呈現瑞
士阿爾卑斯山背景的國族主義戲劇（見圖八），但耶斯納在柏林的第
一個製作，就選用了高度象徵與抽象手法來詮釋。這齣戲並無任何寫
實背景，舞台由一個盒子組成，盒子內有好幾階台階向上通往高台。
每一階不同高度的台階都代表著各政治勢力，而台上表現主義風格的
燈光則呈現強烈光影明暗對比。服裝設計採色彩象徵主義樣式，而非
在歷史或民俗上講究。劇本結構也經修改，演出縮短，並刪去幾句煽
動國族情感的關鍵台詞。雖說像這樣的導演概念在德國劇場並不是什
麼新鮮事，但對普魯士國家劇院來說卻是前所未有。此作讓表現主義
的舞台風格進入主流劇場，也開啟了導演是否有權「摧殘」經典作品
這一路沒完沒了的喧擾爭辯（且持續至今）。此爭議事件主要因美學
考量而起，但抗議行為隱約也有反猶太因素牽扯其中，因導演耶斯納

---

[19] *Ibid.*

[20] 關於此劇作詳細分析，可參考Marx (2008), 97-106，文中以《威廉・泰爾》
二十世紀初演出系譜為大脈絡深究此劇。

圖八　《威廉・泰爾》，弗里德里希・席勒，柏林國家劇院（1919）。

正是猶太裔人士。在接下來十年間，像這樣的潛在含意將會越來越大聲，行為也越來越激烈。

　　無論是什麼原因導致抗議，評論人皆同意此事件就張力與意義而言，皆足以成為十足的「劇場紛爭」——此詞將在未來幾年不斷被定義與討論，並成為不可或缺的評論詞彙，開啟的相關實踐與討論也將伴隨威瑪時代劇場直到1933年。此紛爭事件針對的是作品演出而非劇本本身，範圍因此侷限於特定劇院地點，但不代表這就是（日後將習慣成自然的）劇場紛爭之常態。廢除審查制度後，一整串禁演劇目現在都等著要登台演出了。因1918年之前的審查制度通常限於演出而非出版，許多禁演作品都已透過紙本形式廣泛流通。

於法而言

　　警方是劇場紛爭事件中的重要行動者。憲法賦予警察維護法律與秩序以確保公共安寧的責任，然而層出不窮的紛爭事件嚴重挑戰警方對自身任務的自我認知與定義。在「以前」，也就是1918年之前，警方功能是要確保審查命令是否嚴格執行。更常見的情況是，警方總會出現在演出現場（Vorstellungspolizei）以預防騷動事件（類似今日足球賽）。[21] 警方在劇場之內或之外的管轄權有著明確法律定義：警察有責任維護公共安全與秩序。面對一再發生的示威與紛爭事件，警方則必須更清楚地界定是要為誰維護社會秩序。專業性質的《警察期刊》（*Polizeifachkunde*）一篇名為〈警察為人民公僕〉（'The Police as Manservant'）的文章觀察到，戲劇演出過程中的公共秩序不見得與

---

[21] 從法律觀點來看十九世紀劇場警察之功能，可參考Opet（1897）。

「管理階層所樂見的情況」一致，因此警方的責任絕不會是要「幫助管理階層取得勝利」。[22]

現在警察被要求防範嚴重騷動，據他們的觀點是因審查制度廢止所造成。報紙上刊登了許多篇文章，都對警察的這個新角色提出討論或批判。因為要求劇院警方介入示威以保障「舞台言論自由」的聲音出現，檯面上的爭論卻讓此風向逆轉，要不就是重新定義了其中的條件。[23]劇場演出雖享有憲法訂定之言論自由保障，卻受限於警方維護法律與秩序的責任；外部與內部（意即警界內部）的討論大都圍繞如何在這兩樣法律保障的利益間找到平衡。警界立場則採用「預防」措施作為解決方案，也就是在紛爭或將發生之際先行禁止演出。警方論點如下：就某些演出案例而言，若已預期示威將發生，而採取手段制止示威者恐怕引發更激烈之騷亂，不如事先預先防範，在還沒出現示威者時即禁止演出。平息紛爭事件需要花上極大力氣，且很有可能導致觀眾恐慌，造成婦女與小孩受傷。

威瑪共和國時期的劇場爭議事件另一特色是，針對特定劇作的抗議事件多試圖帶上法庭解決。此時期一再帶入法庭與法律程序來處理劇場逾矩行為的現象，大概是劇場史之最。原本設定來規範非劇場事件的法律，現在已運用在丟臭彈之利弊的表述上。判決多涉及兩大範圍：一方面是暴民起訴與否，另一方面則於法禁止演出。兩個程序都需要相當程度的法律斟酌與法理上的「想像力」，也因此成為報紙熱

---

[22] Polizeimajor Dr. jur. Mayer, 'Die Polizei als Hausknecht: Eine Antwort auf den Artikel "Publikum unter Polizeiaufsicht" aus der *Deutschen Allgemeinen Zeitung* vom 4.11.1920 Nr. 519'. 出自慕尼黑巴伐利亞邦檔案庫（Bavarian State Archives）剪報，慕尼黑警察總署4350，此後均簡稱PDM 4350。

[23] 'Die Theaterskandale', *Berliner Tagesblatt*, no. 66, 5 Feb.1920, n.p., PDM 4350.

切討論的題材。紛爭事件必然造成大眾熱烈討論劇場的本質與功能，特別是劇場如何作為宗教般的聖化空間；於是也拋出了一整串對法律制度無用、唯讓劇場學者充滿興趣的法律議題。舉例來說，示威觀眾的權利與限制為何？為何不藉器物輔助吹口哨是獲准的，但目的相同時，使用金屬物件發出聲音就不被允許？

　　威瑪共和國時期的許多法庭與法官都瞎了右眼，這是不必多言的德國歷史。[24]警方也是如此，對滋事者與其動機表示同情是常有的事。對法官來說，特別是那些兩眼視力不一的，真正的挑戰是如何在法律上為明顯出聲擾亂安寧的抗議者開脫。已得知有法律意見證明「觀眾面對『不值一文的下流劇作』時，有權凌駕法律規範」。[25]因為這類相關討論，而出現了要以正式合約規範劇場參與者行為舉止的提議。班‧強生（Ben Jonson）於其《巴塞羅姆市集》（*Bartholomew Fair*）序幕中，由代書角色公告的著名（諷刺）契約，准許每位買票觀眾與聽眾皆擁有「批評之自由意志」（然須符合座位票價），如今由赫伯特‧史達爾（Herbert Starer）在其博士論文中重新研擬，試圖針對現有劇場參與者合約（Theaterbesuchsvertrag）提出修正。[26]在這份新合約中，觀眾必須簽署聲明，以保證「絕不因演出內容而進行抗議，更不會因此擾亂演出進行。」[27]這一系列法學討論與公共論辯來到荒謬的最高點，從另個角度來看也可說是來到新低，開始爭論劇場

---

[24] 譯註：意指當時多對極端右翼人士睜一隻眼閉一隻眼。

[25] 案例可參考'Das Recht des Theaterpublikums auf Selbsthilfe', *Bayerische Staatszeitung*, no. 81, 9. April 1921, n.p. 此例抗議事件針對的是海因里西‧洛藤薩克（Heinrich Lautensacks）瀆神之作《牧師宅第裡的喜劇》（*Pfarrhauskomödie*），PDM 4350。

[26] 見 Opet (1897), 219：「劇場合約意指由劇院經理與另一方簽訂的合約，規範前者需提供後者演出，並取得一定金額作為交換。」

[27] Starer (1931), 9.

內的示威者是否於法應付入場費。這案例指的是有次竟有觀眾帶著臭
彈與橡膠警棍，從緊急出口非法闖入劇院；而他的辯詞是：他不是去
那裡看戲的，他是去示威的，所以不用付入場費。[28]

暴民最富想像力的舉動之一，是訴諸德國刑法第53條：自我防
衛的權利。我們可參考1924年德勒斯登（Dresden）演出左翼劇作家
恩斯特・托勒爾（Ernst Toller）作品《亨克曼》（*Hinkemann*）[29]，因
引發騷動而導致的後續法律判決與公共熱議，其中即涵蓋關於所謂
自我防衛策略之法學與公共討論。早在1924年，劇作家托勒爾便已
公開表明其左翼傾向，並以此聞名。托勒爾因參與1919年巴伐利亞
蘇維埃共和國（Bavarian Soviet Republic）而入獄，他的作品如《群眾
與人》（*Masse Mensch*）與《機器粉碎者》（*The Machine Breakers*），更
讓托勒爾成為表現主義政治戲劇最具代表性的領導人物之一。《亨克
曼》這部作品描述，跛腳且遭去勢的退役士兵在一戰結束後試著要找
工作。這位失去性器官的退役士兵，唯一能找到的有薪工作是在遊樂
場啃老鼠頭吸引觀眾——這個寓言故事對大多數觀眾來說實在是太過
了。托勒爾還在關鍵場景火上加油，讓遊樂場老闆大力讚賞這名新來
的表演者為「德國神奇小子」（German homunculus）[30]：「這就是德國
文化！這就是德國魂！這是德國的力量！」在另一場戲中，亨克曼夢
見他被許多一隻手、一隻腳的傷殘戰士圍繞。他們推著手搖風琴，[31]
彼此撞來撞去而引發肢體衝突。警察以軍事口號要這群殘疾人保持秩

---

[28] 'Die Stinkbombe als Freikarte', *Neue Freie Bühne*, 11 January 1924. PDM 4350.
[29] 譯註：德文原名Hinkemann同時有「跛腳殘疾人」之意。
[30] 譯註：此處用字homunculus應是指如煉金術般製造出來的小矮人。
[31] 譯註：Barrel organs，以旋轉手把操作的機械管風琴，可透過風箱供應空氣和
轉動固定的圓筒來運作。

序，於是他們唱著「打敗法國，迎向勝利」，踏步前進。[32]

德國輸掉這場戰爭已經夠慘了，如今以寓言故事將整個國家描繪為被閹割的動物虐待狂，激起極端反應自然也是預料之事。1924年1月某場演出進行中，有一群年輕人在跛腳場景站起來，並高聲唱著德國國歌。至於在秀場場景，一名被告吹起哨子。六個月後的一場審判，這位「吹哨者」被判擾亂安寧，其餘人士則無罪釋放。他們提出的正是德國刑法第53條：自我防衛的權利。法官解釋，無罪判決是因被告唱國歌或「任何愛國歌曲」為必要且合宜之自我防衛手段。然此理由並不適用於吹鑰匙圈上的哨子，使用噪音器材已明顯破壞了劇院尊嚴，被告已逾越自我防衛的許可範圍。這名在商店當夥計的被告則提出上訴，地方上訴法庭（Oberlandesgericht）也同意審理此上訴案。法庭不但依循了先前地方法庭對於自我防衛的解釋，同意其適用於榮耀與愛國主義等概念，同時也支持被告論點，認為他們必須採取**積極**自我防衛手段，以避免自身情感受到冒犯：

關於被告妨礙安寧與劇院尊嚴，並侵犯第三方無關者觀看演出不受干擾之權利一事，應就此特殊狀況為無可避免之事加以衡量。此外，不應預設立場，期待被告藉離開劇院等行為試圖打消自我防衛以抵抗攻擊之念頭；第53條保障的是人民積極防衛，而非消極反對或甚至走避之權利。[33]

這項判決隨即在法律界與報紙上引發熱烈爭議。此判決實際上給了抗

---

[32] Toler (1923), 16, 21.
[33] PDM 4350.

議者一項權利——只要聲稱自己需「積極」保衛自身情感不受冒犯，
就能干擾演出。1925年6月14日，一位侯薛爾律師（Dr. Hölscher）
在自由派的《法蘭克福匯報》（Frankfurt Zeitung）發表文章，細論此
判決。在這篇以〈劇場紛爭之權利〉（'The Right to Theatre Scandal'）
為題的文章中，侯薛爾博士剖析此判決，並特別提出兩個重點：所謂
「攻擊」之概念為何，以及合理且獲允許的防衛範圍為何：

> 攻擊事件只會在受攻擊者不願受攻擊時發生。「當事人自願
> 承受的不叫傷害。」（Volenti non fit induria.）造訪妓院的人
> 發現自己身邊被妓女圍繞時，並無權聲稱自己的恥辱感與榮
> 譽心遭受違法侵犯。參加共產黨集會的與會者知道他不會聽
> 見頌讚興登堡將軍（Hindenburg）[34]之歌；而去參加天主教
> 禮拜的自然不會期待出現獻給路德的禱詞。[35]

侯薛爾律師繼續提到，案件中選用的防衛形式也是非法的，因觀眾還
有其他合法方式可表達他對演出之不滿：「劇場演出、集會或禮拜都
是公共活動，任何個人都無權在此阻礙其他人參與活動，就算此人自
認自己的合法權利已遭受危害也是如此。」[36]
　　藉著連結劇場與教會在本質與空間上的公共性，侯薛爾律師在此
立論所提到的，是常被討論的劇場觀眾席空間慣例相關議題。早在

---

[34] 譯註：一戰時德國將軍，1925年任德國總統。順帶一提，他在1933年任命希
特勒為內閣總理。
[35] Dr. Hölscher, 'Das Recht auf Theaterskandal', Frankfurter Zeitung, 17 June 1925, no.
435. PDM 4350.
[36] Ibid.

1920年、慕尼黑劇院常見激烈抗議事件爆發時，便有藝術史學家赫爾曼·艾斯溫（Hermann Esswein，因作為首位認真研究羅特列克[37]之學者而聞名）在事件激發下，為《慕尼黑人民舞台》（*Münchner Volksbühne*，社會民主派大眾劇場運動〔Volksbühnebewegung〕陣營雜誌）撰寫一篇論劇場紛爭的重磅之作。艾斯溫文中呈現了德國中產知識份子觀眾的主流觀點，認為劇場如宗教般重要：

> 對我們而言，劇場是社交藝文圈風雅之士的神聖殿堂，上演著深刻、崇高、甚至是神聖的劇碼。舞台為我們揭露的，是人神之間最深層的內在交流……劇場當然不會是廟宇或教堂，但卻十分類似，對今日許多並無宗教信仰但有著熱忱理想的人們來說，劇場是啟迪之處、神聖之所。也因此，當我們以嚴肅心態走進劇場，向崇高精神境界前進時，我們的行為舉止起碼也要如信徒來到教堂參加禮拜一樣合宜。[38]

艾斯溫將劇場經驗典型地神聖化的觀點訴諸於蔚為主流的美學感知架構，並在這架構上讓劇場被重新定義。從宮廷演出到凌亂不受控的社會集會，在一次世界大戰結束前，那些受過教育的、大都已世俗化（如艾斯溫所說的「有著熱忱理想」）的中產階級，已將進劇場看戲的經驗重新化為高強度的思考融會。在威廉二世政權嚴行審查制度的推波助瀾下，劇場的政治與社會作用大幅消失，轉而聚焦於其美學

---

[37] 譯註：Henri de Toulouse-Lautrec（1841-1901），有「蒙馬特之魂」之稱，作品多為描繪蒙馬特一代女伶、舞者的後印象派畫家。

[38] Hermann Esswein, 'Theaterskandale', *Münchener Volksbühne*, no. 5, Jan. 1920, 34–6. PDM 4350.

體驗。的確，藝術與宗教之間連結早在現代主義出現以前便已存在，更可說是德國唯心主義與浪漫主義在知識上的產物。所謂現代美學體驗，事實上就是世俗化的宗教體驗。

安靜地沉思在舞台神聖空間上演的崇高場面，自然成了新的政治劇場路線（以布萊希特與皮斯卡托為例）與來自觀眾席直接政治干預的明顯對比。威瑪時代劇場紛爭事件造成的苦果，在美學封閉與政治／社會分裂兩者之間的普遍衝突與對立下，更顯惡化。後者當然是威瑪共和國的著名特色。這個民主國家建立的根據，是有史以來最自由的憲法，保障了近乎完全不受審查的自由，也讓德國境內藝術家得以在此進行各種創作實驗，享有未曾有過的藝術自由。這類自由使得過往由審查制度當局所維繫之既有制衡關係，如今陷入了高度不穩定的狀態。以劇場為例，各種控管形式既已瓦解，則在某些公共領域產生極端反應，讓機制本身也成為受攻擊的對象。若我們將機制定義為社會為了組織社會共存（social coexistence）狀態之必要限制與規範，那麼機制本身極為重要的組成元素——規範之共識——便已崩解。面對如此真空狀態，劇作家、導演與劇院經理趁機投入於其藝術目的，卻忽略了他們置身其中的機制（既在機制中工作也管理著機制本身）所具有的社會與集體面向。我們可以說，早期藝術與道德挑釁混雜而引發的紛爭事件，是對審查廢除後造成機制崩解的合理回應。

沒有了審查制度，又將如何掌控劇場呢？從審查員的角度來看，我們會發現其中一種極端是抗議者越來越有組織，特別是當納粹黨參與規劃的情況下。他們獲得來自法院與警方的多方支持。夾在其中的公共領域，如大量報紙討論所顯示，承擔起機制規範的角色。劇場與生俱來的社會性與集體性，使其在藝術創新方面，成了比美術與文學更麻煩的案例。在政府當局與公眾眼中，劇場依然保有自身作為公共

集會，且可能實際促成政治騷動的重要性。像這樣的現象當然在1920
年代已有變化，當時大型集會儼然為政治傳播創造了全新的場域與面
向（無論就空間或意義上而言）。儘管如此，在舞台上呈現「敗德」
場面、瀆神符號或不愛國情感，也嚴重挑戰了此新成立共和國裡的基
本元素：國族主義、社會主義、反猶主義、天主教、性（sexuality）、
墮胎權，以上種種議題與團體都是紛爭的素材，而紛爭也成了公共論
辯另一種借代名稱與形式。這也難怪大多數右翼團體立即要求恢復審
查制度。1933年新上任的內閣總理阿道夫・希特勒（Adolf Hitler）回
應了這項訴求。

　　威瑪共和國時期的劇場紛爭，儘管其高頻率與高強度是劇場史
少見，仍清楚展現了劇場與公共領域的能量。這類事件如此頻繁發
生，凸顯了組成公共領域的不同社會角色。我們可以看見劇場不只是
由觀演關係所組成而已。我們也看見，紛爭事件讓劇場的機制要素變
得清晰可見。威瑪憲法取消審查制度，讓1918年前維繫的平衡狀態
（雖仍時有衝突）遭破壞而瓦解。雙方合意之「劇場合約」被中止，
導致的結果是劇場不再單純涉及觀者與演出者而已，還扯上了警方、
法庭、報紙與政治人物。事實上，這更接近於外在干預而非傳統模式
的審查制度。突然間，法庭召開，並召來律師定義劇場合約真正涵蓋
項目為何，以及劇場觀眾是否有權在面對意識形態或道德層面的侮
辱時採取自我防衛舉動。雖然美學議題也牽扯其中——導演與戲劇構
作（dramaturg）新獲得的自由——政治與道德爭論依然是對立之主
因。紛爭雖總是起於劇院觀眾席，長期影響場域卻在劇場之外：在報
紙、在法庭，甚至在議會。正是行動者與社會角色之加乘作用，讓劇
場紛爭能以如此豐富面相幫助我們探究劇場與公共領域間的關係。當
寬容之界線不斷實質地遭受侵犯，劇場公共領域因而開啟，推翻過往

未說出口的合約潛規範，並將劇場置於公眾焦點中心。

促情之公共領域與藝瀆之政治

　　若有國家在規範公領域的責任上自廢武功，那麼公眾自己便（可能）會把如此責任承擔起來。當然「公眾」作為一個整體，其存在也只不過是某種呼告式的修辭人格而已。事實上，依據麥可・華納與大多數公共領域學者論點，我們處理的是多個小範圍公共領域，有些占據主流位置，有些則屬次要，然都需要彼此競爭，以得到媒體再現之關注與機會。接下來的例子將檢視在當前西歐局勢下，公共領域如何為特定團體（較模糊的說法是「關切此事之公民」）所用，向劇場施壓要求禁止演出或調整某些表現方式。這在歐洲雖不常見——也因此驗證了我提出的「劇場在廣大公共領域其實沒有什麼影響力」的理論——卻也發生過幾次，因而讓我們透過這些案例來探討是什麼樣的議題與情勢得以導致抗議，藉此深究一個社會的迫切議題與（老派的說法是）道德脈動。觀察近期紛爭事件與審查論辯，我們可得到初步結論，發現有兩個議題始終是高度敏感且極易醞釀騷動的：[39]其一是藝瀆，特別是牽扯到基督教象徵時；另一則是種族。[40]

---

[39] 另一個議題則是（在大多數憲法隱約觸及的範圍內）動物生命「尊嚴不可受到侵犯」。這個議題可藉由馬汀・庫賽吉（Martin Kušej）同於2011年在巴伐利亞國家歌劇院（Bazarian State Opera）執導德佛札克歌劇《露莎卡》（*Rusalka*）時，引發的無／未雨綢繆之紛爭事件深入探討。導演原先構想是在舞台上放一隻經內臟取出處理的（死）鹿，然因公開抗議而不得不立刻取消此作法。

[40] 針對藝瀆事件與歐洲內部穆斯林敏感情緒之分析，請參考本書第四章論及2006年《伊多曼尼歐》紛爭事件。

　　要是我們用情感促動（affective arousal）來度量社會的道德脈搏，那麼過往視為理所當然的類別如猥褻，似乎不再是引發爭議或紛爭事件的保證。2011年一齣日本藝術節的製作《夢之堡》（*Castle of Dreams*）來到慕尼黑玩藝藝術節（SPIELART festival）演出。看著台上出現長時間的性交場面（還有其他各式各樣的性行為），我在我看的那場演出過程中唯一聽見的抗議是「喔，怎麼又來了」——這時已接近演出尾聲，台上演員看來正準備再繼續一場百無聊賴的交媾。[41] 雖因性交場景有時看來十分真實，不像在演戲（端看演員當日狀況而定），而出現不少竊竊私語，然這幾場演出都並未引發任何公開抗議。

　　藝術節觀眾當然會是封閉的劇場公共領域中更明顯的可見形式，這種封閉的劇場公共領域會吸引特定一批想探索美學、或許對道德無感的觀者。其中一則劇評大致指出（狹義的）劇場公共領域如何吸納抗議：

> 多虧了**形式一致性**（formal consistency），才讓觀眾得以體驗絕妙驚喜之感受；此「絕」非與中產階級產生距離而心生嚮往的噁心厭惡，而是「絕」在那存在於台上行動中未曾想見的烏托邦揣想。[42]

在這道德宇宙中，形式一致性抵銷了舞台上再現的性畫面可能尚存的殘餘促情反應。

---

[41] 2006年首演於日本，主創與導演三浦大輔因此作獲得多個導演獎項。

[42] Kai Krösche, 'Und träumen mit ihnen'. 線上訪談，刊登於 www.nachtkritik.de, 1 June 2011. 引文由本書作者從德文翻為英文，粗黑也為作者另加。

同一個藝術節中，還有另一場演出引發了情節較為輕微的抗議行為。在慕尼黑室內劇院（Munich Kammerspiele）兩場羅密歐・卡士鐵路奇《論臉的概念，關於神子》（*On the Concept of the Face, Regarding the Son of God*）演出外頭，有一群靜默的天主教團體在入口處徘徊，並發放抗議這場演出的傳單。現場多有擔憂是否將引發更激烈的行動，因早在一個月前、此劇於巴黎演出時，就伴隨著為期一週的激烈抗議衝突。

2011年10月20日晚，《論臉的概念，關於神子》巴黎首演夜，九名示威者闖進了巴黎市立劇院（Théâtre de la ville de Paris）的主舞台，拉開寫著「基督教恐懼症（Christianophobia）真是夠了！」的布條。舞台工作人員試圖清場，雙方爆發肢體衝突，直到二十分鐘後警方接到通報抵達現場，才將示威者帶開。事實上，在演出前已有另外一組人馬把自己綁在門上，試圖阻止觀眾走入劇院，他們還丟出催淚瓦斯與臭彈，並發放傳單，指控這是一齣「基督教恐懼症」的演出。在這些抗議者的心目中，此劇不但犯下嚴重褻瀆情節，且明顯攻擊了基督教信仰最重要的核心聖像，也就是基督本人。剛好現場觀眾席中有幾台數位相機捕捉到抗議畫面，影像很快便上傳到由其中一個抗議團體所經營的網站。[43]

這部作品本身可分為三段。第一段：殷勤的兒子一身昂貴西裝，正在照顧年邁且大小便失禁的父親。父親一直弄髒尿布，而兒子則是一邊急著去上班，一邊在觀眾面前毫不遮掩地幫父親換尿布。觀眾不只看見老人赤裸的屁股而已，還暴露在那止不住的腹瀉所產生的

---

[43] 見 www.youtube.com/watch?v=EuPCF238ejI。影片上傳者為國族主義團體「法蘭西復興」（Renouveau Français）（影片資料取得日為2003年11月4日）。

氣味感受之中。舞台場景為潔白如診所的豪華公寓，上舞台處以安東內羅‧達‧梅希納（Antonello da Messina）十五世紀畫作〈救世主〉（Salvator Mundi）一整面巨大圖像為背景，俯視著舞台與觀眾席。父親拉了幾次肚子後，絕望的兒子把病父留在一旁，朝著圖像走去，輕輕撫摸並親吻畫中人的嘴唇，而床上老人則坐在一團髒的尿布上哭泣。第二段：一群孩子揹著背包走進，開始拿手榴彈與石頭朝著畫丟擲（見圖九）。他們離場，老人拿起茶罐，把裡面的棕色液體倒在身上，清了清身後在白色地板上的東西後，以對角線方向朝著上舞台走去。最後一段：只留下觀眾盯著那張基督的臉，而基督的眼睛也盯著觀眾。圖像開始顫抖，像是抵擋著來自後方的逼壓，接著開始崩裂，黏稠的暗色泥漿湧出，滲到地上。這時出現一行漸漸明顯的字，是《詩篇》（Psalms）著名的一句話「主是我的牧羊人」，但我們可聽見那一聲模糊的「（不）」穿插在話語中。

2011年10月20日那晚的衝台鬧場事件只不過是序幕而已。接下來開啟了為期十天的激烈示威，後遭逮捕人士共二十二名，局勢更演變成大規模公眾論辯，不少重要教會人士皆捲入其中，之中也不乏公開捍衛劇場、作品與（最重要的）創作自由的聲音出現。二十二名被逮捕者中有十五名被控以法國刑法第四三一條「阻礙言論自由」之罪——依法國法律規定，此乃刑事罪行，最高可處一年徒刑與／或一萬五千歐元罰金。若有發生暴力行為，則最高可處三年徒刑與四萬五千歐元罰金。

這場衝台鬧場事件，彰顯了法國抗議傳統的最佳表現，毫無疑問地伴隨著高度情感促動。此例可讓我們看見爭競主義如何起了作用，雖絕非是香陶‧穆芙倡議的政治觀點，卻依然符合了她的分析：「要是沒有機制管道讓『對抗』（antagonism）透過爭競途徑表達，很容

圖九　羅密歐‧卡士鐵路奇與拉斐爾藝術合作社，《論臉的概念，關於神子》
（2011）。

易便會爆發暴力事件。」[44]讓我們再更進一步看此處有幾種不同的情感表述起了作用。不管展現的情感是真的還是編演的,這都不重要,真正的關鍵是他們以如此暴烈手法作為宣告,以便凸顯這場貨真價實的政治宣傳。我的重點會聚焦於探討由虛構演出再現、探究的情感(affect)／情緒(emotion),以及由公共領域再現、展現出的情感／情緒之相互關聯。

就讓我們從演出本身如何呈現情感與情緒開始吧。激情(passion)的傳統理論如十八世紀表演理論所述,依循的是古典修辭學以反饋迴圈(feedback loop)來看待情緒(激情或情感)產出與體驗的傳統,如賀拉斯格言所謂的 si vis me flere dolendum est primum ipsi tibi(「若你想要感動我哭,那你要先感動你自己」,又或者是更簡單的「要感動你的觀眾,你要先讓自己被感動」)。[45]亞里斯多德(Aristotle)與西賽羅(Cicero)也有著類似看法,認為情感是經由心靈(spirit)輸送,從演員身上來到觀者身上,藉此「感染」(infect)接收者。[46]

我們或許可從康德(Kant)在《道德形上學》(*The Metaphysics of Morals*)書中對感覺(feeling)、情感(affect)與激情(passion)這三個詞的定義開始。在此書第十六章〈要實現美德首先要能控制自己〉('To Attain Virtue One Must First Gain Control of Oneself')中,康德在廣義的感覺(Gemütsbewegungen)下,又區分了主要出於肉體而難以控制的情感(在其道德宇宙中是幼稚且軟弱的),與涉及某種程度之刻意製造(conscious manufacture)的激情。雖說我們往往無法控制憤與怒之**情感**,但我們的確能透過適恰程度之道德美德,避免情

[44] Mouffe (2013), 122.
[45] Horace, *Ars Poetica*. V. 102.
[46] Roach (1993), 27.

感轉變為恨之**激情**。激情因此是服從於有意識的映照下，在原則上是可反轉的。

有些（在此強調「有些」）當代理論建構也就情感與情緒提出區分，但大都略去了已然過時且帶著點道德意味的激情類別。美國心理學家希爾文・湯姆金斯（Silvan Tomkins）列出了九種基本情感，包括羞愧（shame）、興味（interest）、驚喜（surprise）、快樂（joy）、憤怒（anger）、恐懼（fear）、苦惱（distress）與厭惡（disgust），成為情感與情緒分類學上具爭議的參照座標。此外他將羞愧與厭惡獨立於其他七種之外，認為這兩項為建造「界線或隔閡」的情感。[47]湯姆金斯特別把重點放在對臭味（dismell）的厭惡上，認為這是演化晚期之症狀。但情感並非藉文化習得，而是基因預先設定的。

在這樣一齣以高度寫實（hyper-realistic）細節呈現腸道運動與排泄物之視覺與嗅覺層面的演出中，我們可以說某方面而言，觀眾的反應（特別是對味道）會是某種厭惡，還有可能是羞愧。而從戲中劇情方面來看，羞愧的確是主要情感，如老人對自身無法控制身體機能而表示出明顯羞愧。最後的台詞出自父親之口：「對不起，是我對不起，是我對不起……原諒我……原諒我……原諒我。」[48]卡士鐵路奇在視覺之外又運用了「嗅覺效果」，的確是在觀者們身上強加了情感反應。

情感在再現（representational）與體驗（experiential）上的分別十分重要。小孩拿著手榴彈攻擊畫作的場景，相當明確地表現了憤怒，但在缺乏任何脈絡化與合理化的情況下，很容易只是沒有情感動

---

[47] Gorton (2007), 335.
[48]〈論臉的概念，關於神子〉（未發表的稿件, n.p.）。

機的恣意破壞行為。觀眾在此勢必得開始為我們所稱的「情感行動」
（acts of affects）歸納意義。雖然我們發現了劇情場景再現的情感，
卻不見將觀眾帶入「如果要我哭」（si vis me flere）之反饋迴圈的企
圖。相反的，在再現的情感與體驗的情感之間出現明顯斷裂：台上是
羞愧與憤怒，而台下是無法控制的厭惡。某位部落客觀眾／自由接案
記者、且為《衛報》寫劇評的馬特・楚門（Matt Trueman），列出了
演出過程中產生的不同情緒，並形容為「屬於我們未來的圖像——真
實的恐懼（與厭惡相對，恐懼是關乎未來的）」。厭惡作為確切存在的
情感，其立即引發的身體影響卻被更令人不安（且需要更複雜的認知
活動）的恐懼情緒所取代。[49]

　　在此劇的評論回應中常見諸如「深感不安」之類的句子，正暗示
了此情感促動之內化過程。順著精神分析模式，身為觀眾的我們已
被訓練要將困擾往內心裡帶，藉此讓個人與集體情感達到微妙的平衡
狀態。在《論臉的概念，關於神子》中，腸道運動的私密性伴隨著子
女孝愛這需要經由外化顯現的劇場情緒，或許正是內化與私人化過程
的極端表現。如卡士鐵路奇在一次訪問中表示：「屎就是一種愛的表
現。」[50]

　　在演出過程中，觀者凝視之軌跡自專注於失禁排便老人與一身亞
曼尼西裝、在旁細心照料的兒子此高度寫實模式中，以同樣的專注度
轉至基督臉龐，以其為沉思對象：我們看著祂，祂看著我們。[51]當孩

---

[49] http://carouseloffantasies.blogspot.de/2011/04/review-on-concept-of-face-spill.html.

[50] John O'Mahony, 'Romeo Castellucci: Christ ... what is that smell?' (www.guardian.
co.uk/stage/ 2011/apr/19/romeo-castellucci-concept-face-son, retrieved 3 April
2012).

[51] 譯註：此處的「祂」，原文是用非人的 it。

子們來到台上，開始對畫作丟擲石頭與手榴彈，我們的感知再次移轉進入隱喻模式，試著為此行動找出意義。此刻，觀者的宗教信念（若有的話）或將啟動，在觀眾間創造具高度差異性的反應。隨著圖像承受著各式各樣惡待，此凝視的分岔始終持續，直至那暗黑色的液體開始往下滲出，伴隨著詩篇之語投影在舞台上。

　　對畫作丟石、褻汙畫作的舉動，當然引發了各種極度不同的觀眾反應，如從符號學式的好奇（這是什麼意思？），到看見基督教信仰核心的聖像受到褻瀆與反聖像這雙重破壞而油然而生的憤怒。然而我們不能只用信仰尺度來衡量觀眾反應的範圍。具成熟神學思考的基督徒可能會在褻瀆行為中看見堅信，如某位天主教神父在慕尼黑室內劇院演後座談中提到的「禱告的另一面」。[52]從詮釋角度來看（大腦認知，而非肺腑情感），卡士鐵路奇真正在意的，似乎不是有意識地去創造褻瀆圖像或誘發憤怒情緒，而是往極限去探究神學重要圖像主題「看啊這個人」（ecce homo）[53]就人性（而非神性）苦難而言的現代意義，以及在神、神子與人之間的複雜仿擬關係。雖然神以自己的形象創造第一個人（《創世記》1章26節），但《出埃及記》20章4節中的第四誡明確禁止為自己雕刻偶像，也不可創造形象模仿上天、下地和水中之物，而這條戒令是基督徒（特別是天主教徒）明顯刻意忽略的。破壞聖像（iconoclasm）的歷史告訴我們，以宗教為動機的製像行為可以持續引起極端反應：無論我們說的是新教在宗教改革時有組織地破壞教

---

[52] 卡士鐵路奇、約爾格・馮・布林肯（Jörg von Brincken）與神父萊納・赫普勒（Rainer Helper）三人對談，2011年10月25日。

[53] 譯註：拉丁文ecce homo出自新約聖經《約翰福音》第19章第5節，是羅馬總督彼拉多審判完耶穌後，要眾人看著頭戴荊棘冠冕的耶穌時所說的話，後來成為基督教繪畫重要主題。

堂藝術，或是近期穆罕默德漫畫被視為宗教褻瀆而引發120人死亡，都可以看見凡被認為是褻瀆的，永遠會是待引燃之火藥箱。

　　就上述觀察，要撼動經驗老道的劇場觀眾並不容易。在台上再現極端暴力行為或明目張膽的性行為，都極少會引發紛爭事件——除非動物成了暴力行為的對象。不意外地，所有評論皆聚焦於台上對於排泄行為的極端呈現，特別是其與宗教圖像之交疊。在今日西方社會，情感裂縫是沿著宗教敏感性而非道德義憤而開展。在一份公開聲明中，卡士鐵路奇強調：「老父親的排泄物只不過是人類殉道作為最終與真實景況的象徵。」[54] 用「殉道」（martyrdom）這個字來形容身體退化且需他人照料的遲暮狀態，只可能從在老人後方看著他與我們的耶穌得到合理解釋。此處之醫學案例於是被神學意義所充滿。這件事本身尚不會令人不安，或許只是對糞便畫面與氣味的身體反應在直接體感上讓我們覺得噁心。這都是可以在內部劇場領域的倫理宇宙（ethical universe）中處理的。問題在於最後一個畫面，深黑色液體開始從畫作中流瀉而下。就是在這一刻打開了劇場的封閉世界，將其推往屬於政治與宗教論辯的公共領域。

　　巴黎抗議事件不是此作首次引發爭議。早在2011年7月亞維儂演出後沒多久，就已有反對活動出現。在此之前，此作已在幾個歐洲城市演出，並未出現什麼抱怨。2011年9月5日，某邊緣天主教團體「公民組織」（Institut Civitas）在網路上發起請願，抗議《論臉的概念，關於神子》與另齣西班牙劇作《各各他野餐》（Gogotha Picture）。[55] 此請

---

54 Marion Cocquet, 'A qui déplaît le "visage du fils de Dieu"?' (www.lepoint.fr/culture/a-qui-deplait-le-visage-du-fils-de-dieu-24-10-2011-1388636_3.php. 資料最後查考日期：2013年11月3日），由本書作者從法文翻為英文。
55 譯註：各各他又名骷髏地，為聖經記載耶穌被釘上十字架之處。

願以「捍衛基督」（Défendons le Christ）為名，列出預計演出此兩作品的劇院清單與聯絡方式，要求基督徒們站出來，對這些劇院發出抗議，且（對法國來說）很難得地還提供了英文版本：

> 我得知你們劇院計畫演出作品（《各各他野餐》或《論臉的概念，關於神子》）內含有肆無忌憚的反基督教內容，此事引發我最深切的憤怒。所謂藝術創作的言論自由並不代表想做什麼都可以。要是今天是一齣反猶太或是反伊斯蘭的作品，你們根本不可能排入節目。難道基督徒在法國已成為次等公民了嗎？我和許多基督徒一樣，都無法再保持冷漠，任憑基督在你們的舞台上受到輕慢羞辱。有鑑於此，我強烈要求你們馬上取消此劇演出。[56]

此網站可以連結到「法國青年公民」（France Jeunesse Civitas），他們自稱為「公民組織」的衛星單位，以及天主教政治青年運動，也可以說是「公民組織」青年軍，如其母單位般公開投入軍事行動，為的是恢復「主耶穌基督（NSJC）在祖國的社會與政治統治」。[57]

　　前述請願網站詳細列出了此兩齣劇作含有的褻瀆元素。提到《論臉的概念，關於神子》處，除了描繪情節推演外，更特別強調小朋友在攻擊基督畫像時「拿著真正的手榴彈讓場面更為真實」，直接破壞畫作本身，讓畫作變成「讓人想到的不是血而是前一景之穢物的暗沉

---

[56] www.defendonslecrucifix.org. 資料最後查考日期：2012年4月3日，此網站現已不存在。

[57] www.francejeunessecivitas.com. 資料最後查考日期：2012年4月3日。目前活動重心在反對法國近日針對同婚合法化並准許領養小孩之修法。

紅色」。[58]此請願實際上提供了初步的表演文本分析,以血的符號學
意涵為強調重點。

　　大概是為了回應對聖像褻瀆畫面如此明確的描繪與分析,2011年
10月22日(即舞台暴動事件後兩日),卡士鐵路奇也在巴黎市立劇院
的網站公開發表聲明,嗆聲表示他會「寬恕」這些抗議者,「因為他
們所做的,他們不曉得」。[59]他特別強調的是基督凝視的力量,在凝
視中深切地審問每一名觀者:

> 真正令人不安、徹底揭露一切的,不是那明顯人造、用來表
> 示排泄穢物的深棕色,而是圖像的凝視本身。同時──我必
> 須清楚地指出──所謂演出中讓基督的臉被排泄物玷汙的說
> 法完全不是真的。有來看戲的人就會知道最後那道黑墨如遮
> 罩般從畫作流洩而下,就像是黑盾一樣。[60]

卡士鐵路奇為自己的作品提出了另一種符號學意義,將咖啡色排泄物
與最後一幕的「黑墨色」做出區隔,以回應天主教激進份子的說詞。
不得不說的是,這說法確實有點矯情,畢竟劇場基本符號學就告訴我
們觀眾會在顏色之間建立類比與聯繫,我們實在很難在認知上不將老
人尿布上的咖啡色物質與基督畫像被染上的顏色畫上等號。

　　就符號學來說,「公民組織」以汙穢來解讀此畫面,應該相當合

---

58 www.defendonslecrucifix.org. 資料最後查考日期:2012年4月3日。
59 譯註:出自新約《路加福音》23章34節,在十字架上的耶穌向父神禱告,請
　　求寬恕對他施暴的人。此為中文和合本翻譯。
60 引自 'Romeo Castellucci: adresse aux agresseurs'(http://blog.lefigaro.fr/theatre/2011/10/
　　romeocastellucci-adresse-aux.html. 資料最後查考日期:2012年4月3日)。

理。最後一場戲由一層黑色吞沒基督之臉，雖對卡士鐵路奇來說帶有別種意涵，但那純粹屬於他個人私密的藝術創作宇宙。《論臉的概念，關於神子》本是雙劇作的其中一個作品，另一個作品則是自霍桑（Nathaniel Hawthorne）未完成的短篇故事《教士的黑面紗》（*The Minister's Black Veil*）發想改編，但2011年4月在比利時首演後，卡士鐵路奇便撤回此劇演出。在德辛格劇院（De Singel）的演出劇照中，我們可看見達‧梅希納畫作〈救世主〉被某種黑色物質吞沒的相同畫面。雖然卡士鐵路奇個人對此畫面的解讀，無論在視覺或概念上都具合理一致性，作品的真實意義依然存在於觀看者的心裡，這正是現代主義美學不變的道理，此概念在《論臉的概念，關於神子》一例中更是一再回歸且糾纏著作品。

　　但這些戰力十足的劇場符號學家又是誰？巴黎抗議事件與其2012年在義大利的延續行動，讓一群激進天主教與極右派團體間的網絡浮上檯面。他們逮住機會，利用卡士鐵路奇的作品來進行自身政治訴求（雖各有不同，但總在策略上有所交集）。根據《費加洛報》（*Le Figaro*）報導，有多個團體加入在巴黎的抗議行動。在〈示威者之中的各色激進份子〉（'Parmi les manifestants, des radicaux de toutes confessions'）這篇文章中，克里斯多福‧寇納汶（Chrostophe Cornevin）提出觀察，認為還有其他非以熱衷基督教價值聞名的激進團體，[61] 在天主教團體「覺醒」後才出現。原先事件是因天主教「公民組織」與法國行動青年團（France Action Jeunesse），煽動而起，接著又有君主派「法蘭西運動」（Action française）、國族主義派「法蘭西復興」（Renouveau France），甚至是黑衫右翼暴力學生團體「防禦集團聯盟」（Groupe Union Défense，

---

61 譯註：此處為廣義基督教。

簡稱GUD）加入。[62]GUD首領愛德華・克萊恩（Edward Klein）解釋他
們現身之正當性：「當基督教與文明價值在歐洲受到攻擊時，GUD必
須挺身而出。」[63]針對天主教熱衷信徒與新法西斯、國族主義團體如
此「非屬靈」的結盟，有一說法指向近來國民聯盟（Front National，
簡稱FN）[64]內部「調整路線」，導致不少激進派邊緣份子被開除黨
籍，他們於是轉向「直接戰鬥」[65]位置。甚至一度還曾有伊斯蘭主義
人士加入，抗議他們的先知伊薩（Issa，即耶穌）遭受汙衊。

　　雖說法國右翼政治特性的確為如此激烈、互有關聯的反對運動提
供部分解釋，卻依舊有未竟之處。據近期義大利抗議活動顯示，當地
天主教反對運動之對應團體同樣出現了信仰與黑衫軍（blackshirts）[66]
之間的類似結盟。米蘭的法蘭可巴倫地劇院（Teatro Franco Parenti）
排定此作於2012年1月底演出，才正準備開季，即有保守天主教團體
「基督之軍」（Militia Christi）透過網路部落格、臉書與推特發起活
動，要求取消演出。劇院藝術總監茹絲・夏瑪（Ruth Shammah）收
到多封充斥各種反猶太言論之辱罵與威脅的電子郵件，原訂在首演
前舉辦的記者會與公開與談，也為了避免事態惡化而取消。不像在
法國，有教會官方（至少是部分教會高層人士）為作品辯護，梵蒂岡
這方的反應則是透過某領導高層發表聲明，認定此作「對基督徒是
種冒犯」。此份聲明由聖座國務院一般事務處顧問彼得・布萊恩・威

[62] www.lefigaro.fr/theatre/2011/10/30/03003-20111030ARTFIG00226-romeo-castellucci-la-piece-quifait-scandale.php（資料最後查考日期：2013年4月10日）
[63] www.lesinrocks.com/actualite/actu-article/t/72387/date/2011-10-30/article/1500-fondamentalisteschretiens-defilent-a-paris-contre-la-christianophobie
[64] 譯註：極右翼民粹主義政黨團體。
[65] Croquet, 'A qui déplaît le "visage du fils de Dieu"?' (n. 41).
[66] 譯註：國家法西斯黨領袖本尼托・墨索里尼創建的民兵組織。不確定是後人借用名稱還是一脈相承。

爾斯蒙席（Monsignore Peter Brian Wells）——自然也是梵蒂岡內部人士——所署名，結尾更直接搬出教宗：「教宗聖座希冀教徒與各地教會皆能在神父的光照與引領下，以沉著強硬的態度面對任何對上帝、聖者或宗教符號不敬之舉。」[67] 然而此聲明之用意並非是教宗聖座的直接干預，而是藉由回覆一位天主教神父寫給教宗的信的形式。雖然聖座國務院並未給出一個明白或正式的答覆，然收信者卡瓦寇里神父（Father Cavalcoli）馬上在「基督精兵」（Riscossa Cristiana）網站（策畫抗議活動的網站，消息也是從此處傳至媒體記者）發表回應。人們所以為的教宗聲明一開始流通，梵蒂岡方立即提出官方澄清，立場既沒第一封信強硬，措辭也更為謹慎小心。安德烈亞・多尼耶利（Andrea Tornielli）為《梵蒂岡內部通訊》（*Vatican Insider*）所寫的文章發表於義大利《時報》（*La Stampa*），文中簡述此事，並認為這是相當可惜的負面形象管理案例：

> 一連串事件所造成的印象，是梵蒂岡不知怎麼地被「捲入」自己其實無意主導的問題中，而那篇對卡士鐵路奇作品的嚴厲抨擊竟被視為出自教宗本人……這位卡瓦寇里神父，連同聖嘉祿委員會的幹部們，必須認知到其策劃的公開抗議活動，恐已陷入遭鮮明意識形態之團體與派系滲透的高度危機中。[68]

所謂受「鮮明意識形態」之團體「滲透」的危機並非空穴來風，如在

---

[67] 轉載於 www.riscossacristiana.it。資料最後查考日期：2013 年 4 月 10 日。

[68] Andrea Tornielli, 'The Vatican "dragged" into the controversy against Castellucci', *Vatican Insider*, 13 Feb. 2012.

米蘭，不少新法西斯團體也加入了天主教激進人士陣營，讓暴力情勢愈發激烈，遭禁演的劇院前更是直接出現示威活動，以及警方大規模介入保護。從激進抗議者的觀點來看，問題並不在於舞台符號的意義，而是政治與宗教為挑戰其意識形態之對手的策略結盟，以此例來說便是與舞台機器（stage apparatus，以警方為代表）同謀的劇場（及其猶太裔藝術總監）。

　　不管是咖啡色的屎還是黑色的墨汁，卡士鐵路奇作品的基督畫像既然受到玷汙，就代表這是公然侮辱（劇場於法屬公共空間）。由此例子可以觀察到，看似具一致性的藝術概念，脫離了劇場封閉的安全空間，而進入到更廣大的公共領域。此案例中的行動者，即在各國間互通有無的天主教激進人士與右翼組織，得以依據自身政治訴求來重新形塑對此作品的感受。也因不時出現的激烈抗議行為，最終得以再度更新劇場作為公共領域之效用——就算不是屬於論辯的公共領域，至少也是有著更多樣價值觀作用其中的干預點。當巴黎與米蘭的鎮暴警察與天主教（非伊斯蘭主義者）激進人士搏戰，拿出催淚瓦斯以捍衛藝術創作自由時，我們看見了劇場作為機制的重要性，尤其是那些得到國家與市政府支持的劇場。正因這是公開的現場事件，劇場似乎較其他藝術形式引發了更高程度之騷動。最有效的情感並非是那些在舞台虛構世界上演的，而是在作為公共論壇的舞台上發生的。在預先架設的攝影機前衝台鬧場，可算是某種有計畫的反表演（counter-performance）。隨著畫面在網路上擴散（影片拍攝是此抗議行動的重要環節），接踵而來的媒體散播甚至超越了報章電視等傳統媒體之涵蓋範圍。劇場（至少在這段期間）於是成為公共討論、論辯、抗議之節點。

　　因此作品而產生的後續抗議行動，讓我們就歷史角度重新思考劇

場與公共領域之間關係。過往有一群自我滿足、藝術薰陶的劇場大眾，追求受憲法保障的自身權利，在公家補助機構享有隱私，可觀賞褻瀆性質演出，這樣的概念如今再次對劇場的公共性提出新的質疑。為何在各方同意下演出（就算是）褻瀆情節作品是不可以的？這不但很可以，還可以享有法律保護——看看法國與義大利當局如何提供大規模警力保護觀者與演出就可得知。而更有趣的問題是：抗議者的所作所為儘管已明顯違反法律——畢竟觀眾看戲的權益比抗議褻瀆的權利還要來得重要——但他們為何甘冒被捕、罰金或牢獄之風險，也要繼續行動？說到底，也沒人逼他們去看戲。如法蘭克福律師在1925年主張的：「當事人自願承受的不叫傷害。」儘管如此，光是想到在公開場所上演著宗教褻瀆的畫面情節，不管是否真有上演，都足以成為抗議的理由。先不提這些團體的政治訴求，他們似乎較劇場觀眾與政治人物更明確認定劇場就是公共領域。許多國家的法律禁止預謀侵犯宗教情感，只要是公開造成傷害都算在內。我的用意並非探究藝術創作自由與第三人基本權利互相矛盾之法律意涵。我更在意的是兩種相異感知之間的衝撞：大多數劇場觀眾與創作自由倡議者將劇場空間私密化，以享受此自由；而反對者則主張劇場為公共領域，因此得以訴諸褻瀆法律處理。既然言論自由捍衛者享有了國家的保護，反對者只剩下自身憤怒——他們深刻感受甚至導演的情感促動——透過媒體與身體的大量投入來傳達。這些新**憤慨人士**以某種間接方式，大大提升了劇場的公共作用。正因為劇場（和電視或電影相比）可以不受審查制度限制而行動，才讓它扮演了獨一無二的角色。有趣的是，正是因為免受審查的自由，讓最古老的劇場媒介與最新式的網際網路媒介有了共通之處。看來基本教義派的激進分子比藝術家更善於運用這種規範之真空狀態。

屎尿風暴與黑臉妝

　　柏林的城堡公園劇院（Schlosspark Theater）是間私人劇院，專演出水準馬虎的喜劇作品，演員多具相當媒體知名度。一齣演出劇作家赫布‧加德納（Herb Gardner）長春題材的年度作品《淘氣老頑童》（*I'm not Rappaport*）於2012年1月7日在此首演。劇中非裔美籍看護角色米吉（Midge）由白人演員姚阿幸‧布列斯（Joachim Bliese）飾演，1987年德語版首演時也是由他出任此角。三週前的2011年12月16日，劇院臉書專頁發布一版海報設計，並附上文字評述：「《淘氣老頑童》海報設計出爐了！大家還喜歡嗎？請看看哈勒沃登先生（Mr. Hallervorden）特大號的香菸。」[69] 造訪此專頁的訪客看到的不是特大號香菸，而是姚阿幸‧布列斯的臉妝，就此引發一場名副其實的「屎尿風暴」（shitstorm，2011年正式成為德國的英語外來詞）。[70] 讓網友們憤怒的，不只是雖無此意但明顯帶有黑人雜鬧歌舞秀傳統（minstrel show）指涉的黑臉妝容，還有布列斯顯出的輕蔑姿態。劇院管理人士對此策略提出辯駁，聲稱在合適年齡區間並沒有能說流利德語的黑人演員。此外，代理劇本的尤森霍芬與費舍（Jussenhoven & Fischer）出版社表明，拒絕同意演員不畫黑臉演出此劇，因「這會違反作者之設想」。[71] 劇院面對如此進退兩難的處境，只剩下兩種選擇：取消或繼

---

[69] 引自 http://stoptalk.wordpress.com/2012/01/04/you-know-its-a-bad-idea-when-its-blackface。

[70] 此字意指因突發而生，但持續許久的群情激憤事件，經社群網絡與部落格加以傳遞，大都針對公眾人物或機構，主流媒體也經常跟進報導。每年英語外來詞（Anglicism of Year）都會主動選出對德語有確實貢獻的英文字。

[71] 'Netzgemeinde wettert gegen Hallervordens Schlossparktheater' (www.nachtkritik.de).

續。既然不是由官方實質資助的劇院，他們決定朝風暴挺進。

很快地，事件發展為海報與作品之反對者與支持者兩方間的論戰。導演湯瑪斯・沈德爾（Thomas Schendal）聲稱無法在符合角色需要的年齡區間中找到黑人演員，隨即引發在德國工作的「有色」（當時是使用英文color一詞）演員一連串砲轟抗議。至於大多數Web 2.0的討論，論述風格從理性批判到搞笑嘲諷不等：「所有學校演出的聖誕故事都要被禁了：又不是每間小學都有一隻真的麋鹿可以加入劇組！」或者是「我吃黑麥麵包，所以我是種族主義者嗎？」其他討論文章則對黑臉傳統加以責罵——這需要解釋，因德國在印象中並沒有（或不太有）像《黑白藝人雜鬧歌舞秀》（*Black and White Minstrel Show*）這類長青電視節目，或衍生的劇場版演出。[72]儘管如此，德國演員塗黑臉演出仍舊是普遍存在於各劇種的作法，雖說較具美學實驗精神的劇場（以德國補助制度來說即大多數的劇場）今日演出奧賽羅時，不是避免以黑臉的方式或改以象徵手法暗示，就是依循彼得・查德克（Peter Zadek）1976年由烏力希・維德格魯貝（Ulrich Wildgruber）出演的版本，或喬治・塔波利（George Tabori）在維也納城堡劇院（Burgtheater）由格爾特・沃斯（Gerd Voss）出演版本的誇張怪誕風格。[73]

城堡公園劇院自身倒是頗為積極地透過臉書頁面參與討論，解釋為何做此決定，為選角政策辯護，並針對反方論點加以反駁。劇院試圖凸顯反對者這種要求或將造成的（不）合理結果，以暴露反對方立場是多麼荒謬：

---

[72]在德國，人們的確曾熟知黑人雜鬧歌舞秀的黑臉妝表演傳統，但如今已多被遺忘。見Wipplinger (2011)。

[73]關於這些作品版本，請見Carlson (2009)。

> 我們是否就因為劇院沒有「黑人演員」，未來勢必得把史力
> 高（Schlegel）和狄爾克（Tieck）合作改編的《奧賽羅》自
> 劇目移除？我們是否也得避開席勒的《菲斯科》（Fiesko）和
> 布萊希特的《四川好女人》（A Good Person from Sezuan）？
> 安娜・涅翠柯（Anna Netrebko）雖然不是亞洲人，但她唱
> 了普契尼的《杜蘭朵》（Turandot），這樣是否也要指責她種
> 族歧視？[74]

最後劇院終於同意收回海報與其他具「冒犯性質」的公關文宣，但演出依舊。首演如期登場，在2012一整年皆被列為劇目，且一票難求。

就影響層面來說，此爭議事件的確造成較長期的後續迴響。在劇院臉書諸多活躍的對話者之中出現了一個團體，一個對抗公眾，決心要運用抗議者所產生的能量。早在2012年，抗議團體「舞台監督」（Bühnenwatch）就已成軍，他們是一群「有色與白人行動人士」的組合，目的是要監督劇場是否出現種族歧視的選角或演出策略。他們將目光轉向德意志劇院（Deutsche Theater）——可說是柏林最具聲望，當然也是最多補助資源挹注的劇院——推出的一齣作品。這齣黛亞・洛兒（Dea Loher）劇作《無辜》（Unschuld）雖已演了好幾個月，但現在需要類似的批判介入。劇中兩名主要角色艾立希歐（Elisio）與法度爾（Fadoul）是非裔角色，而劇作家的要求如下：

> 若選擇由黑人演員演出艾立希歐與法度爾這兩角色，希望是
> 因為演員優秀，而非為了營造某種刻意做出來的真實感，這

是不必要的。此外，請避免以塗黑臉方式演出，較好選擇是
以面具之類的劇場美學手法呈現。[75]

導演米歇爾・塔爾海默（Michael Thalheimer）決定忽略劇作家的想
法。這兩名角色由德國白人演員演出，且以畫上誇張的黑臉紅唇，刻
意營造小黑人桑波（Black Sambo）[76]效果（見圖十）。

這兩位黑臉演員在2012年2月12日首度站上《無辜》舞台時，
四十二名觀眾集體離開觀眾席，並在劇院大廳發送傳單，對演出表示
反對：

> 我們──包括演員、導演、戲劇構作等劇場藝術家及其他創
> 作者（黑人與白人都有）──要大聲說出反對黑臉演出的訴
> 求！這不是單純的劇場疏離效果而已，而是一再重複這種老
> 掉牙的種族歧視圖像，讓這些圖像再度開始運作。[77]

和城堡公園劇院相比，德意志劇院管理階層在演出後馬上與抗議者
進行交涉，並又安排了一次會面。一開始，藝術總監烏力希・庫翁
（Ulrich Khuon）對此行動感到無比憤怒，正如他於一場電視訪談中
所提到的，採用此手法的原因，很清楚地是要藉凸顯黑臉妝在歐洲的
廣泛使用來解構種族主義。要是捨棄黑臉妝，則意味著放棄此劇最重
要的視覺象徵與中心思想。這等同於對創作自由造成傷害。然而傳單

---

[75] Loher (2004), 3.
[76] 譯註：海倫・班尼曼（Helen Bannerman）1899年出版的英國兒童故事書《小
黑人桑波》（*The Story of Little Black Sambo*）主角。
[77] http://buehnenwatch.com/wp-content/uploads/2012/02/flyer_unschuld.jpg

圖十 安德烈斯・杜勒（Andres Döhler）飾演艾立希歐，彼得・莫琛（Peter Moltzen）飾演法度爾，黛亞・洛兒《無辜》，柏林德意志劇院（2011）。

早有預料，駁斥了這單純只是疏離作用的說法。最後劇院同意抗議者要求，以誇張的白臉妝取代黑臉妝。導演塔爾海默表示，重上顏色對其創作概念來說不是問題，這樣一來不但可以達到同樣的「疏離效果」，還不會冒犯某部分觀眾的敏感情緒。

作品中畫黑臉妝的手法，原意是要提出某種批判性的疏離效果，以凸顯種族主義整體現象，並反思劇場本身那些具種族歧視表現的傳統。另一方面來說，在擁有如此廣大外來人口與有色人種的德國社會，畫白臉妝凸顯的則是在德國劇場如何再現異己這個僵局。如同魯曼（Niklas Luhmann）提出的二階觀察（second-order observation），[78]這只能讓我們看見劇場策略本身的失效，也是為壓力團體「舞台監督」的作用所下的後設指涉（meta-reference）註腳。這樣說來，畫白臉妝在符號學上就成了一場公開抗議成功的象徵，意即公共領域實際上可以影響如德意志劇院如此強大且具政治敏感度的機構。

然而，畫白臉妝也指出了自皮耶羅（Pierrot）到巴斯特・基頓（Buster Keaton），甚至是近期柏林人劇團（Berliner Ensemble）以白臉妝呈現貴族角色的《丹頓之死》（*Danton's Death*），有著另一套不同的劇場傳統。[79]或許正因為這些充滿問題的歷史連結，新的顏色策略事實上造成了「舞台監督」成員的分裂。2012年3月21日，《無辜》第一場白臉妝版本演出結束後，德意志劇院又安排了另一輪討論。有

---

[78] 譯註：德國社會學家尼克拉斯・魯曼將觀察分為一階觀察、二階觀察與三階觀察。簡單而言，所有觀察都是建立於分辨差異之上。一階觀察讓我們得以看見事物是什麼，而看不見事物不是什麼；而在二階觀察，我們則得以觀察「觀察行為」本身。

[79] 譯註：皮耶羅（Pierrot）是義大利即興喜劇（commedia dell'arte）與默劇（pantomine）的角色，為一哀傷丑角形象人物；巴斯特・基頓（Buster Keaton）為美國著名默片明星。

些人認為，此舉證明干預成功達成效果，並立即在城堡公園劇院臉書頁面發表文章，宣告成功。另一群人則稍有疑慮。有人引用其中一名抗議份子的話：劇院應該完全捨棄「畫臉妝」的手法，況且「只要我在街上會被問到皮膚的顏色會不會脫落」，所謂「創作自由」的討論就都是無效的。[80]真正的關鍵是顏色本身，而不是以哪種特定形式表現。

　　雖說公共論辯造成紛雜結果——以前述兩例來說，作品都依循同樣的符號學結構繼續演出——但也的確展現了公共領域的干涉力，使複雜、充滿自我指涉的德國劇場制度，自其封閉世界中認識到種族議題在體制上的傷害，而這絕非僅靠改變臉妝顏色就可消解的。此爭論事件可能會讓英美讀者感到「有完沒完」的厭煩，似乎這問題早已過時、甚至可能已「解決」了。伍斯特劇團（Wooster Group）2006年重演1993年劇作《瓊斯皇》（*Emperor Jones*）時，凱特・沃克（Kate Valk）以黑臉妝重新詮釋原作，正讓我們看見此手法現以另一種嘲諷、解構策略為美國實驗劇場所接受。這個例子該與伍斯特劇團於1980年代早期，自桑頓・懷爾德（Thornton Wilder）作品《小鎮》（*Our Town*）發想改編的《一號與九號公路》（*Route 1 and 9*）放在一起比較，當時使用黑臉妝手法，引發了「進步報紙」與資助方激烈抗議。不提如此「進展／步」，德國的案例僅只凸顯了劇場公共領域往往顯得狹隘、甚至深受地方侷限的特性。[81]

---

[80] Simone Kaempf, 'Whitefacing ist kein Gegenmittel' (23 March 2012) 引自 www.nachtkritik.de/index.php。資料最後查考日期：2012年8月24日。

[81] 關於美國的種族選角（racial casting）理論與政治意涵更細緻的討論，可參考 Pao (2010)。Pao 提出「非典型選角」（nontraditional casting）概念，以描述角色不需演出者畫上種族妝容的不同手法。

在德國黑臉妝事件的論辯中，公共領域起了類似警示系統、甚至如矯正器般的作用。抗議者同樣也展示了在社交網絡發動爭議，並維持公共討論熱度的新力量。以城堡公園劇院案例來看，所有討論幾乎全都在劇院自己的臉書專頁進行，而此頁面對劇院公關與行銷策略來說肯定相當重要。互動論壇就這樣成為了辯論的舞台。主要由官方資助的德意志劇院並不允許同樣形式的互動式布告欄，其官方網站之經營與掌控顯得謹慎許多。或許正因如此，致力揭發德國文化產業種族主義問題的新對抗公眾選擇劇場作為發動抗議的論壇，再以網路行動推波助瀾而一路延續至今。用麥可・華納的話來說（2012），「舞台監督」真正豎起了旗幟，且得以匯聚一群人投入實際作為，讓種族議題得以進入公眾眼簾。

第六章
分散式劇場美學與全球公共領域

　　我在本書中提出，劇場演出（特別是在現代劇場表現方面，就專門學科理論而言更是如此）在定義上大幅將公共領域排除於自身分析架構之外。若我們主要將表演定義為表演者與觀者在此時此地的聚集（communitas）中進行慾望能量（libidinal energy）交流，那麼公共領域則大抵會留在劇院門外。此外，目前為止我們所討論的劇場公共領域，也以文化同質且空間鄰近之大眾為假設前提。正如哈伯瑪斯認為政治公共領域與民主國家的出現有著密切關係，劇場公共領域也是如此——就算是那些所謂的國家劇院——同樣被認為侷限於自身所在的城鎮。本書最末章將探討劇場公共領域如何與演出重新結合，並質問新媒體在此和解過程中所扮演的角色。此處提出的「分散式美學」（distributed aesthetics）概念借自網絡理論，為的是重新思索表演與各種公眾群體在網際網路時代的關係。

　　來自跨國與全球化的研究對公共領域一詞帶來相當重要的挑戰與詞意擴張。一方面來說，所謂「跨國公共領域」的想法帶有某種矛盾修辭的味道，如南西・福瑞澤（Nancy Fraser）指出：

溝通場域的對話者並非是來自同一政治社群、具平等權利參
與政治生活的成員夥伴時，很難把此場域和所謂具正當性的
公共意見連在一起。同樣的，論述空間與主權國家無關時，
要把它和所謂的有效溝通力量連在一起也很困難。因此，今
日提到的「跨國公共領域」始終意味不明。[1]

然而，如福瑞澤進一步闡述的，生活模式與工作模式的轉變、文化資
訊流動、離散族群形成而依舊與母文化保持密切聯繫，皆指出了「跨
國公共領域」的概念在後西伐利亞時代（post-Westphalian world）[2]如
何顯得必要。深入討論此概念，可看見為了不拘小節、甚至政治天真
的世界主義（cosmopolitanism）而「犧牲」民族國家脈絡時將造成的
問題。雖然民族國家的「想像的群體」已大抵建立於歐美兩地（除了
某些顯著的例外），卻在諸多後殖民國家遭受相當可觀的挫敗。

　　跨國公共領域的擁護者想當然爾會拿全球化研究來運用，而跨國
公共領域一詞正是源自於此。人類學家如阿赫希爾・古普塔（Akhli
Gupta）與詹姆斯・費格遜（James Ferguson）在1990年代初期提出，
「跨國公共領域這樣的空間，的確使任何嚴謹界定的社群或地方
意識變得老舊過時」，雖說他們對跨國公共領域一詞之定義尚不明
確。[3]阿榮・阿帕度萊（Arjun Appadurai）提出的「意識形態景觀」
（ideoscape）概念（其著名的全球文化流動五個面向之一），明確引
述公共領域如何在全球流動中作為一種啟蒙時代傳統。[4]在這些早期

---

[1] Fraser (2007), 8.
[2] 譯註：西伐利亞主權體系（Westphalian sovereignty）意指國家對其領土享有主權，不受外部勢力干擾
[3] Gupta and Ferguson (1992), 9.
[4] Appadurai (1990), 10.

著述外，此詞一直要到二十一世紀，才開始隨著資訊革命而廣泛使用。曼威‧柯司特（Manuel Castells）提出的「全球公民社會」（global civil society）概念立基於「全球公共領域」（global public sphere）的功能性上，而這又需透過藉網際網路（尤其是「Web 2.0的社群空間」）終能實現的有效媒體傳播系統。[5]政治理論學者亞歷山大‧阿涅瓦斯（Alexander Anievas）循著類似的脈絡，提出：「跨國公共『網路領域』雛形已展現自身樣貌，且在反霸權社會力量動員中扮演越發吃重之角色。」[6]無論地方性或全球性的抗議運動（如反全球化運動），皆廣泛運用社群媒體，既是延續公共領域最佳傳統以傳述理念，更在此推動（過往須較低調聯繫的）內部組織與協調。此雙重作用似乎讓我們看見朝向既是媒體融合（media convergence）、又是公私界線消融的某種趨勢與全新發展。烏爾里希‧貝克（Ulrich Beck）提出「全球公共領域」的社會學理論，他並未聚焦於資訊科技，而是結合風險理論（risk theory）與世界主義概念來質問行動者與機制如何回應，甚或「搬演」（stage）如氣候變遷之類的全球危機。面對這類全球危機，則須在虛擬「全球公共領域」（Weltöffentlichkeit）浮現的背景下，鍛造共同性（commonality）。[7]在貝克所謂「由下而上的全球次政治（subpolitics）」層面，跨國行動者、利益團體、抗議運動與其他非政府組織皆合力促成了一個全球公共領域的樣貌。精心策畫的媒體事件場面——綠色和平（Greenpeace）正是善於此道之例——既具論述性又具展演性，自是進行干預的重要手法。

　　那麼劇場與表演又能如何回應這個新局面呢？若如丹尼斯‧肯尼

---

5 Castell (2008), 90.

6 Anievas (2005), 139.

7 Beck (2009), 82.

迪（Dennis Kenndy）煽動之言，劇場冒著成為二十一世紀「資訊高速公路（Infobahn）外的死路」[8]之風險，是否有任何辦法扭轉即將過時的命運？既然無法在現實中期待劇場演員把自己綁在日本捕鯨船上，至少無法以演員專業被綁住，而大多數的劇場就具體空間而言皆具有強烈地方性，我們是否就該把這些議題與行動範圍留給社運人士？或許有方法可以走出僵局。透過「分散式美學」（distributed aesthetics）的概念，我們已觀察到有一運動藉由同時在劇場內外發生的表演來創造公共領域。在接下來提到的案例中，我將探討如何結合議題與美學以創造新形態的劇場公共領域。我想提出的並非只是形式創新的研究而已，而是如何藉由融合倫理學與美學，為特定議題找到最有力的干預方式。

安娜‧瑪斯得（Anna Munster）與海爾特‧洛文克（Geert Lovink）兩人合寫、題為〈論分散式美學：或說，網絡不是什麼〉（‘Theses on Distributed Aesthetics: Or, What a Network Is Not’）的文章提到：「新媒體自身即是不斷快速向外傳播的媒體，於是需要跳脫互為表裡的、持續形塑社會與美學分析的兩個概念——形式與媒介，來重新提出對美學的思考。」[9]其中提到「互為表裡的……形式與媒介」，意味著此說法將脫離所有媒介特異性（medium specificity）的概念——媒介的形式與物質特性決定其審美標準（aesthetic valorization）。分散式美學帶出的另一推論，是資訊網絡必須要與我們的美學體系與價值類別（value category）結合。以艾德維納‧巴特蘭（Edwina Bartlem）的話來說：「分散式美學暗示，在資訊網絡的時間與空間流動中進行操作（及體

---

[8] Kennedy (2009), 154.

[9] Munster and Lovink (2005), n.p.

驗）的多種創新模式。」[10]這兩種干預方式發表於同一期的網路期刊
《纖維文化》（*Fibreculture*），可明顯看到作者們如何設法讓所謂的美
學，與我們在網際網路所知悉的資訊交流達成一致。然而如此簡單地
將「分散式美學」概念與網路世界結合，將嚴重侷限了此詞潛在的
啟發性。如瑪斯得與洛文克在同篇文章中提到的：「分散式美學勢必
得同時處理分出去的／分散式（the dispersed）與在這裡的／處境式
（the situated）。」[11]此處特別強調「在這裡的／處境式的」，意味著
我們能夠且需要將此詞看作由線上與離線使用者共同組成的臨時社
群。無論這些社群之配置為何，皆透過各式各樣的新舊媒體彼此相
連。在表演中計入媒體構成因素於是變得極為重要，因媒體提供了傳
播的連結，也就是觀者／使用者／大眾（隨便怎麼稱呼都可以）之間
的交流點。在這樣配置中，公共領域之交流得以圍繞著傳統「演出場
地」為中心而成形，然此中心──設想為一具體場地──對劇場分散
式美學要發揮作用來說，並非必要。

　　接下來要探討的案例，應可算是漢斯─蒂斯・雷曼（Hans–Thies
Lehmann）所謂的「後戲劇劇場」（postdramatic theatre）。後戲劇表演
通常避開了明確的敘事與角色座標，也因此常需要觀者費力來解譯意
義，為眼前所見提出解釋。換句話說，後戲劇劇場試圖讓連貫意義之生
產這件事自表演轉移到觀者身上。後戲劇劇場代表人物大都名聲響亮，
不過他們的作品可能是以別的稱號聞名。其中如羅伯・威爾森（Robert
Wilson）、塔都茲・康托（Tadeusz Kantor）與海納・穆勒（Heiner
Müller）是第一波代表。伍斯特劇團、楊・法布爾（Jan Fabre）、楊・洛

---

[10] Bartlem (2005), n.p.
[11] *Ibid.*

華茲（Jan Lauwers）、強迫娛樂劇團（Forced Entertainment）等藝術家或劇團，則成為1980年代晚期與1990年代不容忽視的生力軍。在他們創作的推動下，模糊了劇場與行為藝術（performance art）的界線，讓兩者之明確區隔在今日變得過時。[12]除了顯而易見的差別之外，我們同時看見了類似的策略，包括偏好視覺圖像而非書寫文字、拼貼與蒙太奇而非線性結構、借代而非象徵表現，以及就本質存在與物質性而非外表與模仿來重新定義表演者的功能。雖然有些代表人物明顯表現自身政治信念，甚至親自在創作上實踐干預，但也並非全然如此。然而，大多數創作者都質疑了劇場媒介本身，有時候他們在場內付出，有時候在場外奮鬥。雖然大部分的後戲劇劇場皆具高度「處境性」（situated），然卻也非全都如此，有些反而偏好運用新媒體，甚至到了創作出一整齣虛擬演出的地步。在這兩端之間，我們可看見越來多創作混合著處境式與分散式美學。

　　我們幾乎可用分散式美學來理解克里斯多福・史林根西夫（Christoph Schlingensief）2000年的「貨櫃屋行為演出」（container performance）《請愛奧地利吧！》（Please Love Austria!）的每一層面。史林根西夫將據稱已被列入遣返名單的尋求庇護者安置於維也納國立歌劇院旁數個貨櫃屋中，觀眾得以在此投票選出哪些人該被加速遣返。第二個例子是里米尼紀錄劇團的聲音劇場《加爾客答》（Call Cutta），作品讓觀者各自藉著手機接聽一通來自印度的客服中心電話，並在其指引下完成城市旅遊。第三個例子是瑪莉娜・阿布拉莫維奇（Marina Abramović）在紐約現代藝術博物館（MoMA）的大製作

---

12 就機制面來說並非如此，劇場演出與行為藝術還是存在著相當程度的分別。從學科領域觀點來看，此界線幾已不再重要。

《藝術家在場》（*The Artist Is Present*, 2010），文中將以其產生的反表演（counter performance）與混搭（mash-up）脈絡來探討此作，並特別著重於作品在網路上的平行生命，藉以討論演出如何在網路上產生回應，尤其是透過YouTube之類的自媒體平台等方式。最後一個討論案例是DV8肢體劇場（DV8 Physical Theatre）備受爭議的引錄舞蹈（verbatim dance）《Can We Talk about This?》，[13] 此作帶我們回歸本書核心主題：劇場得以同時藉論說與爭競形式參與公共領域、言論自由在台上與台下的界線，以及跨文化寬容度之議題。

嬉鬧式反串[14]：克里斯多福・史林根西夫的《請愛奧地利吧！》

> 奧地利正坐在貨櫃屋裡，而全世界都在看。（克里斯多福・史林根西夫）[15]

2000年6月，德國行為藝術家克里斯多福・史林根西夫策畫了一場演出，在維也納市中心擺上數個貨櫃屋，並將面臨遣返的尋求庇護者安置其中。此作名為《請愛奧地利吧！第一歐洲聯盟週》（*Please Love Austria!: First European Coalition Week*），設定「目標」是要以電視實境節目《老大哥》（*Big Brother*）的方式「投票選出」幾名尋求庇護者，被選出來的人將立即遣返離境。此行為演出是對奧地利聯合政

---

[13] 譯註：此作2012年4月曾來台（高雄至德堂）演出，當時直接使用作品原名並未另作翻譯，因此此處也保留原名。

[14] 譯註：Overidentification，考量此字在這一節的定義（詳見後文說明），加上中文直譯「過度認同」恐易與心理學、社會學實務用法混淆，而採用更貼近原意的「反串」。

[15] Lilienthal (2000), 15.

府的直接回應。[16]聯合政府由保守派的奧地利人民黨（The Austrian People's Party，簡稱ÖVP）與約爾格・海德爾（Jörg Haider）領導的右翼排外政黨奧地利自由黨（Austrian Freedom Party，簡稱FPÖ）所組成，因自由黨立場極端右翼，在處理移民方面猶為如此，組成聯合政府後也引起大規模政治反彈，更有不少歐盟國家進行部分外交抵制。

2000年6月11日至17日間，克里斯多福・史林根西夫和團隊組織了一場政治干預行動，以此加入抗議新聯合政府的歐洲示威行列。此作品為維也納藝術節（Wiener Festwochen）與柏林人民劇院（The Volksbühne am Rosa-Luxemburg-Platz）共同列名之聯合製作，原先標題是更挑釁的「第一歐洲集中營週」（First European Concentration Week），後來因承受藝術節總監呂克・邦迪（Luc Bondy）之壓力，改為「聯盟週」。儘管如此，核心創作概念依舊維持不變，無視於來自奧地利媒體與政客一波波的抗議抨擊。十二名尋求庇護者（始終無法得知他們究竟是真難民還是演員）要每天二十四小時住在放置於國立歌劇院旁的貨櫃屋「集中營」中。此作品更與網路電視頻道（www.freetv.com）合作，架設八至十支攝影機，不間斷地播出現場畫面。透過所謂的投票頁面，搭配特殊電話號碼作為輔助，每天會「選出」兩名尋求庇護者，當晚將其遣返離境。與投票程序及現場直播同步進行的，是史林根西夫所策劃的討論／辯論活動，參加人士包含重量級知識分子、作家與政治人物，[17]並在貨櫃屋集中營裡舉辦。此外他也在主流媒體接受訪問，參加談話節目。

---

[16] 以下分析大都根據Paul Poet拍攝之影片 *Ausländer Raus!: Schlingensiefs Container* (2002)，以及Lilienthal的紀錄文件 (2000)。

[17] 其中包含Elfriede Jelinek、Petr Sloterdijk、Gregor Gysi與Peter Sellars。

此作品的裝置座落於維也納市中心，在知名的維也納藝術節期間就這樣擺在國立歌劇院旁邊，自有多層作用可言。若其政治功能是要吸引國際媒體關注當地新成立的中間偏右聯盟，那麼它達到效果了。這個政治論壇不只存在於貨櫃屋所在的卡拉揚廣場（Herbert von Karajan-Platz），還同時在媒體上發生。演出無所不在地涵蓋了電視、廣播、網路及紙本新聞。如果那句老話「所有宣傳都是好宣傳」（all publicity is good publicity）是真的，那麼史林根西夫得到的好宣傳可太多了。現場演出明顯得益於《老大哥》節目的電視形式，但其現場性（liveness）卻煽起更大量的干預並吸引了大批群眾。此外，這個作品也讓大力支持約爾格・海德爾的奧地利保守派日報《皇冠報》（Die Kronenzeitung）成為關注焦點。

我們至少需要從兩個層面來分析史林根西夫的行為表演。首先，從其演出形式（staging）可以看到他如何徹底重整劇場傳統手法，簡單來說，也就是以借代與轉喻方式取代過往常見的象徵式劇場再現。第二點，我們須檢視這些演出手法如何得以創造一個分散式的公共領域。我們可以粗略地說（若先不提某些例外），此演出面對的並非觀眾，而是公共領域；或至少該說，屬於政治論辯與大眾媒體關注的公共領域，才是作品更重要的層面。最後，我們必須理解整場演出其實深具嬉鬧性質的重要性——即便已煽起高度政治激情，但它實際在玩的是媒體慣用手法與大眾期待。

一般來說，史林根西夫的「行動」是以反諷式的「反串」（over-identification）模式為框架。斯拉沃哲・齊澤克（Slavoj Žižek）自拉康理論用語中延伸並琢磨出「反串」此詞概念，意指某種政治干預／抵抗模式，不直接否定某想法／議題，而是以正面態度擁抱並將其以過度誇張形式呈現。反串是某種干預策略，意在運用顛覆式的

模仿（mimicry）產生不安，因眼前所見的鏡面是扭曲的。[18]雖然明顯與諧擬（parody）、嘲諷（satire）與拼貼式模仿（pastiche）有關，然而反串和上述較傳統的表現手法差異在於它模糊了真實與批判的界線，或就齊澤克的定義來說，反串把這個體系看得比體系自己看待自己還要認真。齊澤克本人就是力行反串的實踐者，他認為，處理各種形式的抵抗被權力吸收這個無解難題時，反串是其中一種方法：

> 只要權力倚賴的是其「內在踰越」（inherent transgression），那麼有時候，至少——**反串**此明確的權力論述——**忽視**其暗藏的內建之惡，單單只要套上這套權力論述（表面）之詞，表現得好像它的意思就是它所明說（或承諾）的那樣——可以是擾亂其順暢運作最有效的方式。[19]

藉由實際驅逐尋求庇護者（在劇場，因此屬虛擬模式），史林根西夫套上約爾格‧海德爾與奧地利自由黨政治宣傳「（表面）之詞」。反串因此可以造成相當程度的不安，因被抨擊方實在很難在不違背自身立場的情況下做出明確回應。這正是因為其自身論述已被挪用，而意識型態立場也用某種弔詭方式被鬆動。反串取決於反諷式的凝視，得以在批判與被批判者未有明顯差異情況下認出且辨別兩者：「面對一個依賴反諷的體制，我們是否能提出批判而不讓自己成了反諷？」[20]又

---

[18] 就這方面來說，也與殖民學舌（colonial mimicry）造成的效果相關：「此差異看來幾乎一樣，但又不盡然一樣。」（Bhabha 1994, 91）。

[19] Žižek, in Butler et al. (2000), 220.

[20] 在 The political currency of art 網站提出的其中一個問題（www.thepoliticalcurrencyofart.org.uk/research-strands/irony-and-overidentification）。

或者，或許我們更該擔憂的是：要是沒人能理解這是反諷呢？

反串玩的是兩面遊戲，當人們只看見其符碼與比喻用詞的表面意義，自然就會導致混淆。整整一個禮拜，貨櫃屋都被屋頂的巨幅標語「外國人滾出去！」給搶盡焦點，這更成了整場演出至此最具煽動性的單一符號。此符號佔據了歌劇院前的公共空間，更在媒體持續推波助瀾下得到強化，直到整個歐洲似乎都已意識到維也納市中心豎起的種族歧視標語。各界關切市民——並非都是奧地利自由黨支持者——對此標語深感憤怒。反對行動開始醞釀，一群（來自「反法西斯陣線」）左翼抗議者親自闖入貨櫃屋，移除標語並「解放」這群尋求庇護者。此攻擊事件是週四針對聯合政府的示威抗議行動之一，也就意味著示威者與史林根西夫應有同樣政治目標，但要嘛不是他們自己並不知情，就是毫不認同演出運用的反串手法。「攻擊」事件雖非事先策畫，且為史林根西夫與團隊帶來高度緊張局面，最終卻成為行為表演的一部分，是由「民眾」帶來的解放行動。保全人員將受襲擊驚嚇而不住發抖的庇護尋求者帶離現場，並安置於飯店。像這樣的直接肢體襲擊，是劇場慣於啟動爭競式意見表述的一種展現，這也意味著劇場能夠為遊戲規則刻意遭到模糊的情境鬆動控制。就如此明確的種族標語看來，其內容主張並非是要嘲諷或諧擬。在其借代式（metonymical）的直白解讀中，我們的確可將此標語理解為奧地利自由黨選戰之延伸。

借代式再現（metonymical representation）確實是這場演出運用的主要比喻手法。運用一小群被認為是真來尋求庇護的人們，來代表一整個外國人族群，如此連結是建立在其外表與生平（其實是假造的）的可信度上，讓這群貨櫃屋收容者看來像是來自非洲、中東、亞洲——那些往往和難民產生聯想的地區。但此直白表徵卻透過劇場

性而被誇張化。自他們進入貨櫃屋起，在攝影機與麥克風的多方夾擊下，大多數的「收容人」戴著假髮，拿本雜誌擋在臉前隱藏身分。他們在視覺上被塑造為接受審判的罪犯、走紅毯的名流，或兩者皆是。比喻帶來的刻意混淆也可延伸至場地本身。運輸貨櫃具有多重借代：貨櫃依舊是德國與奧地利安置難民的標準方式在；當時，貨櫃是《老大哥》節目最喜愛的居地；貨櫃讓貨物得以快速與低廉價格在全球流通，也因此讓貨櫃成為能夠代表全球化的比喻符號。「貨櫃化」可說是僅次於數位科技與金融市場、最重要的全球化經濟基礎。最終，無論收容者是不是真正的尋求庇護者，以貨櫃為安置所，再加上後續發生的遣返行為（通常是不斷拖延的法律過程，但如今史林根西夫壓縮於一週內完成），所反映的不只是尋求庇護者在德奧等歐洲國家面臨的真實處境，同時也隱喻了造成這類人流的潛藏經濟因素。

　　此外，貨櫃不再限於原初功能。演出安排觀者排隊、依序觀看貨櫃內部的方式，瞬間混淆了其與參觀博物館、動物園與偷窺秀的分別。此處明顯是向行為藝術家科科・佛斯科（Coco Fusco）與高梅茲─佩納（Gomez-Pena）致敬，卻有著截然不同的涵義。行為演出《兩個未被發現的印地安人發現西方》（*Two Undiscovered Amerindians Discover the West*）試圖翻轉西方凝視之系譜學，以及歐洲與新世界的歷史關係，然《請愛奧地利吧！》的偷窺秀元素，卻以《老大哥》等類似節目帶來的「媒體偷窺現象」這更大的主題，改編作為現場版本演出。如整體演出所示，以偷窺秀形式讓觀眾面對自身心象（mental image）；此舉藉誇張法進行翻轉與顛覆，為媒體形象與政治論辯賦予肉身實體。循此脈絡，偷窺行為因此成為較大規模反串策略下的微型表現。

　　借代式再現手法同樣在多個層面帶來擾動不安。此裝置甚至讓如

何界定觀者位置（spectatorship）變得格外困難，如我們可以將觀者區分為那些在現場是否感興趣的旁觀者（見圖十一）；在網路上觀看演出的媒體觀眾與潛在投票者；還有五天來一派輕鬆在客廳透過報紙、廣播與電視追蹤事態發展那群更廣大的媒體觀眾。某種意義上他們都是參與者，各自作用卻大有不同。最重要的是，比喻元素之混用讓西方國家對待移民的種族議題更加成為焦點。他們看起來是真的難民，因此成為廣大族群之借代。但他們同時也是個體，各自有著自己的人生故事，也因此不再只是比喻符號而已。

第二層分析是公共領域的產生。我們可以說史林根西夫的裝置——行為表演創造出一個公共領域，得以在政治上有效處理他選擇的尋求庇護者主題。全球性的人口流通，因政治或經濟（或政經）因素尋找新家園，顯然是廣泛層面多元文化論辯的關鍵議題。尋求庇護者和長期移民相比，幾乎不享有任何法律權利，也較「正常」移民更易引起大規模的激進排外反應。最終，這種排外心態也會轉向其他族群。而史林根西夫所做的，是讓論辯走出劇場／演出由觀者解讀劇場符碼的美學範疇，進入公共論辯更廣大的公共領域中。在這一週期間，演出行動鋪天蓋地席捲所有主要媒體，還有歐洲多國報紙電視的延伸報導、電視辯論及投票過程現場直播。既然演出似乎並不依附於任何既有規則，可見史林根西夫藉由鬆動政治論述與觀戲感受，試圖讓政治與媒體論辯之公共領域重新復甦。

在《請愛奧地利吧！》中，我們可以觀察到「演出者」（也就是貨櫃屋裡的尋求庇護者）與受眾有著實質分隔。演出根據《老大哥》電視節目形式所設計的投票方式，打造出一種透過電視或網路進行的媒介化傳播情境。最後，藉由報紙與其他媒體（如廣播、電視）上的論辯，讓真正哈伯瑪斯式的公共領域政治討論得以現身，即便是以

圖十一　《請愛奧地利吧！第一歐洲聯盟周》，2000年6月11-17日，由克里斯多福・史林根西夫執導與發想（左二），其頭上標語為：「外國人滾出去」。

一種偏向爭競而非理性批判的方式。這裡不再有傳統演出那近似宗教般的「會眾」（communitas），而由各式各樣分散式的受眾團體取代，而他們的應對模式從了解討論內容到直接介入，都各有不同。我們甚至很難在分散式美學處境中定位**劇場**在哪裡。貨櫃屋顯然是「表演之處」，但接收點卻有十足潛力可以無遠弗屆，甚至超越城市與國家。

　　此處所謂分散、媒介化的公眾，某方面而言呼應了媒體社會學家尼可拉斯・亞伯克隆比（Nicholas Abercrombie）與布萊恩・朗赫斯特（Brian Longhurst）提出的「瀰散式」（diffused）觀眾。此類型觀眾就其定義而言，具消費者導向、自我中心之自戀情結等特徵，且將整個世界都看作奇觀（spectacle）：「奇觀與自戀彼此餵養而形成循環，這循環主要藉由媒體的推波助瀾，並以展演為關鍵媒介。」[21] 若我們不要讓公共領域之概念成為觀眾定義下資本主義商品化的被動對象，後面提到的「關鍵展演」就極為重要。史林根西夫的貨櫃既結合現場演出與大眾媒體，自有潛力為劇場公共領域創造座標。此行為演出顯然是應特定政治情境（聯合政府有極端右翼政治人物與其政黨參與）而生，但演出之邊界如何延伸，卻絕不以於此情境為限。[22] 而其形式也名副其實成為布萊希特所謂的模型角色（Modellcharakter）。[23]

---

[21] Abercrombie and Longhurst (1998). 75.

[22] 此行為演出的直接影響可見於荷蘭電視節目《滾出荷蘭》（*Weg van Nederland*）構想，播出於2011年。此綜藝節目由持進步理念的公共頻道VPRO製作，呈現尋求庇護者本尊試了所有法律上訴管道後，依舊面臨遣返之情節。他們必須回答關於荷蘭語言與文化等問題，以證明融入荷蘭社會的程度。此節目宣布播出後，在荷蘭與歐洲引發激烈爭議，而這正是製播節目的主要目的。

[23] 看出此「原型角色」的是彼得・謝勒（Peter Sellers），他在貨櫃屋的屋頂上宣告洛杉磯、芝加哥與紐約都該要有這樣的貨櫃屋。史林根西夫則在相關訪談中簡單地回了一句：「他才不會做這件事。」（引用自 Poet 2002）

《加爾客答》：親密領域

　　若說《請愛奧地利吧！》是要藉由掌握所有能運用的媒體頻道，來尋求影響力的最大化，那麼在《加爾客答》（*Call Cutta*）這齣由表演團體里米尼紀錄劇團2005年創作的「行動電話劇場」中，劇場公共領域與分散式美學之間的關係則是單一媒體，手機限定。此演出分別在柏林與加爾各答進行城市漫遊，參與者在過程中將接收來自加爾各答一間客服中心的電話指令。後續版本將演出現場限制於單一房間，與印度客服中心保持通話的設定維持一致。

　　里米尼紀錄劇團是以德國為據點的表演群體，由海爾嘉德・金・豪格（Helgard Haug）、史蒂芬・凱吉（Stefan Kaegi）與丹尼爾・魏哲（Daniel Wetzel）組成，作品常以明確政治與社會議題為主題，擅長運用素人演出、限地場域等手法實驗各種創新劇場形式。他們與歌德學院（Goethe Institute）密切合作，演出更遍及全世界。其作品並不將招募來的素人演員強套入類劇場的「角色」（role）中，而大多要求素人演員表演／展現自身專業，藉此凸顯他們作為里米尼紀錄劇團「日常生活專家」的技能。

　　《加爾客答》是依據凱吉與伯恩德・恩斯特（Bernd Ernst）早期聲音演出《運河克希納》（*Kanal Kirchner*）改編的作品。他們將此概念稱做「聲音劇場戲劇」（audio theatre play），由觀者／聽者配戴耳機與隨身聽，進行一趟城市之旅。跟著卡帶的指示，觀者／聽者一路穿過不同城市的真實世界，也一路穿梭在創作者所提供的偵探故事之斷簡殘篇中。過程中的聽覺體驗與真實的視覺畫面彼此結合，在每座不同城市的街道上形成某種私人體驗。聽者耳機上傳來的故事主角是虛構的克希納先生（Mr. Kirchner），傳聞在三年前失蹤的圖書館員。

演出同時運用文本、音效與配樂，在觀眾走過的知名（或沒那麼知名）景點疊印了第二層虛擬實境。

《加爾客答》大致沿用相同想法，但擴展原有概念，自趣味式的感知探索延伸，涵括政治與經濟層面。2005年2月，三位藝術家在加爾各答的歌德學院與當地藝術家及資訊科技商Databazar合作，演出此構想的第一部分。宣傳口號說這是「全球首創行動電話劇場」：

> 這劇場將城市化為舞台，一座行動舞台，或化為一場遊戲、一部電影。你以觀眾身分啟程，但你或將成為玩家／演員、[24]使用者、主角，現身於你自己的場景設計：加爾各答……這座你曾經以為自己如此熟識的城市，如今成為你以雙眼拍攝的電影。耳邊音檔是你和未曾謀面的人之間對話，而他卻在遠端遙控著限於方圓內的你。又或者是將加爾各答化為一場電玩遊戲，真正的遊戲。沒有螢幕、沒有鍵盤，只有這座城市與你。[25]

有人要求里米尼紀錄劇團以某種方式將加爾各答具象化，於是發展出這段一小時的漫步行程，取市中心北邊以電影院與老劇院聞名的哈比巴甘（Habibagan）為實地場景。據魏哲說法，此區「在兩世紀前相當繁榮，過去印度自由鬥士沿著小巷弄把英國人一路趕走的地方也

---

[24] 譯註：此處原文為player，或有雙關涵義。
[25] www.rimini-protokoll.de. 資料最後查考日期：2009年2月16日。此段文字已被移除。

是在這裡——正是來看戲的觀眾將穿梭其中的相同巷弄」。[26]演出內容主要是一場親密對話，對話者是客服中心的員工，以假名自稱。參與者在他或她的引領下穿過街道，來到畢斯瓦魯巴劇院（Biswarupa Theatre）遺址，這裡曾有著加爾各答第一座旋轉舞台，但如通話聲音所說，大概是被劇院老闆一把火燒光了。演出接著採取更親密的感受，由通話者敘述他或她如何在這參與者坐著的公園裡陷入愛河、在某條小巷弄學ABC，又或者有哪間老舊棄屋是他們童年居所，如今卻再也住不起之處。故事進行到某個點，通話者換人了，並告訴參與者他們剛剛聽到的一切都不是真的。雖然客服中心的員工是照劇本走，但演出本身則取決於參與者如何進行對話；畢竟這依然是通電話對話，對話本身成為最終真正重要的關鍵，而不只是這座城市的社會問題而已。

此作品在加爾各答演出三個月，接著在2005年4月來到柏林繼續試驗。在柏林版本中，觀眾同樣會去到一間劇院，這次是深具歷史意義的赫坡爾劇院（Hebbel Theater）；然後同樣會在加爾各答客服中心員工的引導下，一路從十字山（Kreuzberg）走到波茨坦廣場（Potsdamer Platz）。電話裡的引路者從未到過柏林，但他們卻為參與者提供了鉅細靡遺的指示，先是德文，接著開始說英文。此作品還設計了特別版的城市地圖，並為客服中心的演出者準備所有必要資訊，以PowerPoint形式在他們面前的電腦螢幕上顯示。

若說《運河克希納》的不足之處是其淺薄情節（沒有結局的偵探故事），那麼《加爾客答》倒是極力透過關注全球性與歷史性的互

---

[26] www.rimini-protokoll.de/website/en/project_143.html#article_2696.html. 資料最後查考日期：2013年11月3日。加爾各答與柏林兩版本影片可見：http://vimeo.com/62794689。

聯，並在電話客服產業的特殊動能中探討客戶與客服員間某種劇場式的關係來彌補這點。在柏林版本中，參與者從垃圾桶處被引到一面戰前舊牆前，牆上貼有印度國家英雄「內塔吉」蘇巴斯・錢德拉・鮑斯（Subhas Chandra "Netaji" Bose）照片：一張站在甘地旁邊，另一張則在希特勒旁邊。電話上的印籍柏林專家解釋著鮑斯在對抗英國殖民統治運動的重要性，運動當時與希特勒所簽訂的協約，則如非暴力抗爭的意識形態般，只不過是權宜手段。在加爾各答版本中，個人私密故事則與本地政治議題交替進行，如對話中提到的城市劇院古蹟遭毀棄，以及居住危機。

　　另一層重要性是參與者與客服中心員工間的關係。《運河克希納》採預錄音檔，因此將參與者鎖入固定的旅程中，無從進行對話交流。《加爾客答》的出發點則是設想此類型經濟行為所憑藉的某種劇場式關係。現實中的客服員工須接受訓練，營造近在咫尺的地緣感，儘管通話兩方實際上具千里之遙。首先要從仔細訓練腔調開始，直到能扮演真實角色為止。客服人員不只是會說德文或英文而已，他們甚至能聊上幾句客戶所在國的當地天氣或足球戰績。有時他們還會在真實生活中繼續使用西式假名，以加強與電話另端的英美客戶毗鄰而居的假象。客服經濟在經營上講究的就是即時與真實，即使只是營造假象而已。完美的角色扮演與身分認同被後戲劇劇場揚棄許久後，如今又在全球經濟中復甦，並得到新的肯定。

　　顧客／客服人員或參與者／表演者之間的關係，是此演出的核心元素。兩個主體儘管隔著好幾個時區且有複雜的文化差異，但之間的親密關係可以變得異常緊密，如一篇德文評論指出：

　　我在小公園裡遊走時，莎拉告訴了我她的本名。「我叫蘇塔

拉（Shuktara）。」她說我的聲音很好聽——她的聲音自從去
客服中心工作後完全變了樣。這是劇本裡的台詞嗎？蘇塔拉
問：「你談過電話戀愛嗎？你曾經在電話上說謊嗎？」……
這都是預先安排好的嗎？都是在讀本嗎？[27]

《加爾客答》和里米尼紀錄劇團其他作品一樣，基本概念是將演出建立
於現實世界的處境中，藉此挑戰現實與虛構的界線。這類演出總是從
劇場內部或周遭開始進行，接下來不是走入真實世界，就是將公共領
域帶入劇場。以里米尼紀錄劇團另一個作品《比航國》（Sabenation）
為例，已破產的比利時航空公司（Sabena）的多位前任員工來到台
上說著自身故事，藉此創造出一個過去他們覺得遭剝奪的政治論辯
場域。2012年8月，里米尼紀錄劇團在奧斯陸搬演易卜生的《全民公
敵》（Enemy of the People），則邀請一百人上台，營造出一群來自社會
各界的市民代表團，以表現社會輿論如何形成。

　　這類現實與虛構的實驗（常見於實驗劇場與表演），其中關鍵因
素正是現代媒體所扮演的角色。若說媒體科技在劇場的作用是要強化
即時性感受，那麼像《加爾客答》這樣的演出則以截然不同的方式延
續傳統——不以創造即時性為滿足，而更進一步讓科技媒介變得具體
可見。媒介不再被抹除，而成為凸顯的重點（在此例為手機），畢竟
我們在六十多分鐘的演出過程中如何體驗這個世界，都是透過此媒介
決定的。

　　至於與公共領域之間關係的方面，《加爾客答》似乎與史林根西
夫的貨櫃屋演出採取徹底相反的策略。若說史林根西夫尋求所有媒體

---

[27] Krampitz (2005), n.p.

頻道（紙媒、廣播，電視、網路）最大化的影響與露出，那麼《加爾客答》則將此種動能反轉。此作明顯具跨國屬性，後續版本中將世界各地多座城市與位於印度的客服中心連線尤其如此，然也透過親密感與地理間隔兩者咫尺天涯的極端對比，重新定位了空間與觀者、演出者與觀眾間的常態關係。雖然這看來和具廣度或強度的公共論辯無關，但我們要記得在哈伯瑪斯學說中，公共領域一詞與其相反概念——隱私與親密——有著因果關係。哈伯瑪斯用Intimsphäre這個德文單字作為論述主軸，而此字「意指個人在法律、舉止分寸與習俗常規保護下不受侵擾的私人領域核心。」[28]在他的辯證論述中，具政治動能的布爾喬亞公共領域之所以出現，正是立基於先行生成的私密領域。[29]我們很容易可以看見《加爾客答》如何關注於重新生成的另一種私密領域，不再聚焦於核心小家庭，而以全球資本主義與傳播處境下兩個陌生人如何營造親密感為重心。於是問題在於：若鞏固所謂核心家庭式的私密領域是布爾喬亞公共領域產生的前提，那麼從《加爾客答》劇中呈現、被重新定義與體驗的私密領域，又能推論出什麼結果？當這世界的親密感已不需要靠面對面溝通，或說至少僅需遠距面對面溝通時，又將產生什麼結果？

　　里米尼紀錄劇團的《加爾客答》提供了另一種不一樣的分散式劇場美學與公共領域。運用手機，加上表演者與觀者之間的文化／地理空間相隔，建立了某種既極端分離但同時又十分親密的矛盾關係。界線模糊的角色分配——誰是表演者，誰又是觀者？——讓《加爾

---

[28]哈伯瑪斯原書譯者註解，Habermas (1989), xvi.

[29]今日Intimsphäre一詞具有性暗示含意，但在哈伯瑪斯的解讀中，不應以此為限。「這領域是居家的、是張羅每日所需的、是關於性與繁衍的，也是關於老弱孺皆有所養的。」（Benhabid 1992, 91）

客答》像一篇探討劇場媒介的論文般，迫使我們思考自身在「劇場裡的你情我願」（contrat théâtral）中扮演的角色。親密與距離的關係是什麼？即時與遙遠的關係是什麼？現場實況與資訊通信的關係又是什麼？但同時，這又將我們的焦點轉向經濟活動新型態與其所產生的人際關係。就這層面來說，此演出在親密中碰觸了政治經濟與個人主體之間的交集這個議題。

另一個藝術家在場

　　2010年5月9日至31日間，紐約現代藝術博物館展出行為藝術家瑪莉娜・阿布拉莫維奇回顧展，其中最主要的作品是由這位生於塞爾維亞的藝術家現場演出的《藝術家在場》。過程中藝術家安靜地坐在館內瑪羅中庭（Marron Atrium），面對一張空椅，歷時共七十七天又七百小時。此處通常作「暫時空間」使用，但轉化為展演地，以及「典禮與儀式化的空間」。[30]參觀者可坐在她對面，想待多久就待多久，兩人之間只允許透過眼神交流。阿布拉莫維奇只要一「在場」，就絕不讓自己休息，甚至連廁所都不去。乍看之下，這又是另一場「時延行為演出」（durational performance）。此類行為演出由阿布拉莫維奇開創，基本概念是要在肉身意義上將時間經驗化為美學範疇，大都以藝術家身體為表現，見證他或她經歷往往是某種極端剝奪（deprivation）、甚至身體轉變的過程。在這項新作中，值得注意的是其時延層面以好幾種方式加以延伸。首先延伸到參與者身上，而這是幾位策展人與阿布拉莫維奇皆未預料到的——參與者連續排了好幾小

---

[30] Van den Hegel (2012), 10.

時的隊，甚至在美術館外面過夜，為要得到一「席」機會。此外，坐
在那裡凝視藝術家的觀者體驗更轉變為關注焦點。參與者多次形容與
藝術家的接觸是某種強烈的情感與心靈體驗。然而此作還有另外一項
不同之處。[31]

　　時間與身體的體驗只不過是此作其中一個元素，或許還只不過是
表面層次而已。雖然瑪莉娜‧阿布拉莫維奇不發一語與多位訪客／參
與者對坐，她卻並非獨自一人。首先，此演出有安排錄影也有網路直
播。此外，有攝影師捕捉每位參與者的臉部表情，並以肖像照形式於
線上提供，因此在三個月演出後，將累積為相當可觀的臉孔資料庫。
這些圖像將透過Flickr.com等社交媒體以照片串流方式提供給大眾。[32]
影片與照片串流都在網路上引發熱烈回應，有短評有長論，甚至還有
一份針對這些資料所做的統計分析。很明顯的，有些評論者親自去當
代藝術館看過現場演出，另外一些人則是就網路媒介版本做出回應。

　　此行為表演同時也產生了反表演。生於伊朗、現於紐約發展的行
為藝術家艾米‧巴拉達蘭（Amir Baradaran）四次在桌邊坐下，試圖
用各種不同方法致意，其中還包括求婚。他宣稱自己是要「引她進
入『Sobhat』狀態——在波斯文中意指同時與靈魂與肉體境界的對
話。」[33]他將這些充滿表演性的舉動取了標題：《另一個藝術家在場》
（The Other Artist Is Present），其中包含阿布拉莫維奇早期行為演出的
各種互文指涉。巴拉達蘭運用圍繞阿布拉莫維奇的媒體關注來行銷

---

[31] 在電影《凝視瑪莉娜》（Marina Abramović: The Artist Is Present, Akers 2012）中，
多位參與者在影片中重複提及坐在椅子上感受到的轉化經驗。

[32] 部分依然保留於紐約現代藝術博物館網站：www.moma.org/interactives/
exhibitions/2010/marinaabramovic. 資料最後查考日期：2013年1月10日。

[33] http://amirbaradaran.com/ab_toaip_act_I.php. 資料最後查考日期：2013年4月11日。

自己，同時也引起進一步討論回應。有一次，他在阿布拉莫維奇對面
坐下，用多片帆布遮住自己的臉，每片布都寫著一段訊息：第一片是
「進／出」，第二片寫「我是來自紐西蘭的護理師」（指的是阿布拉莫
維奇旅行時偶用的化名），第三片是「非本地居民的外來者」，第四片
是「作者已逝」。每片布都被拿下、露出臉後，巴拉達蘭接著用指尖沾
墨汁，在每片布背面蓋上指印。第三次行為演出是用阿拉伯文念出一
長串蘇菲經。最後一次干預行為，這「另一個藝術家」在展間入口旁
一張桌子坐下吟唱。來看阿布拉莫維奇的觀眾必須要從他身邊經過才
能入場（同樣也是互文指涉阿布拉莫維奇早期作品）。

　　巴拉達蘭的干預行為因其「固有」意義而顯得沒那麼有趣，事實
上他還在個人網站上一一標註他向哪些阿布拉莫維奇早期作品致意。
他的反表演代表的是某種指向分散式美學傾向的參與模式。無論有意
無意，《藝術家在場》創造出新的空間／論述框架形式與進行模式，
讓參與不再只是和藝術家相對而坐的行為本身而已。讓我們回想阿布
拉莫維奇早期作品：通常都發生於藝廊或美術館空間，只有一小群訪
客觀看。這次在紐約的作品也是如此，但其空間與中介設定卻複雜得
多。演出中央是張桌子，由藝術家與訪客分坐兩旁，桌子周遭還有其
他訪客以觀者身分站著觀看演出。桌子對面有錄影機、劇場燈光和一
名攝影師。展間外的中庭上方還有觀者可從高處俯瞰。此處空間設計
與其說是美術館，倒更像片場。很明顯的，行為藝術著名（甚至可說
已成傳統）的肉體接觸、充滿變化的當下，亦即讓行為藝術之所以為
行為藝術的特質，套上了不同媒體的框架。然而，網路上透過現場直
播與攝影為演出帶來的持續可及性（availability），改變了接收設定。
我們不再處於傳統表演／行為美學封閉式的「反饋迴圈」之中，而找
到了更開放的空間，讓如巴拉達蘭般更年輕的且熟悉網路的藝術家得

以運用，並進行創意干預行為。這第二層運用引發相當大量的公眾討論——如前所述，有些回應相當複雜——於是我們可以這麼說，在為期七十七天的行為表演期間內外，創造並維繫了一個論述與表演的公共空間。

　　我們或可推斷巴拉達蘭的反表演是發想自某種混搭 [34] 模式——即典型網路世界（特別是YouTube）中，操演自我諧擬又帶點自我指涉的致敬，為歌曲或影片等媒體產品搭配外加的聲音影像素材。混搭是粉絲文化（fandom）的科技展現，結合了慾望、想像力，甚至有時還帶有求知慾的崇拜形式。巴拉達蘭四次干預行為雖然都在當下進行，但其即時且持續的餘生卻存於網路世界，加入由原始作品引發的後設評論衍生並成為其中之一。從其例我們也可論定：介於同人小說（fan fiction）、諧擬（parody）與致敬（homage）之間的混搭式組合美學，看來現在也已開始反饋高階藝術。

　　若細看阿布拉莫維奇行為演出的空間與論述面，此作標題顯然比乍看之下要來得複雜許多，且確實具有高度反身性。當藝術家此時此刻如字面意義般真正在場，她正以此重申行為表演美學的規則，然在此同時，在此時此刻的座標之外也有另一場行為表演正上演著。藉其預先安排的媒介化操作，《藝術家在場》證明了過去由行為藝術家與學者共同發展的在場（presence）概念，需要在這新的媒體結構下提出重新修正。

　　在網路狀態中，表演可以是此時此刻，也可以是那時那刻，更可

---

[34] 譯註：Mash-up原是指擷取多首歌曲元素，整合統一為同首樂曲，後援引形容網路結合多方來源的製作方式。此字翻作中文通常以「混搭」表示，卻也時常與「拼貼」風格混用，在生活上特別常用來指稱穿著設計造型等。此處應做其原意解，而非延伸含意，在此特做說明。

以是兩者同時並存。儘管表演本身無法存續於事件結束後，其媒介化版本可以繼續，還能進一步帶出回應與討論。依循正港混搭精神與其諧擬趣味，原始版本甚至引發皮平・巴爾（Pippin Barr）創作線上電玩，試圖模擬當時的等待，以及凝視阿布拉莫維奇雙眼的經驗。此電玩為模仿真實演出體驗，在遊戲中設計長排隊伍，且規定只有在美術館開館時間能玩。[35]諸如此類的諧擬致敬，如我先前所說，正是當代公共領域之構成，儘管其運作較偏向嬉鬧而非論述模式。這類行為表演證明了劇場公共領域未來將成為比過去更重要、更有能量且具更多面向的空間，屆時嬉鬧式干預帶給輿論的，或許也將與理性辯論或爭競式對抗同等重要。

　　在場是有著強烈形而上、本體論暗示與迴響的概念。然而在無所不在的網路時代，即便是藝術家身體的「在場」，也不得不臣服於媒介化的公共性。如我在本書中持續提出的，所謂劇場公共領域概念，以及立基於此時此刻、當下相遇的行為表演美學，兩者實難達到一致。艾利卡・費舍爾—李希特（Erika Fischer-Lichte）以阿布拉莫維奇早期作品《托瑪斯之唇》（The Lips of Thomas）為範例，發展出她的行為表演美學理論（2008），或許有其原因。此理論的基本原則包括共存（co-presence）、即時，以及一套建立在表演者—觀者反饋迴圈上的美學。這幾點同樣可見於《藝術家在場》，但在場的可不只這些。將此行為演出融入網路虛擬世界，在其平台、線上聊天、嬉鬧式的混搭與未剪輯的評論間，為公眾關注（publicity）創造了全新境界，也因此產生了其他的行為表演。

---

[35] 見 www.pippinbarr.com/games/theartistispresent/TheArtistIsPresent.html。創作者是生於紐西蘭的學者與遊戲設計師，關於此遊戲的訪談請見：
http://blogs.villagevoice.com/runninscared/2011/09/pippin_barr_man.php。

「跳」出多元文化主義：DV8 肢體劇場《Can We Talk about This?》

你或許會問，can we dance about this? [36]而你可能會回答，
不行。[37]

　　我們能否證實劇場表演具有讓自身涉入複雜論辯的手段與合理性？難道美學架構不是如阿多諾所說，比起參與理性論述，反更適合產生疑問與懷疑嗎？當代知名舞團如洛依・紐森（Lloyd Newson）的DV8肢體劇場決意碰觸今日影響多國甚鉅的多元化論辯種種相關棘手議題時，我們得問的問題不只是「我們能談這些議題嗎？」還必須是「我們能『舞』這些議題嗎？」就所有劇場形式而言，舞蹈無論在美學策略或研究方式層面，或許依舊是最受形式主義支配的。舞蹈看來最不適合用來介入那些通常留給報紙社論、公部門報告與電視辯論關心的問題。雖然稱DV8肢體劇場為「舞團」已不太恰當，但它的確是從舞蹈起家。紐森是現代舞出身，團員皆為專業舞者，他們的作品也大都在舞蹈節發表。

　　在最後這個例子，我想要重新回到這本書意欲探討的幾個核心議題：表演與公共領域之間的關係、劇場成為公共論辯對話者的效用，以及今日劇場公共領域運用的媒介化形式。在我探討的主要議題中，也關注了以下兩者間可感知到的緊張關係：劇場被界定為「藝術」之定義，以及劇場如何和劇場／藝術節觀眾以外的大眾溝通之能力。最

---

[36] 譯註：此句不作翻譯，是因其出自評論文章對此演出標題《Can We Talk about This?》的呼應，且在此暗示作品雖為舞蹈作品，但語言比重遠勝舞蹈，於是特別保留兩句對照。

[37] Brown (2011).

終，《Can We Talk about This?》重新回到第三至五章討論的，以不同方式和我們產生關係的宗教與舞台之核心主題，同時也處理了第一章提到的parrhêsia議題，即賦予公民與劇場的言論自由權利。

《Can We Talk about This?》（2011）以紐森的話來說，是「探討西方民主國家所見，關於言論自由、多元文化與伊斯蘭信仰幾項議題間相互關係的引錄劇場（verbatim theatre）作品」。[38] 這當然是全球議題，正如作品的影響也同樣屬全球層面。此作2011年在雪梨首演，2011至2012年間開始國際巡演，行程遍及歐亞。2012年3月在倫敦國家劇院之利泰爾頓劇院（The Lyttelton）演出近三週，就公共曝光度及後續討論而言皆可謂此作高峰。《Can We Talk about This?》聚焦於多元文化論辯，特別以英國為例，但也放入荷蘭社會因過度通融的「自由派」文化寬容理念而出現的反彈局面。紐森在論述上將多元文化定義為：「積極『推動、保留並維繫』少數族群之文化、宗教價值的地方與政府政策。」[39] 如此積極推動少數族群權利，在某些案例中已導向對文化、宗教異己的過度寬容，有些作為甚至達到違背西方社會基本原則的程度。紐森主要把重點放在那些過度尊重反民主舉動幾已至人神共憤的事例：包括具準（英國）法律制度功能的伊斯蘭教法委員會（sharia council）、強制婚姻、榮譽處決與穆斯林對同性戀的排斥。

標題問句質疑的是最根本的問題：若文化相對主義遭誤解，可能因允許伊斯蘭極端教義在論辯中成為被接受的一種聲音，而冒險犧牲西方社會根本價值如言論、宗教與寬容的自由。此作從一開始就把

---

[38] www.dv8.co.uk/projects/canwetalkaboutthis/foreword_by_lloyd_newson
[39] *Ibid.*

觀眾當作這場論辯的見證人或沉默的參與者。「你覺得你比塔里班更
高尚嗎？是嗎？」（原句出自小說家馬丁・艾米斯〔Martin Amis〕[40]）
——這個在演出開頭即拋給觀眾的問題，進一步強化了作品標題的質
問。幾隻怯懦的手舉起，馬上成為觀者開始審問自己的信號。一般
劇場觀眾，即白人、高知識分子，很明顯被制約為不會覺得自己比
任何人更高尚，這是文化相對主義的首要守則。《Can We Talk about
This?》從此刻開啟了一段八十分鐘的質問，對象是多元文化論辯本
身，以及其論點、對話者與無解難題（aporia）。

　　就敘事面來說，《Can We Talk about This?》透過雷・哈尼福德（Ray
Honeyford）案例追溯問題源頭。哈尼福德是布拉福德（Bradford）一
所中學校長，他在1984年寫了一篇文章抗議教育體系採用被誤導的多
元文化意識形態，因而引發爭議。他認為此意識形態將移民孩童表現
不佳怪罪於「制度」本身，而依他所見，真正有問題的應是移民家庭
本身。哈尼福德後來被解職又復職，正大致描述了多元主義論辯持續
至今的輪廓。《Can We Talk about This?》作品中也放入更多全球爭議
事件，凸顯的是同樣為文化相對主義犧牲言論自由的議題：針對薩爾
曼・魯西迪的宗教飭令；穆罕默德漫畫事件；荷蘭電影導演西奧・梵
谷（Theo van Gogh）謀殺案；[41]對梵谷合作夥伴、前荷蘭議員／前穆

---

[40] 譯註：英國作家。某次在倫敦當代藝術學院（Institute of Contemporary Arts）
　　出席活動時，艾米斯和現場人士說：「覺得自己比塔里班還要高尚的人請舉
　　手。」此舉引發不少批評，也有人稱他為反伊斯蘭或排外主義人士。他則認為
　　所謂中產階級的罪惡感已影響了對於塔里班等恐怖份子的判斷，他說：「若你
　　不覺得自己比塔里班更高尚，那麼也不會覺得自己比任何人更高尚。」（參考
　　資料：'Martin Amis versus Taliban' https://www.theglobeandmail.com/arts/books-
　　and-media/martin-amis-versus-the-taliban/article4292642/）
[41] 譯註：荷蘭電影導演，因拍攝紀錄片《服從》（Submission）講述伊斯蘭婦女遭
　　受的不公平對待，而被伊斯蘭極端主義者暗殺。

斯林阿亞安‧希爾西‧阿里（Ayaan Hirsi Ali）的死亡威脅；[42]以及
2009年英國政府拒絕讓荷蘭議員海爾特‧懷爾德斯（Geert Wilders）
入境放映他的反伊斯蘭電影《苦難》（Fitna）。在創作此作時，紐森與
團隊訪問了多位曾參與多元文化討論的人士。我們聽見、甚至在台上
看見知名人士如提摩西‧賈頓‧艾許（Timothy Garton Ash）、[43]傑瑞
米‧派克斯曼（Jeremy Paxman）、[44]克里斯多福‧希鈞斯（Christopher
Hitchens）、[45]馬丁‧艾米斯、雪莉‧威廉斯（Shirley Williams）、[46]反
伊斯蘭教法運動人士瑪利亞‧那姆茲（Maryam Namazie）等人所說過
的話重述／再現——而這些還只是大家比較知道的而已。[47]另外還提
到強制婚姻與榮譽處決事例，在此更不見英國當局提出有魄力的禁
令。

　　大量倚賴訪談與紀錄元素，將《Can We Talk about This?》置放於
引錄劇場傳統中，然而其中台詞卻是以一種引錄劇場少見的方式，與
精湛舞蹈及肢體動作彼此交織。肢體動作為舞者（多以機關槍的速

---

[42] 譯註：索馬利亞裔荷蘭女權分子，致力反對伊斯蘭教割禮傳統及女性生殖器切
割。

[43] 譯註：英國牛津大學歐洲研究教授，曾出版多本著作：《事實即顛覆》（Facts
are Subversive: Political Writing from a Decade without a Name）、《吾民》（We the
People）、《檔案：一部個人史》（The File: A Personal History）等。致力挖掘東歐
共產政權祕密警察監控下的生命經驗，近期研究重心則進一步探討歐洲面對多
元文化與言論自由之間的挑戰。

[44] 譯註：英國廣播員、記者與作家。

[45] 譯註：出生於英國的美籍作家、演說家、記者與社會評論家，自稱為無神
論者、反宗教者、民主派社會主義者與馬克思主義者，因《撒旦詩篇》（The
Satanic Verses）事件與左派建制派決裂。

[46] 譯註：英國政治家，1981年脫離工黨籌組自由民主黨，為其「四人幫」代表
人物。

[47] DV8網站列出將近五十名受訪者與提供素材者（www.dv8.co.uk/projects/
canwetalkaboutthis/interviewees_contributors）。

度）說出的長串台詞、觀點、意見帶出了另一層評述，不過動作本身並非只是事例說明而已，而涵蓋了一連串從強調至嘲諷不等的評註功能。台上舞者／演員「執行著略帶點卡通式的流暢動作，像約翰・克里斯（John Cleese）[48]那種可笑步伐，以某種猶豫不決的身體感交叉腳步從一個空間移動到另一空間，就好像要藉由這樣那樣不斷地滑步與前後交叉步，試圖佔有些微領域優勢」。[49]如此編舞「一再繞著文字編織諷刺形式」。[50]在語言與動作之外，紐森也運用片段影片與照片，巧妙串起由種種評論、爭論、道德交叉詰問與極為煽情的畫面生成（image-making）組成的複雜架構：舉例來說，西奧・梵谷遭殺害的場景是由一名舞者口述，並在一名女人身體上畫下一刀又一刀（見圖十二）。

無論是正面、負面或意見不明確，大多數的評論回應皆同意此作具高度創意與勇氣，不只是挑戰表演分類的勇氣，更是真正在台上表述這些議題的勇氣。正如《每日電訊報》（Telegraph）劇評人多米尼克・卡文迪希（Dominic Cavendish）於〈本年度最大膽的演出？〉（'The Riskiest Show of the Year?'）一文所描述，此中風險不在藝術創作，而是真正關乎演出者的人身安危：

> 此作雖在巴黎得到不少好評，但有人告訴紐森，此作不可能帶去馬賽演出，那裡的穆斯林族群實在不小。土耳其更不用說：他那十一名多元種族、多元信仰的舞者會有生命危險。

---

[48] 譯註：英國喜劇演員、劇作家、製作人，1960年代與友人共同創建蒙地蟒蛇（Monty Python）表演團體（參考註58）。

[49] Brown (2011).

[50] Bishop (2012).

圖十二　DV8肢體劇場《Can We Talk about This?》中西奧・梵谷被謀殺場景。
演出者：漢尼斯・蘭高夫（Hannes Langolf）與克里斯汀娜・梅伊（Christina May）。

當地的聯繫人這麼告訴他。要去其他任何穆斯林國家巡演根
本不可能。[51]

風險既已如此之高，相關討論也跟著轉移焦點。評論迴響依然偏向關
注混合言詞與動作的美學問題，更重要的是，作品提出辯證的成熟度
與細緻度是否足以負荷如此敏感且複雜的問題。

　　許多評論人以辯論（polemic）來指稱此作──有些人把辯論當
一種類別形容而已，也有些人是拿來作貶義用。舞評人多質疑，舞
蹈作為某種劇場類別，原應是建立在身體而非語言表現，如今運用如
此大量台詞是否真具合理性？並懷念起DV8早期不說話的演出。更
有明顯表露敵意的評論人反對這種「謾罵」喬裝成劇場：「名為舞蹈
強化版的辯論，實是篇引戰論說文。」[52]其他評論人如馬特・特魯曼
（Matt Trueman），則推崇此作的勇氣與複雜層次──「必須要再看
一次的作品」。在即時評論回應中──更重要的或許是在部落格空間
更詳盡仔細的討論中──我們找到兩個彼此相關的主題，皆直接涉及
劇場公共領域：劇場媒介作為身體─情感及論述工具之效用，以及其
生成論點的實際效力。

　　多元文化論辯並非新鮮事，此作品提出的主要論點也一樣：多元
文化主義之意識形態與實踐出於善意而提倡的包容，反過頭來自相矛
盾地壯大那與言論自由、尊重包容與平等人權敵對的勢力。而這些敵
對勢力主要等同於伊斯蘭基要主義某一特定派系。那麼此作又是如何
為上述論辯注入新意、甚至翻新論辯？如何避免因論點相似而遭捲入

---

[51] Cavendish (2012).
[52] Taylor (2012).

粗糙的右翼排外路線？正因《Can We Talk about It?》運用了多重符碼系統——語言、動作、聲音、影像、相片與音樂——在操作上，這齣表演儘管不見得就能清楚表示論點，但顯然較學術辯論與電視論壇更具複雜深度。

　　毫無疑問的，此作創新之處在其各種動作的使用，在姿勢、舞步、模仿圖像（mimetic icon）與制式化的手勢間，與口語訊息建立複雜對位關係：

> 表演者一開始先是同步跳躍，兩腳交互，像是政治正確的假人。隨著論述逐步發展，動作開始來回偏差歪斜，變得複雜錯漏而失工整。呈現的母題則包括小心踏步、如馬兒般倒退嚕，或（令人想到媒體論戰的）手偶你一拳我一拳沒有殺傷力的出擊。[53]

馬特‧特魯曼——列出幾套身體語彙，指明動作如何審慎地被編入其他符號體系（特別是語言論述）中。這些差異化的動作與姿勢帶出不同可能性，得以強調並駁斥那些說出口的話語。換句話說，言語主張——作為任何論述對話的先決條件——藉由肢體途徑而更變得更加微妙。

　　如何評斷此作另有同樣重要的一點，在於其就相對封閉的劇場評論圈、YouTube影片等宣傳素材之外，對更廣大的公共領域所造成的影響。在此，我想特別提到兩篇針對《Can We Talk about This?》作品的部落格回應，仔細檢視在這裡所生產的論點如何可以比一般五百字

---

[53] Trueman (2012).

劇評更能深入議題之複雜面向。在題為〈如何聽見一方之言：一聲重捶下的失落聲音〉（'How to Hear One Side of an Argument: The Missing Voices of a Sledgehammer Voice'）的文章中，社運人士與記者桑德・卡特瓦拉（Sunder Katwala）質疑此作只提出了單方觀點：「此作拒絕提供任何像是要為民主自由之多元文化主義發言的重要聲音，我很失望」，並認為作品明顯聚焦於「歐陸」觀點，「主要立論於皮姆・福圖恩（Pim Fortuyn）[54]與梵谷暗殺案後，荷蘭所面臨的認同危機與後多元文化主義。」[55]其實作品大部分的案例皆來自英國，所以我們實在很難理解最後為何會有此說，即便這兩國在多元文化論辯上的確有許多相似（與差異）處。像卡特瓦拉這麼一位多元文化議題評論專家（他是專門研究移民與融合議題的自由派智庫「英國未來」〔British Future〕執行長），會認為沒有平衡觀點是可以理解的。至於從劇場作品想以強力且「激情」方式分析現有政策之弱點的立場來看，均衡提出各方論點或許就並非那麼必要了。

　　基南・馬立克（Kenan Malik）以類似脈絡在其部落格發展了一篇詳盡評論。身為關注多元文化議題的作家與廣播主持人，馬立克是紐森田野研究階段的訪問對象之一，他的話也在舞台上呈現。他的確贊同將動作與語言交織以建構論述的手法：「觀眾間感受到的是一片思緒織物，像舞者的緞帶般不斷地旋動著，但它們一絲一絲、一層一層被編織為緊密如天羅地網的論述。」[56]然而他也對動作與語

---

[54]譯註：荷蘭政治人物，善於挑釁多元文化主義、移民與伊斯蘭教等爭議話題，2002年荷蘭全國大選中被暗殺。

[55]Katwala (2012).

[56]此段連同後續引用基南・馬立克之言皆來自其部落格，見：http://kenanmalik. wordpress.com/2012/03/18/we-should-talk-about-this。

言文本的結合是否總能導入更深一層論述表示存疑:「在所說與所為之間出現了極大落差。」他在文章中引用卡特瓦拉的話,兩人都對「更廣泛地討論多元文化時顯露出天真」抱持著不安。馬立克精準指出兩種多元文化間——一種是充滿生命力、以生活實踐的世界主義(cosmopolitanism),另一種則是政策取向、「將人們放入種族框架以管理多樣差異」的政治性多元——有著「高度偏頗」的分裂。雖然他認知到DV8批判的是政策取向式的多元文化,但將聲音並陳以支撐批判觀點,卻成了一支雜牌軍,組成份子從徹底反動派(如哈尼福德與海爾特・懷爾德斯)到飽受惡意與威脅之人都有。這樣的拼貼集結意味著為要達到情感衝擊而犧牲了細膩之處:「**貫串每一場景的情緒**,是我胸口迸發的一陣怒意,因為見到自由派的怯懦與多元文化主義的天真彼此交織,讓伊斯蘭極端份子得以使評論人噤聲,同時背叛了原則也背叛了人們。」(粗黑體為另加)馬立克雖理解到劇場與圓桌論壇之差異,但他認為此主題既已有長足且深遠的討論,演出如此缺乏差異化(differentiation)呈現依然是件憾事。

　　紐森向來以不讀書聞名,更別說回應自己作品的評論了,但他頗反常地在馬立克部落格發表了一篇長文。他指出作品中有三點被馬立克誤解或扭曲:「風格(動作與語言文本的結合/對立)、角色描繪,以及作品中的觀點平衡。」[57]為要反駁馬立克指控此作在動作與語言間出現太大落差,紐森特別評註了其中一場戲,即舞者們運用「(蒙地)蟒蛇式」[58]動作來指涉哈尼福德與政治煽動者帕特・康德爾(Pat

---

[57] 此段連同後續引用紐森之言皆來自:
http://kenanmalik.wordpress.com/2012/05/28/lloyd-newson。
[58] 譯註:Monty Python,英國超現實幽默表演團體,活躍於1970年代至80年代早期,曾為BBC製作《蒙地蟒蛇的飛行馬戲團》喜劇節目,並拍攝多部電影,以《聖杯傳奇》為代表。

Condell）兩人的意見；後者因抨擊多元文化主義而在YouTube獲得一
大批追隨者。使用前述動作是要刻意凸顯某些針對多元文化主義與恐
伊斯蘭症的辯論有多荒謬與歇斯底里。為回應馬立克指控作品以太過
正面的方式呈現雷・哈尼福德與海爾特・懷爾德斯等反動評論人與政
治人物，紐森仔細檢視真正說出口的台詞，以證實其中包含多種相異
立場，更不乏批判觀點存在。因此，演出場景呈現的高度差異與各方
聲音爭競，或許是光觀看一場演出無法吸收的：「我會認為是基南忽
略了作品中許多微妙細節，而某方面而言我的確能夠理解。這是一齣
濃縮且紮實的作品──光看一次演出實在很難完全聽見並吸收台上呈
現的所有細節。」

　　此處概述的卡特瓦拉、馬立克與紐森這三篇文章彼此評論、引
用，形成一張相互關聯的網。以麥可・華納的話來說，像這樣自我組
織、自帶目的（autoletic）與自我指涉的本質，正是公共領域運作中
的典型範例。[59]作品演出、詮釋、如何納入肢體表現方式、其「迸發
的怒意」（多虧了它，才有此辯論產生）皆促成了劇場公共空間大規
模擴張，以觸及更廣大的社群。

　　雖然今日舞蹈作品結合語言與文字已非特例，《Can We Talk about
It?》依然達到了前所未有的格局。這是一齣探討議題的「劇」，運用
動作、話語並結合其他影音媒體來陳述論點。作品產生的論述證明了
它得以觸及更廣大的公共領域。它依循著論述式公共領域諸多規則慣
例，但藉由融合理性與激情來擴大效應。在情與理彼此爭競的融合
中，《Can We Talk about It?》回答了本節開頭引句提出的問題。作品
不只開口說，還用跳舞來探討多元文化主義，藉此證明劇場如何能為

---

[59] Warner (2002), 67.

看似老生常談的議題（雖然還是時事）帶出微妙新意，再次重新聚焦於劇場公共領域所立基的言論自由基本問題。

在網路狀態與媒體版圖快速萌發的影響下，劇場在破碎的公共領域中，或許充其量也只能獲得些許邊陲之地。此章提到的作品，讓我們看見劇場與演出（特別是各種後戲劇變異體）如何針對局勢變化做出回應。後戲劇演出越來越取決於分散與傳播，正如我們的日常互動已多由媒介溝通取代了面對面交流。這點觀察為我們帶來兩個明顯矛盾：其一是政治上的，另一則是定義上的。

若我們將《請愛奧地利吧！》視為具政治效用的干預式演出（就其在大眾媒體產生的迴響來看，也的確如此），那麼或許只有當演出是在大眾媒體上廣傳，才能達到這種程度的效果。作品要具政治效用，或許勢必得在劇場外發生，或是要有其他行為表演美學共存才有可能。另一方面，《Can We Talk about It?》的例子則證明了即便在傳統劇場空間中，只要能夠與大眾相關議題及其他媒體產生連結，劇場公共領域依然能深具力度與複雜度。

另一矛盾之處在於，劇場的傳統定義越被消解與質疑，我們就更被激發要去問「劇場到底是什麼？」這的確是後戲劇劇場的成就之一，至少也要歸功於其中某些實踐者，藉由不斷挑戰美學慣例，隱約不斷地提問著：「劇場是什麼？」這類實驗迫使我們將自身對劇場的概念打磨得更清晰明確，同時卻也不斷擴張且重新調整這些概念。同樣的調整過程也適用於劇場公共領域。如同政治公共領域是在新媒體、多元社會與政治理論本身（先別提爭競式多元主義）的多重迫切性（exigency）下被重新定義，在劇場公共領域結構產生新變化的背景下，勢必也會帶出「劇場究竟能做／是什麼」的問題。

從劇場公共領域如何定義、維繫與終究將如何轉變的觀點來看，

我們可以得到幾個初步結論。首先，應把劇場演出視為僅是大範圍公共討論與審議的其中一部分。劇場製作可成為這類過程中的社會角色、網絡中的節點，而非自給自足、美學作用隨著演出結束而煙消雲散的本初創作。過去二十年來的重要學術工作企圖重新定義表演向度，並發展相關理論，卻導致公共領域──因其存在超越了此時此刻之當下時空座標──被大幅排除在外。其次，正因公共領域觀點需要同時採納來自黑盒子內外的視野，而打開了與其他論述的不同交點與連結，其中涵蓋包括政治、經濟與機制等層面──就劇場長久存續而言，其重要性並不亞於作品在台上（若有）呈現的主題或議題。與公共機制互相連結的緊密關係，也讓我們得以重新定義劇場的身分。劇場不再是一直以來呈現虛構、表現偽裝，甚至是讓人們在此行使虛掩之術的場所；相反的，我們可重新定位劇場為能夠在此述說真實的獨特場所。親眼見證的真實作為「純粹真實」（mere truth）之相對，正被視為古希臘民主意見與表述自由之 parrhêsia。從學科與方法學的角度來看，問題在於定義其界限。我們如何設下界線？我們如何畫出邊界與分界？我的答案會是：別操之過急。要在公共領域中競爭、參與，首先你要先走進去：立起旗幟，看看有誰跟上。

　　狹義的公共領域需要透過特定論述慣例才能運作其獨享的理性論辯。這些慣例近年持續受到評論檢視，不只關於其隱約排除了誰，更是關於其執行模式本身。我認為一個**劇場**公共領域既不是政治模式的次等版本，更不會簡單等同於公共空間。其慣用手法（modus operandi）總是結合了論述爭辯、情感式的身體行動與嬉戲元素；或許正是在理性批判、痛苦激情與嬉鬧這三種互動模式的特殊組合間，建立了公共領域之劇場形式的特徵。

　　公共領域是構成現代民主社會一關鍵元素，至少在概念上是作為

政治、商業與國家機制等場域之矯正。它在定義上並不具獨立地位，而任何限制或規範之意圖都將導致其自身衰退。在民主機制這本偉大的百科全書中，我們還沒移除多少權利，公共領域就將先凋零、磨損，搖搖欲墜，不能持續。其中一大矛盾，正是國家有義務確保這個反過來批評國家的公共領域能維繫下去。這是雅典人兩千五百年前親身試出來的道理，即便是今日的政策制定者，應該也要能清楚理解。

圖片來源

圖一　「繪製民主地圖」，慕尼黑室內劇院，2012年11月。攝影：Judith Buss

圖二　在倫敦柯芬園劇場「票價暴動事件」中尋求理性共識（1809）。作者：George Cruikshank，標題：'Killing No Murder as Performing at the Grand National Theatre'。來源：British Museum Collection no. 11425. ©Trustees of the British Museum

圖三　《魔笛》首演戲單，1791年，維也納威登劇院。取自：Wikimedia commons

圖四　新皇家劇院戲單，格拉斯哥（1840）。來源：University of Glasgow Library, Department of Special Collections

圖五　倫敦哈默史密斯歌劇院網站截圖，2013年2月。來源：Lyric Hammersmith

圖六　描繪保羅十字架的木刻版畫，約1625年。作者：Thomas Brewer, *The Weeping Lady* (1625)。來源：Early English Books Online

圖七　《伊多曼尼歐》（尾聲），柏林德國歌劇院（2006）。攝影：360-berlin/ Claudia Esch-Kenkel

圖八　《威廉・泰爾》，弗里德里希・席勒，柏林國家劇院（1919）。導演：Leopold Jessner，舞台設計：Emil Pirchan。攝影：Zander und Labisch。來源：Theaterwissenschaftliche Sammlung, Universität zu Köln

圖九　羅密歐・卡士鐵路奇與拉斐爾藝術合作社，《論臉的概念，關於神子》（2011）。攝影：Klaus Lefebvre

圖十　黛亞・洛兒，《無辜》。安德烈斯・杜勒（Andres Döhler）飾演艾立希歐，彼得・莫琛（Peter Moltzen）飾演法度爾，柏林德意志劇院（2011）。攝影：Arno Declair

圖十一　《請愛奧地利吧！第一歐洲聯盟周》，2000年6月11-17日。導演／發想：克里斯多福・史林根西夫，舞台設計：Nina Wetzel，活動規畫：Wiener Festwochen。攝影：©david baltzer/bildbuehne.de

圖十二　DV8肢體劇場，《Can We Talk about This?》。攝影：Matt Nettheim/ DV8

參考書目

Abercrombie, Nicholas and Longhurst, Brian (1998), *Audiences: A Sociological Theory of Performance and Imagination* (London: Sage).

Abrams, Joshua (2012), 'The Ubiquitous Orange Jumpsuit: Staging Iconic Images and the Production of the Commons', in Jenny S. Spencer (ed.), *Political and Protest Theatre after 9/11: Patriotic Dissent* (New York: Routledge), 38–53.

Adorno, Theodor W. (1997), *Aesthetic Theory*, trans. Robert Hullot-Kantor (Minneapolis, MN: University of Minnesota Press).

Akers, Matthew (2012) (dir.), *Marina Abramović the Artist Is Present*. DVD (dogwoof films).

Anievas, Alexander (2005), 'Critical Dialogues: Habermasian Social Theory and International Relations', *Politics*, 25 (3): 135–43.

Appadurai, Ajun (1990), 'Disjuncture and Difference in the Global Cultural Economy', *Public Culture*, 2 (2): 1–24.

Arendt, Hannah (1958), *The Human Condition* (Chicago, IL: University of Chicago Press).

Aristophanes (1984), *The Complete Plays of Aristophanes*, ed. Moses Hadas (Bantam Classic edn, New York: Bantam Books).

Baer, Marc (1992), *Theatre and Disorder in Late Georgian London* (Oxford: Clarendon Press).

Balme, Christopher B. (2006), 'Der Kunsttempel verliert seine Immunität: Anmerkungen zum Mozart-Streit', *Die Deutsche Bühne* (11): 18–19.

——— (2010), 'Playbills and the Theatrical Public Sphere', in Charlotte M. Canning and Thomas Postlewait (eds.), *Representing the Past: Essays in Performance Historiography* (Iowa, IA: University of Iowa Press), 37–62.

——— (2007), *Pacific Performances: Theatricality and Cross-cultural Encounter in the South Seas* (Basingstoke: Palgrave Macmillan).

Barish, Jonas A. (1981), *The Antitheatrical Prejudice* (Berkeley, CA: University of California Press).

Bartholomew, Amy (2014), '"Nonviolent Terrorism" or the Performance of Resistance? Hunger Strikes, Death Fasts and a Habermasian Conception of Political Action and the Public Sphere', in K. Amine, J. Radouani and G. F. Roberson (eds.) *Intermediality, Performance and the Public Sphere* (Amherst, Denver, Tangier: Collaborative Media International).

Bartlem, Edwina (2005), 'Reshaping Spectatorship: Immersive and Distributed Aesthetics', *Fibreculture*, (7). http://journal.fibreculture.org/issue7/issue7_bar tlem.html

Bawcutt, N. W. (2009), 'Puritanism and the Closing of the Theaters in 1642', *Medieval and Renaissance Drama in England*, 22: 179–200.

Beck, Ulrich (2009), *World at Risk* (Cambridge, UK and Malden, MA: Polity Press).

Benhabib, Seyla (1992), 'Models of Public Space: Hannah Arendt, the Liberal Tradition, and Jürgen Habermas', in Craig Calhoun (ed.), *Habermas and the Public Sphere* (Cambridge, MA: MIT Press), 73–98.

— (2011), 'The Arab Spring: Religion, Revolution and the Public Square', publicsphere.ssrc.org, at: http://publicsphere.ssrc.org/benhabib-the-arab-spring-religion-revolution-and-the-public-square

Bennett, Susan (1997), *Theatre Audiences: A Theory of Production and Reception* (2nd edn, London: Routledge).

Beyeler, Michelle and Kriesi, Hanspeter (2005), 'Transnational Protest and the Public Sphere', *Mobilization: An International Quarterly*, 10 (1): 95–109.

Bhabha, Homi K. (1994), *The Location of Culture* (London: Routledge).

Bishop, Clifford (2012), '*Can We Talk about This?* DV8 Physical Theatre – review', *Evening Standard* (13 March), at: www.standard.co.uk/goingout/theatre/can-we-talk-about-this-dv8-physical-theatre–review-7564806.html

Blackadder, Neil (2003), *Performing Opposition: Modern Theater and the Scandalized Audience* (Westport, CT: Praeger).

Blau, Herbert (1990), *The Audience* (Baltimore, MD: Johns Hopkins University Press).

Boal, Augusto (1985), *Theatre of the Oppressed* (1st TCG edn, New York: Theatre Communications Group), xiv, 197.

Bornier, Henri de (1890), *Mahomet: drame en cinq actes, en vers dont un prologue* (Paris: E. Dentu).

Bosworth, C. E. (1970), 'A Dramatisation of the Prophet Muhammad's Life: Henri de Bornier's "Mahomet"', *Numen*, 17(2): 105–17.

Brady, John S. (2004), 'No Contest? Assessing the Agonistic Critiques of Jürgen Habermas's Theory of The Public Sphere', *Philosophy & Social Criticism* 30(3): 331–54.

Bratton, Jackie (2003), *New Readings in Theatre History* (Cambridge University Press).

Brecht, Bertolt (1964), *Brecht on Theatre: The Development of an Aesthetic*, trans. John Willett (New York: Hill and Wang).

Brown, Isemene (2011), 'Can We Talk About This?', DV8 Physical Theatre, Warwick Arts Centre' (10 November), at: www.theartsdesk.com/dance/can-we-talk-about-dv8-physical-theatre-warwick-arts-centre

Büning, Eleonore (2003), 'Der Musik auf den Fersen', *Frankfurter Allgemeine Zeitung* (15 March), 35. www.faz.net/-gs3-t20n

— (2006), 'Absetzung einer Oper: Die Bresche', *Frankfurter Allgemeine Zeitung* (27 September), n.p., at: www.faz.net/aktuell/feuilleton/debatten/absetzung-einer-oper-die-bresche-1360040.html

Bürger, Peter and Bürger, Christa (1992), *The Institutions of Art*, trans. Loren Kruger (Lincoln, NE: University of Nebraska Press).

Butler, Judith, Laclau, Ernesto and Žižek, Slavoj (2000), *Contingency, Hegemony, Universality: Contemporary Dialogues on the Left* (London and New York: Verso).

Butler, Martin (1984), *Theatre and Crisis, 1632–1642* (Cambridge University Press).

Calhoun, Craig (ed.) (1992), *Habermas and the Public Sphere* (Cambridge, MA: MIT Press).

Carlson, Marvin (1993), 'The Development of the Theatre Program', in Ron Engle and Tice L. Miller (eds.), *The American Stage: Social and Economic Issues from the Colonial Period to the Present* (Cambridge and New York: Cambridge University Press), 101–14.

(2004), '9/11, Afghanistan, and Iraq: The Response of the New York Theatre', *Theatre Survey*, 45(1): 3–17.

(2009), *Theatre Is More Beautiful Than War: German Stage Directing in the Late Twentieth Century* (Iowa, IA: University of Iowa Press).

Castells, Manuel (2008), 'The New Public Sphere: Global Civil Society, Communication Networks, and Global Governance', *Annals of the American Academy of Political and Social Science* (616): 78–93.

Cavendish, Dominic (2012), 'DV8's *Can We Talk about This*: the riskiest show of the year?', at: www.telegraph.co.uk/culture/theatre/theatre-features/9101513/DV8s-Can-We-Talk-Abut-This-the-riskiest-show-of-the-year.html

Chartier, Roger (1991), *The Cultural Origins of the French Revolution* (Durham, NC and London: Duke University Press).

Churchill, Winston (1898), *The Story of the Malakand Field Force. An Episode of Frontier War . . . With Maps, Plans, etc* (London: Longman).

Clegg, Cyndia Susan (2008), *Press Censorship in Caroline England* (Cambridge University Press).

Cole, Catherine M. (2010), *Performing South Africa's Truth Commission: Stages of Transition* (Bloomington, IN: Indiana University Press).

Collinson, Patrick (1989), *The Puritan Character: Polemics and Polarities in Early Seventeenth-Century English Culture* (Los Angeles: William Andrews Clark Memorial Library).

(1995), 'Ben Jonson's *Bartholomew Fair:* The Theatre Constructs Puritanism', in David L. Smith, Richard Strier and David Bevington (eds.), *The Theatrical City: Culture, Theatre and Politics in London, 1576–1649* (Cambridge University Press), 157–69.

Crary, Jonathan (1999), *Suspensions of Perception: Attention, Spectacle, and Modern Culture* (Cambridge, MA: MIT Press).

Dahlberg, Lincoln (2005), 'The Habermasian Public Sphere: Taking Difference Seriously', *Theory and Society*, 34(2): 111–36.

Davis, Tracy C. (2000), *The Economics of the British Stage, 1800–1914* (Cambridge University Press).

Davis, Tracy C. and Postlewait, Thomas (2003), *Theatricality* (Cambridge and New York: Cambridge University Press).

Dempsey, Judy and Landler, Mark (2006), 'Opera canceled over a depiction of Muhammad', *New York Times*, 27 September, at: www.nytimes.com/2006/09/27/world/europe/27germany.html?pagewanted=print&_r=0

DiMaggio, Paul and Powell, Walter W. (1991), 'Introduction', in Paul DiMaggio and Walter W. Powell (eds.), *The New Institutionalism in Organizational Analysis* (Chicago, IL and London: University of Chicago Press).

Eder, Ruth (1980), *Theaterzettel* (Dortmund: Harenberg).

Elam, Harry J. (2003), 'Theatre and Activism', *Theatre Journal*, 55(4): vii–xii.

Enzensberger, Hans Magnus (1970), 'Constituents of a Theory of the Media', *New Left Review*, (65): 13–36.

Ferguson, Niall (2004), *Empire: How Britain Made the Modern World* (London: Penguin).

Fischer-Lichte, Erika (2008), *The Transformative Power of Performance: A New Aesthetics* (London: Routledge).

Fischer-Lichte, Erika, Gronau, Barbara and Weiler, Christel (2011), *Global Ibsen: Performing Multiple Modernities* (Abingdon, UK: Routledge).

Foucault, Michel (1999a), 'The Meaning and Evolution of the Word Parrhesia', in Joseph Pearson (ed.), *Discourse and Truth: The Problematization of Parrhesia*. Digital Archive: Foucault.info, at: http://foucault.info/documents/parrhesia/foucault.dt1.wordparrhesia.en.html

(1999b), 'Parrhesia in the Tragedies of Euripides', in Joseph Pearson (ed.), *Discourse and Truth: The Problematization of Parrhesia*. Digital Archive: Foucault.info, at: http://foucault.info/documents/parrhesia/foucault.dt2.parrhesiaeuripides.en.html

Fraser, Nancy (1992), 'Rethinking the Public Sphere: A Contribution to the Critique of Actually Existing Democracy', in Craig Calhoun (ed.), *Habermas and the Public Sphere* (Cambridge, MA: MIT Press), 109–42.

(2007), 'Transnationalizing the Public Sphere: On the Legitimacy and Efficacy of Public Opinion in a Post-Westphalian World', *Theory, Culture & Society*, 24(4), 7–30.

Frost, Mark Ravinder (2004), 'Maritime Networks and the Colonial Public Sphere, 1840–1920', *New Zealand Journal of Asian Studies*, 6(2): 63–94.

Gardner, Lynn (2012), 'Three kingdoms: the shape of British theatre to come?', at: www.guardian.co.uk/stage/theatreblog/2012/may/16/three-kingdoms-shape-british-theatre-or-flop

Gestrich, Andreas (2006), 'The Public Sphere and the Habermas Debate', *German History*, 24(3): 413–30.

Ghose, Sonakshi (2012), 'Short Essay on the Growth of the Press in the 19th Century', at: www.preservearticles.com/201106278635/growth-of-the-press-in-the-19th-century.html

Goldhill, Simon (1997), 'The Audience of Athenian Tragedy', in P. E. Easterling (ed.), *The Cambridge Companion to Greek Tragedy* (Cambridge University Press), 54–68.

Goldstein, Robert Justin (2009), *The Frightful Stage: Political Censorship of the Theater in Nineteenth-Century Europe* (New York: Berghahn Books).

Göle, Nilüfer (2002), 'Islam in Public: New Visibilities and New Imaginaries', *Public Culture*, 14(1): 173–90.

Gorton, Kristyn (2007), 'Theorizing Emotion and Affect: Feminist Engagements', *Feminist Theory*, 8(3): 333–48.

Gosson, Stephen (1579), *The Schoole of Abuse Containing a Pleasant Invective against Poets, Pipers Players, Jesters, and such like caterpillers of a commonwealth; setting up the Flag of Defiance to their mischievous exercise, & overthrowing their Bulwarks, by Profane Writers, Natural reason, and common experience: A discourse as pleasant for Gentlemen that favour learning, as profitable for all that will follow virtue* (Early English Books online; London: Thomas Woodcocke).

Gowen, David Robert (1998), 'Studies in the history and function of the British theatre playbill and programme, 1564–1914', D.Phil., University of Oxford.

Gupta, Akhil and Ferguson, James (1992), 'Beyond Culture, Space, Identity and the Politics of Difference', *Cultural Anthropology*, 7: 6–23.

Habermas, Jürgen (1974), 'The Public Sphere: An Encyclopedia Article (1964)', *New German Critique*, 3: 49–55.

—— (1985), 'Civil Disobedience: Litmus Test for the Constitutional Democratic State', *Berkeley Journal of Sociology*, 30: 95–116.

—— (1987), *The Theory of Communicative Action: Liveworld and System: A Critique of Functionalist Reason*, trans. Thomas McCarthy (Cambridge: Polity Press).

—— (1989), *The Structural Transformation of the Public Sphere: An Inquiry into a Category of Bourgeois Society*, trans. Thomas Burger and Frederick Lawrence (Cambridge, MA: MIT Press).

—— (1992), 'Further Reflections on the Public Sphere', in Craig Calhoun, *Habermas and the Public Sphere* (Cambridge, MA: MIT Press), 421–61.

—— (1996), *Between Facts and Norms: Contributions to a Discourse Theory of Law and Democracy* (Cambridge, MA: MIT Press).

—— (2005), *Zwischen Naturalismus und Religion: philosophische Aufsätze* (1. Aufl. edn, Frankfurt am Main: Suhrkamp).

—— (2006), 'Religion in the Public Sphere', *European Journal of Philosophy*, 14(1): 1–25.

—— (2009), *Europe: The Faltering Project* (Cambridge: Polity Press).

Halasz, Alexandra (1997), *The Marketplace of Print: Pamphlets and the Public Sphere in Early Modern England* (Cambridge University Press).

Harding, Luke (2009), 'How one of the biggest rows of modern times helped Danish exports to prosper. One year on, protagonists have few regrets despite deaths of more than 139 people', *Guardian*, 30 September.

Hartnoll, Phyllis (ed.) (1952), *Oxford Companion to the Theatre* (Oxford: Oxford University Press).

Hayner, Priscilla B. (1994), 'Fifteen Truth Commissions – 1974 to 1994: A Comparative Study', *Human Rights Quarterly*, 16(4): 597–655.

Hazlitt, William Carew (1869), *The English Drama and Stage under the Tudor and Stuart Princes, 1543–1664* (London: Printed for the Roxburghe library by Whittingham and Wilkins).

Heinemann, Margot (1980), *Puritanism and Theatre: Thomas Middleton and Opposition Drama under the Early Stuarts* (Cambridge and New York: Cambridge University Press).

Held, David (2006), *Models of Democracy* (3rd edn, Cambridge: Polity Press).

Hill, Tracey (2004), *Anthony Munday and Civic Culture: Theatre, History, and Power in Early Modern London: 1580–1633* (Manchester: Manchester University Press).

Höbel, Wolfgang (2009), 'Theater – Am Marterpfahl', *Spiegel Online* 23 (30 May), at: www.spiegel.de/spiegel/a-628150.html

Hoexter, Miriam, Eisenstadt, S. N. and Levtzion, Nehemia (2002), *The Public Sphere in Muslim Societies* (Albany, NY: State University of New York Press).

Huneker, James (1905), *The Iconoclasts: A Book of Dramatists* (New York: Scribner's).

Jackson, Shannon (2011), *Social Works: Performing Art, Supporting Publics* (New York: Routledge).

Johnson, Samuel (1820), 'Prologue, Spoken by Mr Garrick, at the Opening of the Theatre Royal, Drury Lane, 1747', *The Works of Samuel Johnson, LL. D. in Twelve Volumes* (vol. 1, London: Walker).

Jonson, Ben (1966), *Three Comedies*, ed. Michael Jamieson (Harmondsworth: Penguin).

Kastan, David Scott (1999), *Shakespeare after Theory* (New York: Routledge).

Katwala, Sunder (2012), 'How to hear one side of an argument: the missing voices of a sledgehammer polemic', 14 March, at: www.opendemocracy.net/ourkingdom/sunder-katwala/how-to-hear-one-side-of-argument-missing-voices-of-sledgehammer-polemic

Kennedy, Dennis (ed.) (2003), *The Oxford Encyclopedia of Theatre and Performance* (Oxford: Oxford University Press).

(2009), *The Spectator and the Spectacle: Audiences in Modernity and Postmodernity* (Cambridge University Press).

Kentridge, William (1998), 'Director's Note', in Jane Taylor (ed.), *UBU and the Truth Commission* (Cape Town: University of Cape Town Press).

Kershaw, Baz (1999), 'Discouraging Democracy: British Theatres and Economics, 1979–1999', *Theatre Journal*, 51(3): 267–83.

Kirby, W. J. T. and Stanwood, P. G. (eds.) (2013), *Paul's Cross and the Culture of Persuasion in England, 1520–1640* (Leiden: Brill).

Koller, Andreas (2010), 'The Public Sphere and Comparative Historical Research: An Introduction', *Social Science History*, 34(3): 261–90.

Krampitz, Dirk (2005), 'Callcenter-Mitarbeiter in Kalkutta führen Theatergänger per Handy durch die deutsche Hauptstadt', *Welt am Sonntag*, 3 April.

Kruger, Loren (1992), *The National Stage: Theatre and Cultural Legitimation in England, France, and America* (Chicago, IL: University of Chicago Press).

(1993), 'Placing the Occasion: Raymond Williams and Performing Culture', in Dennis L. Dworkin and Leslie G. Roman (eds.), *Views Beyond the Border Country: Essays on Raymond Williams* (New York: Routledge), 51–73.

Lake, Peter and Pincus, Steven (2007), 'Rethinking the Public Sphere', in Peter Lake and Steven Pincus (eds.), *The Politics of the Public Sphere in Early Modern England* (Manchester and New York: Manchester University Press), 1–30.

Lake, Peter and Questier, Michael C. (2002), *The Antichrist's Lewd Hat: Protestants, Papists and Players in Post-Reformation England* (New Haven, CT: Yale University Press).

Lamont, William, 'Prynne, William (1600–1669)', *Oxford Dictionary of National Biography*, Oxford University Press, 2004; online edn, May 2011, at: www. oxforddnb.com/view/article/22854

Lehmann, Hans-Thies (2006), *Postdramatic Theatre* (London: Routledge).

Levy, Shimon (ed.) (1998), 'Introduction' to Shimon Levy (ed.), *Theatre and Holy Script* (Brighton: Sussex Academic Press).

Lilienthal, Matthias (ed.) (2000), *Schlingensiefs Ausländer raus – bitte liebt Österreich* (Frankfurt am Main: Suhrkamp).

Lodge, Thomas (1579), *A Defence of Poetry, Music and Stage-plays in Reply to Stephen Gosson's Schoole of Abuse* (London: Printed by H. Singleton).

Loher, Dea (2004), *Innocence* (Frankfurt am Main: Verlag der Autoren).

Love, Catherine (2012), 'Three Kingdoms: New Ways of Seeing, Experiencing, Expressing', at: http://lovetheatre.net/2012/05/12/three-kingdoms-new-ways-of-seeing-experiencing-expressing

Lynch, Marc (2012), 'Political science and the new Arab public sphere', public sphere.ssrc.org

McGuigan, Jim (1996), *Culture and the Public Sphere* (London and New York: Routledge).

Mackrell, Judith (2012), 'How Twitter transformed dance', *Guardian*, 31 July, at: www.theguardian.com/stage/2012/jul/31/san-francisco-ballet-twitter-social

Martel, Frédéric (2010), *Mainstream. Enquête sur cette culture qui plaît à tout le monde* (Paris: Flammarion).

Marx, Peter W. (2008), *Ein theatralisches Zeitalter: bürgerliche Selbstinszenierungen um 1900* (Tübingen: Francke).

Maslan, Susan (2005), *Revolutionary Acts: Theater, Democracy, and the French Revolution* (Baltimore, MD: Johns Hopkins University Press).

Matussek, Matthias (2006), 'Kunst, Quatsch und das religiöse Gefühl', *Spiegel Online*, 30 September, at: www.spiegel.de/politik/debatte/idomeneo-debatte-kunst-quatsch-und-das-religioese-gefuehl-a-440144.html

Meyer, Michael (1971), *Ibsen: A Biography* (Harmondsworth: Penguin).

Moe, Hallvard (2012), 'Who Participates and How? Twitter as an Arena for Public Debate about the Data Retention Directive in Norway', *International Journal of Communication*, 6: 1222–44.

Morrissey, Mary (2011), *Politics and the Paul's Cross Sermons, 1558–1642* (Oxford: Oxford University Press).

Mouffe, Chantal (2000), 'Deliberative Democracy or Agonistic Pluralism', *Political Science Series*, 72: 1–30.

(2007), 'Artistic Activism and Agonistic Spaces', *Art & Research: A Journal of Ideas, Contexts and Methods*, 1(2): 1–5.

(2013), *Agonistics: Thinking the World Politically* (London: Verso).

Müller, Burkhard (2010), 'Zeitgenosse des Jahres', *Süddeutsche Zeitung*, 10 May, at: www.sueddeutsche.de/kultur/vanity-fair-blogger-rainald-goetz-zeitgenosse-des-jahres-1.215895

Munster, Anna and Lovink, Geert (2005), 'Theses on Distributed Aesthetics. Or, What a Network is Not', *Fibreculture*, (7), at: http://seven.fibreculturejournal.org/fcj-040-theses-on-distributed-aesthetics-or-what-a-network-is-not

Negt, Oskar and Kluge, Alexander (1993), *Public Sphere and Experience: Toward an Analysis of the Bourgeois and Proletarian Public Sphere* (Minneapolis, MN: University of Minnesota Press).

North, Douglass C. (1990), *Institutions, Institutional Change, and Economic Performance* (Cambridge and New York: Cambridge University Press).

Northbrooke, John ([1578] 1843), *A Treatise against Dicing, Dancing, Plays, and Interludes with other Idle Pastimes*, ed. Jeremy Payne Collier (London: Shakespeare Society).

Opet, Otto (1897), *Deutsches Theaterrecht: Unter Berücksichtigung der fremden Rechte* (Berlin: Calvary).

Orwell, George (1948), 'Introduction', in George Orwell and Reginald Reynolds (eds.), *British Pamphleteers*. (vol. 1, London: Wingate).

Pao, Angela (2010), *No Safe Spaces: Re-casting Race, Ethnicity, and Nationality in American Theater* (Ann Arbor, MI: University of Michigan Press).

Pavis, Patrice (1998), *Dictionary of the Theatre: Terms, Concepts, and Analysis* (Toronto and Buffalo: University of Toronto Press).

Peters, Bernhard and Wessler, Hartmut (2008), *Public Deliberation and Public Culture: The Writings of Bernhard Peters, 1993–2005* (Basingstoke: Palgrave Macmillan).

Plesch, Don (2011), 'Occupy London is reviving St Paul's history of free speech', *Guardian*, 25 October, at: www.theguardian.com/commentisfree/libertycentral/2011/oct/25/occupy-london-st-pauls-protesters

Poet, Paul (dir.) (2002), *Ausländer Raus!: Schlingensiefs Container*. DVD (Vienna: Hoanzl).

Primavesi, Patrick (2013), 'Heterotopias of the Public Sphere: Theatre and Festival around 1800', in Erika Fischer-Lichte and Benjamin Wihstutz (eds.), *Performance and the Politics of Space: Theatre and Topology* (New York London: Routledge), 166–81.

Prynne, William (1641), *A New Discovery of the Prelates Tyranny* (London: for M.S.).

Raalte, Marlein van (2004), 'Socratic Parrhesia and Its Afterlife in Plato's Laws', in I. Sluiter and Ralph Mark Rosen (eds.), *Free Speech in Classical Antiquity* (Leiden; Boston: Brill), 279–312.

Radin, Max (1927), 'Freedom of Speech in Ancient Athens', *American Journal of Philology*, 48(3): 215–30.

Randall, Dale B. J. (1995), *Winter Fruit: English Drama, 1642–1660* (Lexington, KY: University Press of Kentucky).

Rebellato, Dan (2009), *Theatre & Globalization* (Basingstoke: Palgrave Macmillan).

Reddy, William M. (1992), 'Postmodernism and the Public Sphere: Implications for an Historical Ethnography', *Cultural Anthropology*, 7(2): 135–68.

Rehm, Rush (2007), 'Festivals and Audiences in Athens and Rome', in Marianne McDonald and J. Michael Walton (eds.), *The Cambridge Companion to Greek and Roman Theatre* (Cambridge University Press), 184–201.

Reinelt, Janelle (2011), 'Rethinking the Public Sphere for a Global Age', *Performance Research*, 16(2): 16–27.

Rheingold, Howard (1993), *The Virtual Community: Homesteading on the Electronic Frontier* (Reading, MA: Addison-Wesley).

Rice, Colin (1997), *Ungodly Delights: Puritan Opposition to the Theatre, 1578–1633* (Alessandria: Edizioni dell'Orso).

Ridout, Nicholas Peter (2006), *Stage Fright, Animals, and Other Theatrical Problems* (Cambridge and New York: Cambridge University Press).

Roach, Joseph R. (1993), *The Player's Passion: Studies in the Science of Acting* (Ann Arbor, MI: University of Michigan Press).

Roesler, Alexander (1997), 'Bequeme Einmischung. Internet und Öffentlichkeit', in Stephan Münker and Alexander Roesler (eds.), *Mythos Internet* (Frankfurt/ Main: Suhrkamp), 171–92.

Román, David (2005), *Performance in America: Contemporary US Culture and the Performing Arts* (Durham, NC: Duke University Press).

Ruge, Enno (2004), 'Preaching and Playing at Paul's: The Puritans, the Puritaine, and the Closure of Paul's Playhouse', in Beate Müller (ed.), *Censorship & Cultural Regulation in the Modern Age* (Amsterdam and New York: Rodopi), 33–62.

(2011), *Bühnenpuritaner: Zum Verhältnis von Puritanern und Theater im England der Frühen Neuzeit* (Berlin and New York: De Gruyter).

Rühle, Günther (ed.) (1967), *Theater für die Republik 1917–1933 im Spiegel der Kritik* (Frankfurt am Main: Fischer).

Russell, Gillian (2007), *Women, Sociability and Theatre in Georgian London* (Cambridge University Press).

Said, Edward W. (1979), *Orientalism* (New York: Vintage).

Salvatore, Armando (2007), *The Public Sphere: Liberal Modernity, Catholicism, Islam* (New York and Basingstoke: Palgrave Macmillan).

Schechner, Richard (1985), *Between Theater and Anthropology* (Philadelphia, PA: University of Pennsylvania Press).

Schmidt, Christopher (2007), 'Kommentar', *Theater Heute Jahrbuch*, 141.

Sennett, Richard (1977), *The Fall of Public Man* (Cambridge University Press).

Sharma, Jai Narain (2009), *Encyclopedia of Eminent Thinkers: The Political Thought of Sir Syed Ahmed Khan* (New Delhi: Concept).

Sheikh, Simon (2004), 'In the Place of the Public Sphere? Or, the World in Fragments', republicart, 1–5, at: www.republicart.net/disc/publicum/sheikh03_en.htm, accessed 7 May 2013.

Sluiter, I. and Rosen, Ralph Mark (eds.) (2004), *Free Speech in Classical Antiquity* (Leiden and Boston, MA: Brill).

Spahn, Claus (2003), 'Geköpfte Götter: Zweimal Mozart in Berlin: "Idomeneo" von Neuenfels und "Don Giovanni"', *Die Zeit*, 27 March.

Spencer, Jenny S. (2012), 'Introduction', in Jenny S. Spencer (ed.), *Political and Protest Theatre after 9/11: Patriotic Dissent* (New York: Routledge), 1–16.

Starer, Herbert (1931), *Störung einer öffentlichen Theatervorstellung durch Theaterbesucher (Theaterfriedensbruch)* (Borna-Leipzig: Noske).

Stark, Gary D. (2009), *Banned in Berlin: Literary Censorship in Imperial Germany, 1871–1918* (New York: Berghahn).

States, Bert O. (1985), *Great Reckonings in Little Rooms: On the Phenomenology of Theater* (Berkeley, CA: University of California Press).

Stern, Tiffany (2006), '"On each Wall and Corner Poast": Playbills, Title-pages, and Advertising in Early Modern London', *English Literary Renaissance*, 36(1): 57–89.

Stockwood, John (1578), 'A Sermon Preached at Paul's Cross on Bartholomew Day, Being the 24 August 1578' (London: Henry Bynneman for George Fishop).

Streisand, Marianne (2001), *Intimität: Begriffsgeschichte und Entdeckung der 'Intimität' auf dem Theater um 1900* (München: Fink).

Taylor, Charles (2002), 'Modern Social Imaginaries', *Public Culture*, 14(1): 91–124.

Taylor, Paul (2012), '*Can We Talk about This*, Lyttelton' (13 March), at: www.independent.co.uk/arts-entertainment/theatre-dance/reviews/can-we-talk-about-this-lyttelton-7565179.html

Tetens, Kristan (2008), 'The Lyceum and the Lord Chamberlain: The Case of Hall Caine's Mahomet', in Richard Foulkes (ed.), *Henry Irving: A Re-evaluation of the Pre-eminent Victorian Actor-Manager* (Aldershot: Ashgate), 49–64.

Thompson, Elbert N. S. (1903), *The Controversy between the Puritans and the Stage* (New York: Holt).

Tilly, Charles (2008), *Contentious Performances* (Cambridge and New York: Cambridge University Press).

Toller, Ernst (1923), *Der deutsche Hinkemann. Eine Tragödie in drei Akten* (Potsdam: Gustav Kiepenheuer).

Trueman, Matt (2012), '*Can We Talk about This?*', 13 March, at: www.whatsonstage.com/west-end-theatre/reviews/03-2012/can-we-talk-about-this_5089.html

Turner, Victor W. (1982), *From Ritual to Theatre: The Human Seriousness of Play* (New York: Performing Arts Journal Publications).

Van den Hengel, Louis (2012), 'Zoegraphy: Per/forming Posthuman Lives', *Biography: An Interdisciplinary Quarterly*, 35(1): 1–20.

Wagner, Meike (2012), 'De-monopolizing the Public Sphere: Politics and Theatre in Nineteenth Century Germany', *Theatre Research International*, 37(2): 148–62.

Warner, Michael (2002), *Publics and Counterpublics* (New York and Cambridge, MA: Zone Books).

Watt, Tessa (1991), *Cheap Print and Popular Piety, 1550–1640* (Cambridge University Press).

Weintraub, Jeff (1997), 'The Theory and Politics of the Public/Private Distinction', in Jeff Weintraub and Krishnan Kumar (eds.), *Public and Private in Thought and Practice: Perspectives on a Grand Dichotomy* (Chicago, IL and London: University of Chicago Press), 1–35.

White, Stephen K. and Evan Farr, Robert (2011), '"No-Saying" in Habermas', *Political Theory*, 40(1): 32–57.

White, Thomas (1578a), 'A Sermon Preached at Pawles Crosse on Sunday the Ninth of December 1576 by T. W.' (London: by [Henry Bynneman for] Francis Coldock).

(1578b), 'A Sermon Preached at Paul's Cross on 3 November 1577 in the time of the Plague' (London: by [Henry Bynneman for] Francis Coldock).

Wiegmink, Pia (2011), *Protest enACTed: Activist Performance in the Contemporary United States* (Heidelberg: Universitätsverlag Winter).

Wiles, David (2011), *Theatre and Citizenship: The History of a Practice* (Cambridge University Press).

Wilmer, S. E. (ed.) (2004), *Writing and Rewriting National Theatre Histories* (Iowa, IA: University of Iowa Press).

Wilson, Bronwen and Yachnin, Paul (2010), 'Introduction', in Bronwen Wilson and Paul Yachnin (eds.), *Making Publics in Early Modern Europe: People, Things, Forms of Knowledge* (London and New York: Routledge), 1–21.

Wilson, John Dover (1910), 'The Puritan Attack upon the Stage', in A. N. Ward (ed.), *Cambridge History of English Literature* (vol. VI, Cambridge University Press), 373–409.

Winder, Gordon (2010), 'London's Global Reach? Reuters News and Network 1865, 1881, and 1914', *Journal of World History*, 21(2): 271–96.

Wipplinger, Jonathan (2011), 'The Racial Ruse: On Blackness and Blackface Comedy in *fin-de-siècle* Germany', *German Quarterly*, 84(4): 457–76.

Wiseman, Susan (1998), *Drama and Politics in the English Civil War* (Cambridge and New York: Cambridge University Press).

Worden, Blair (2009), *The English Civil Wars: 1640–1660* (London: Weidenfeld & Nicolson).

Young, Robert J. C. (2012), 'Postcolonial Remains', *New Literary History*, 43(1): 19–42.

Zaret, David (2000), *Origins of Democratic Culture: Printing, Petitions, and the Public Sphere in Early-Modern England* (Princeton, NJ: Princeton University Press).

Ziolkowski, Theodore (2009), *Scandal on Stage: European Theater as Moral Trial* (Cambridge and New York: Cambridge University Press), xi, 190.

索引